한문소설과
타자의 윤리

한문소설과
타자의 윤리

윤채근 지음

 소설 전공자로 삶의 대부분을 욕망의 문제에 집중해 연구를 진행해 왔다. 욕망이란 주체가 타자를 구성해 자기만의 실존 세계를 설계하는 과정에서 만들어진 문화적 산물인데, 이제 이를 더 이상 생물학적 욕구 현상으로만 이해하는 연구자는 없으리라.

 욕망은 타자 속에서 자기 존재 의미를 찾고 신원을 확인함으로써, 결국 세계라는 무의미를 견디려는 주체의 존재론적 분투가 만들어낸 인류학적 현상이다. 따라서 욕망하는 주체는 타자에 기생하며 타자와 더불어 희로애락을 누리다 끝내 죽음을 거쳐 절대타자로 되돌아가는 존재와 다름없다. 결국 타자가 문제다.

 이 책은 주체의 욕망의 기원이 타자라는 관점에서 현대 문명과 고전 서사를 엮어 가며 관조한 학술 결과물이다. 내가 아닌 낯선 것, 이질적인 이웃, 사회 안으로 섞이지 않거나 섞일 수 없는 외부의 존재를 주체가 어떻게 자신의 실존에 통합해 재구성하는지 각기 다른 소재를 가지고 각기 다른 방식으로 다룬 셈이다.

 필자는 최근 본격적인 소설가로 활동을 시작했다. 훌륭한 소설을 쓰지 않고도 소설 연구자를 할 수는 있지만, 소설 자체를 쓸 능력이 없으면서 소설을 연구하는 건 조금 부끄러운 일이라고 생각했기 때문이다. 그런 용기가 어디서 나왔을까 곰곰이 되뇌다 보면, 결국 누군가에게 날 드러내고 이해받고 싶은 욕망 탓을 하지 않을 수 없다. 독자라는 타자를 통해 나라는 주체를 다시 구성해 보고 싶었다고 달리 말할 수 있다.

아무쪼록 이 연구서가 남은 인생을 작가로 살고자 결심한 한 학자가 자신에게 익숙한 방식으로 세상에 내놓는 출사표로 읽히기를 조심스레 바라본다.

2024년 12월
모락산 자락에서

차례

책을 엮으며 —— 4

재난 속 인류와 저주가 된 타자 ———————————————— 9
  1. 타자는 존재하는가? • 11
  2. 타자의 발견 : 자리(自利)에서 이타(利他)로 • 13
  3. 이웃 : 축복이자 저주로서의 타자 • 21
  4. 주체 저 너머로 • 31

타자에 대한 사랑 또는 의심의 초월 —————————————— 33
  1. 귀신과의 사랑 • 35
  2. '주이상스'란 무엇인가? • 37
  3. 『전등신화』 속의 귀녀 • 39
  4. 『금오신화』의 윤리적 향유 • 46
  5. 사랑이라는 화해 • 60

자비로서의 서사 ——————————————————————— 63
  1. 『금오신화(金鰲新話)』라는 실존의 유희 • 65
  2. 우리가 의미 세계에 머물러야 할 이유 • 69
  3. 자비 또는 의미 세계에 뛰어들어야 할 이유 • 78
  4. 소설은 주체가 위기를 건넌 기록 • 85

소설 속의 악귀와 실재의 윤리 ————————————————— 89
  1. 「모란등기(牡丹燈記)」라는 작품 • 91
  2. 악과 윤리 • 92
  3. 사랑의 윤리와 악귀 • 101
  4. 율법의 승리 혹은 봉인된 욕망 • 111
  5. 부여경에게만 있는 것 • 118

통속적 이웃의 탄생 ————————————————————— 121
  1. 이상한 사람들 • 123
  2. 불편한 과잉 • 126

3. 이인으로서 이웃의 등장 • 131
4. 열정적 사랑 또는 통속적 이웃의 탄생 • 146
5. 공동체 • 151

근대적 외로움의 탄생 ──────────────── 153
1. 서론 • 155
2. 「남궁선생전」의 고독 • 156
3. 초월되지 못한 고독 • 160
4. 동질적이고 공허한 시간 • 170
5. 폭민 • 179

성적인 정의와 타자 ──────────────── 181
1. 어느 가족 • 183
2. 윤리와 정의 • 186
3. 「김현감호(金現感虎)」: 성의 윤리화와 정의의 불가능성 • 191
4. 「포의교집(布衣交集)」: 불가능한 사랑의 윤리 • 197
5. 윤리적 선택 • 206

동아시아의 타자, 인도인 지공 ──────────────── 209
1. 문화와 상품 • 211
2. 고전 대중화와 불교 • 213
3. 지공 선사와 그 문화적 의미 • 218
4. 지공 서사의 소설 콘텐츠화 • 224
5. 결론 • 230

지공 루트 또는 민족을 횡단하기 ──────────────── 231
1. 국가, 민족 그리고 문화 • 233
2. 지공 루트 : 민족을 초월한 문화 횡단 • 237
3. 동아시아 문화의 보편성과 고려 • 245
4. 동아시아 보편 문화 • 251

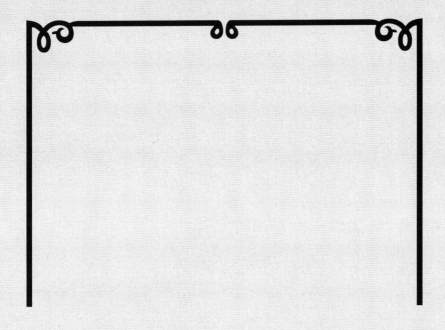

재난 속 인류와 저주가 된 타자

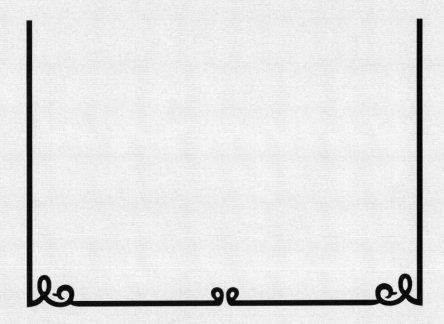

1. 타자는 존재하는가?

코비드-19가 빚어낸 팬데믹 상황은 인류의 삶 구석구석에 영향을 미쳐 기존의 삶의 양식을 순식간에 바꿔 버렸다. 물론 이 상황은 의학적 차원에서는 곧 종식됐으며, 인류는 언제 그랬냐는 듯이 과거와 같은 일상으로 되돌아갈 수 있었다. 하지만 팬데믹과 유사한 재난 상황이 다시 발생할 가능성이 남아 있는 한, 지금의 기억은 사라지지 않고 인류 삶의 내밀한 질서에 계속 영향을 미칠 것이 틀림없다. 역사란 이미 발생한 사건들에 의해서만이 아니라, 앞으로 발생할 수 있는 사건들의 가능성에 의해서도 불가역적으로 변모된다.

인문학자에게 팬데믹은 단순한 병리적 사건일 수가 없는데, 그것은 이 사건이 인간관계의 근본적 국면들을 수정하도록 만들 뿐만이 아니라, 인간관계의 의미를 처음부터 다시 성찰하도록 강요하기 때문이다. 다시 말해, 타자를 잠재적 위험군과 안심할 수 있는 아군으로 분류하는 데에서 더 나아가, 타자성 자체가 끔찍한 재앙으로 인식될 수도 있다는 뜻이다. 이는 결국 타자성에 대한 근원적인 회의와 질문, 즉 '타자와 그것이 속한 이 세계는 실제로 존재하는가'라는 존재론적 의문으로까지 확장될 수 있다.

타자와 그것이 속한 세계에 대한 존재론적 회의는 모든 종교와 철학의 발생적 기원이며 물리과학의 전문적 탐구 대상이기도 하다. 세계는 과연 실재하는가? 만약 실재한다면 우리는 그것을 어떻게 알 수 있는가? 또 세계의 실재를 의식을 통해 정초했을 때 우리의 실존에는 어떤 일들이 벌어지는가? 이러한 질문은 '존재론적 회의'라는 의미에서 '데카르트-칸트적인 질문'이라고 할 수 있다.

이러한 질문들은 일상 세계가 잘 질서 잡혀 돌아가는 시대에는 무의미하거나 이미 해결된 것으로 간주되었을 것들이다. 팬데믹은 그러한 데카르트-칸트적인 질문들을 인문학자에게 다시 부과하는 효과를 발휘한다.

현상학에서 말하는 세계에 대한 자연적 믿음의 단계에서 세계와 타자는 확실히 존재한다. 하지만 세계의 존재성을 본질적으로 환원시킨 상태에서도 그런 믿음이 자연스럽게 유지되는 것은 아니다.[1] 그런데 팬데믹 상황은 인류가 타자와 문제없이 교섭하던 일상 세계를 붕괴시킴으로써 이른바 생활세계의 구성적 연관성을 파괴하고, 궁극적으로 주체 하나만을 남기고 나머지 모든 존재성을 비현실적으로 희석시켜 버리는, 존재론적으로 매우 독특한 '현상학적 환원' 효과를 강제로 초래한다. 결국 타자에 대한 공포와 환멸, 주체의 생존에만 과몰입된 존재론적 에고이즘은 타자 일체를 무로 환원시켜 버리고 싶은 야만적 충동에서 자유로울 수 없게 될 것이다.

이상의 이유로 동아시아에서 타자가 차지하는 위상과 의미를 새롭게 음미하고, 그것이 누려야 마땅할 정당한 존재론적 지위를 재확인시켜 주

1 　한전숙, '2.자연적 태도', 『현상학』, 민음사, 1996, 130~132쪽.

는 것은 팬데믹 시대의 인문학자가 해야 할 중요한 소임 중 하나이다. 타자가 부정되면 세계 자체가 부정되며, 그것은 인문학적 현실 자체의 소멸을 의미할 것이기 때문이다.

2. 타자의 발견 : 자리(自利)에서 이타(利他)로

동아시아에서 타자가 존재론적으로 발견되고, 나아가 생활세계의 의미 자체로 자리매김된 것은 전적으로 불교의 영향 때문이다. 유가나 도가에도 타자에 대한 관심은 분명 존재하지만, 그것은 근원적인 존재론적 회의를 거쳐 정련된 최종 결과물은 아니다. 따라서 타자의 존재성을 설명하고 그것을 주체의 존재론적 존립 기반으로 완성한 최초의 공로는 불교에 주어져야 마땅하다.

부처의 초기 가르침에서 타자의 위치는 애매한 점이 있다. 출가 당시 그가 보인 세계 혐오의 감정에 따르자면, 타자로 구성된 현실은 고통과 부정의 대상이어야 마땅하다. 하지만 승가(僧家), 즉 상가를 구성하여 세속에서의 수행 과정을 포교와 일치시켜 가는 모습은 현실을 그저 고해(苦海)로만 부정하는 것과는 차이가 있다.

부처는 성불하고 나서도 타자로 구성된 현실을 즉시 단멸(斷滅)시키지 않고 여전히 인간의 형상으로 세속에 머물렀다. 이것이 자비, 즉 카루나의 본질이다. 그렇다면 이는 그가 타자를 한낱 무의미한 환상이나 무로 무시하지 않고, 그것 역시 큰 지혜, 즉 프라냐 파라미타로 연결될 유의미한 단계라고 보았음을 증명하는 것이 아닌가?

부처의 초기 가르침이 세속 현실을 부정하기는커녕 오히려 그것을 섬세하게 관리하고 배려하는 것이었다는 사실은 수많은 율장(律藏)의 규칙들이 암시해준다. 그는 승가에서의 생활 세부를 꼼꼼하게 규칙했는데, 그 가운데 엄격히 준수해야 할 교의의 핵심은 계(戒)로, 계를 생활세계에 적용하는 규범들은 율(律)로 정리했다. 이 수많은 율과 그에 대한 세칙들은 타자로 구성된 현실을 곧 벗어나야 할 헛것으로 보는 태도와는 사뭇 다른 관점을 전제로 한다.

　부처 사후 이뤄진 여러 차례의 대결집들과 긴 아비달마의 시대를 거쳐 그의 가르침은 다양한 이견들로 인해 분열되었다. 이를 부파불교의 시대라고 부른다. 분열의 가장 중요한 분기점은 주체를 비롯한 세계 일체가 과연 존재하는가라 하는 문제에 대한 견해 차였다. 예컨대 윤회의 주체가 실재한다면 윤회로 이루어진 우주 역시 실재하는 것이며, 그렇다면 성불은 우주 밖으로 벗어나서 이루어지는 것이 아니라 우주 내부, 즉 세속으로부터 발생해야 마땅했다. 이런 관점을 발전시키면 무명(無明)으로만 보였던 속세, 그리고 타자들로 구성된 현실은 무조건 극복해야만 할 허상이 아니라 진리로 건너갈 확실한 매개체가 되는 것이다. 이를 대표하는 학파가 설일체유부(說一切有部)였다.

　그런데 주체와 타자 모두가 존재라고 한다면, 불가와 세속과의 타협은 불을 보듯 뻔한 것이었고, 나아가 세속권력과 불교의 권위를 일치시키는 것도 불가능한 일은 아니었다. 이를테면 속세의 왕들은 자신을 전륜성왕이나 화신불로 포장해 초월적인 절대 권력을 합리화할 수도 있는 것이다. 이는 부처가 설파한 자비의 본질이 아니었다. 이런 문제점을 예리하게 파악한 학파들은 세계를 무로 간주하여 탈피의 대상으로 삼았다. 이른바 상좌부(上座部) 불교를 대표하는 그들은 속세를 허상으로 규정하고, 나아가 주체 자체도 단멸의 대상으로 삼았는데, 이는 결국 승가와 세속 사이의 영원한 단절을 초래했다.[2]

세상은 과연 실제로 존재하는가 하는 이 교의적 딜레마에서 비롯된 유(有)와 무(無)의 논리적 대분열은 용수(龍樹), 즉 나가르주나라는 뛰어난 논사에 의해 기적적으로 봉합되었다.

> 결정코 있다고 하면
> 항상함에 집착되고
> 결정코 없다고 하면
> 아주 없음에 집착된다
> 그러므로 지혜 있는 자는
> 있음 없음에 집착하지 말라[3]

용수의 해결책은 유와 무의 한 변(邊)에 머물지 않고 그 중간에 서는 것이었는데, 그 이론적 근거는 부처의 연기설(緣起說)이었다. 부처는 설법에서 '이것이 있어서 저것이 있고, 저것이 있어서 이것이 있다'라고 말한 바

---

2 이 분열은 후대 불교에까지 고스란히 그 흔적을 남겨 놓게 되는데, 이른바 현교(顯敎)와 밀교(密敎)의 구별, 세속체(世俗諦)와 승의체(勝義諦)의 구별이 그러하다. 무엇보다 이는 수레의 비유로 발전되어 소승과 대승의 구별로 이어졌다. 그런데 이 비유는 설일체유부에서 갈려나온 방등부(方等部)가 상좌부를 조롱하기 위해 만든 용어였다.
3 龍樹, '一三, 관유무품(觀有無品)', 「중론(中論)」 제三권, 『한글대장경』 126 중관부一, 동국역경원, 1978, 98~99쪽.

있다. 아주 간결한 이 표현에는 우주 만법이 저 홀로 존재하지 않고 시간과 공간으로 서로 연결되어 있다는 세계관이 자리 잡고 있는데, 이는 마치 소쉬르적인 기표(signifiant)-기의(signifié)의 우주와 흡사하다.[4] 즉, 우주에 존재하는 개별자들은 기표와 같아서 개별적인 고유 의미인 기의를 본디 갖고 있지 않고, 따라서 오직 다른 기표들, 즉 다른 개별자들과의 구조적 관계를 통해서만 한시적인 개별 존재 의미, 즉 자성(自性)을 부여받는다는 것이다.

용수가 설한 이상의 법계관에 따르자면 개별자의 자성은 있는 것도 아니며 그렇다고 없는 것도 아니다. 유와 무 양자의 관점을 철저히 부정함으로써 용수가 얻어낸 이 중도(中道)의 철학은 끝이 없는 인연(因緣) 운동으로 인해 만법만상(萬法萬相)이 자성을 잃는 공관(空觀)으로 귀결된다. 공, 즉 아니카 개념을 통한 세계 현실과 타자의 극적인 부활인 셈이다.

뭇 인연에서 나는 법을
나는 그대로가 없음이라 하며
겸하여 거짓인 이름이라 하며
중도(中道)의 이치라 부르기로 한다

어떤 한 법도
인연에서 나지 않음이 없으니

---

4   페르디낭 드 소쉬르, '제1장 언어기호의 성격', 「제1부 일반원리」, 『일반언어학강의』, 민음사, 1992, 83~88쪽.

그러므로 온갖 법은

공(空)이 아닌 것이 없다[5]

이처럼 용수의 지혜로운 논법에 의해 유와 무에 치우친 억설들은 희론(戲論)으로 배척되었지만, 그럼에도 의미의 세계인 현실의 관점에서는 여전히 미진한 측면이 있었다. 즉 만법개공(萬法皆空)의 깨달음을 통해서, 자성이 있다는 생각으로부터 비롯되는 온갖 집착에서 벗어날 수는 있게 되었지만, 동시에 자성은 없는 것이기도 하기에 자성으로 구성된 세계의 현실을 어떻게 관리할 것이냐 하는 문제는 구체적으로 해결되지도 또 사라지지도 않는 것이다. 예컨대 타자란 주체의 자성을 어김없이 확인시켜주는 굳건한 외부의 힘이므로, 그저 우주에는 자성이 없다고 주장하는 것만으로는 현실의 문제들이 도저히 해결될 수 없다.

이상의 구체적인 현실의 문제들에 대처하고 타자와의 관계를 불안하지 않게 정립하기 위해서는 현실에 대한 변증법적 부정이 아니라 이에 대한 긍정적 관찰과 분석이 필요해진다. 이를 수행한 것이 설일체유부를 계승한 유가행유식학파(瑜伽行唯識學派), 줄여서 유식학파라고도 불리는 이들이다. 이들은 삼라만상이 실체로서 존재하든 않든,[6] 세계의 참모습을 깨

---

5   龍樹, '二三, 관전도품(觀顚倒品)', 「중론(中論)」 제四권, 『한글대장경』 126 중관부一, 동국역경원, 1978, 130쪽.
6   여기서 유상유식(有相唯識)과 무상유식(無相唯識)의 구별이 생긴다. 하지만 상(相)의 유무를 따지는 것은 그것이 만들 최종적 우주관에는 결정적 영향을 미치지만, 현사실계(現事實界)로 엄존하는 타자를 분석하고 이해하려는 문제에서는 이견을 빚지 않는다.

닫기 위해서는 우선 그것을 인식론적으로 알고 분석해야 한다고 믿었다. 결국 용수의 공사상에서 태동한 대승불교는 유식학파에 의해서 최종적으로 완성되고 뿌리를 내리게 된다.

> 인식(識)에는 여덟 가지가 있으니, 아라야식(阿賴耶識)과 눈·귀·코·혀·몸의 인식과 뜻[意:第七末那識]과 의식(意識)을 말한다.
> 아라야식이란 말하자면, 전생에 지은 업(業)과 번뇌를 증가한 것으로 인연이 되고, 끝없는 때부터 오면서 실없는 이론[戲論]과 훈습함 그것으로 원인이 되며, 온갖 종자를 내는 이숙식(異熟識)으로 그 자체가 되었다.[7]

세계는 주체가 그 실체성을 부여하든 않든, 어쨌든 인식의 작용 속에서 엄연한 대상으로 주체에게 작용하며, 그것이 비록 아라야식의 오류에 의해 빚어진 가상이라 할지라도 주체의 실존에 강력한 영향을 미친다는 점은 분명하다. 중요한 것은 인식의 교란 작용이 만들어낸 허상도 심리적 실존 안에서는 실재이며 분석의 대상이고, 따라서 해결해야 할 사건이라는 사실이다. 이것을 인정해야만 세속의 삶과 그 속에서의 수행이 가치를 갖게 되며, 멸진정(滅盡定)을 포기하고 속세에 머무는 보살행(菩薩行)의 의미 역시 살아난다.

모든 보살이 현재 법에서의 자기를 이롭게 하는 것이 그러한 것처럼 보살

---

7 無着, '一, 섭사품(攝事品)①', 「현양성교론(顯揚聖敎論)」 제一권, 『한글대장경』 133 유가부六, 동국역경원, 1978, 17~18쪽.

이 교화할 바 유성들은 이로 말미암아 현재 법의 이익을 얻게 되나니, 곧 이것이 현재 법의 남을 이롭게 함이라고 하는 줄 알아야 한다.[8]

보살의 존재야말로 대승불교의 꽃이라고 할 수 있는데, 흔히 알려져 있는 상식처럼 보살이라는 존재 자체가 세상에 이익을 베풀려는 의도를 직접적으로 실현하지는 않는다. 보살은 스스로의 과보(果報)를 현재와 미래에 실현하는 과정에서 결과적으로 타자를 이롭게 한다. 게다가 그 과보는 아라야식의 변덕에 의해 불규칙적으로 열매 맺음으로써, 즉 이숙(異熟)함으로써 항상 주체의 기대를 빗나간다. 우리 모두는 공교롭게도 누군가의 보살이 될 수도 있으며, 반대로 의도치 않은 악업을 쌓게 될 수도 있다. 이 모두는 아라야식이 업의 종자(種子)가 되어 법계에서 그 가능성을 싹틔운 결과물들이다.

그런데 현상계를 실존하는 대상계로 일단 가정하고, 이를 인식론적으로 분석하여 그 한계를 극복해 지양하려 했던 유식학파는 '이 세계에 어쨌든 무언가가 존재한다'는 것에서 더 나아가 '이 세계 자체가 부처의 마음이다'라는 깨달음으로 나아간다. 이것이 이른바 불성론(佛性論) 계열의 유식경전들이다.

일체 중생들의 경계가

모든 부처님의 지혜를 여의지 않는 것은

8 彌勒, '12, 보살지(菩薩地)②', 「유가사지론(瑜伽師地論)」 제三十六권, 『한글대장경』 129 유가부二, 동국역경원, 1978, 293쪽.

저 청정하여 때[垢] 없는 체성(體性)이

두 가지가 아니기 때문이라

일체 부처님들의

평등한 법 성품의 몸에 의지하여

일체 중생들에게도

다 여래장이 있는 줄을 아는 것이네[9]

여래장(如來藏), 즉 타타가르바 사상으로 알려진 이 유식계열 학설에 따르자면, 세상에 살아있는 모든 생명체들에게는 부처와 동등한 성품이 그 농도를 달리하며 내재해 있다. 주자의 성리철학에 결정적 영향을 끼친 이 논법은 타자의 현존을 의심하면서 시작된 불가 철학이 궁극적으로 타자를 절대 긍정하고, 더 나아가 그 안에서 부처를 찾으려는 타자지향적 노력으로 귀결되었음을 증명한다. 이러한 대승의 관점에서는 자리(自利)가 차지할 영역은 거의 소멸되며, 주체는 자신의 불성을 이타적 삶으로 실현하는 한에서만 온전한 존재가 될 수 있고 끝내 성불할 수 있다.

이른바 모든 보살은 열반에 즐겁게 안주함을 명료하게 잘 알고, 빨리 증득함을 감당할 수 있지만, 빨리 증득하여 즐겁게 머묾을 다시 버리고, 반연함이 없고-중생구제 외는-바랄 것이 없는 큰 서원의 마음을 일으켜서,

9   堅慧, '五, 일체중생유여래장품(一切衆生有如來藏品)', 「구경일승보성론(究竟一乘寶性論)」 제一권, 『한글대장경』 135 유가부八, 동국역경원, 1978, 186쪽.

모든 유정을 이롭게 하기 위해 오랜 시간 동안 갖가지 많은 여러 고통에 처하는 까닭으로 나는 모든 보살이 광대한 서원·신묘한 서원·뛰어난 서원을 실천한다고 말한다.[10]

3. 이웃 : 축복이자 저주로서의 타자

그 존재 유무에 대한 근원적 의심을 거치지 않고 타자의 현존을 미리 전제하는 것은 그것에 대한 일정한 존재론적 방기를 의미한다. 따라서 불가에서 바라보는 타자에 비해 도가나 유가의 타자는 존재론적, 인식론적 무게를 상대적으로 결여하고 있다. 말하자면 불가 이외의 학파는 타자를 실존세계 탐구의 근본항으로 설정하는 대신, 이를 공동체 안에서 견뎌내야하거나 초월해야 할 어떤 존재로 상정한다.

불교가 동아시아에 본격적으로 전래되었던 건 중국에서 도가가 한창 성가를 높이고 있었던 위진(魏晉) 시대였다. 이 때문에 대부분의 불교 개념어들이 도가의 용어를 차용해 번역되었는데, 당연히 양자의 사유체계는 서로 뒤죽박죽 섞이게 되었다. 이 시기를 격의(格義) 불교의 시대라고한다. 문제는 현실을 벗어나려는 초월주의의 견지에서는 불가와 도가가 언뜻 유사해 보이지만 배경을 이루는 세계관의 결이 근본적으로 다르다는 사실이다.

한대(漢代)에 등장한 황로학(黃老學)이 증명하듯, 도가의 소의경전인

---

10 圓測 疏/지운 역, '地波羅密多品 第七', 『解深密經』, 연꽃호수, 2008, 558쪽.

『도덕경』은 약자가 강자들의 틈바구니에서 살아남기 위한 전략적 생존술이나, 자신의 약점은 최소화하고 상대의 허점은 파고들어 제압하려는 음험한 타자 관리술로도 얼마든지 해석될 여지를 지니고 있었다.[11] 이런 경우 잠재적 위험 인자인 타자는 주체의 포용 대상이라기보다 언제든지 내게 위해를 가해 올 수 있는 적에 가깝다. 따라서 도가에서 말하는 '스스로 그러함을 추구하는 삶'이란 위험한 타자들로부터 나의 생명을 보호하고, 장기적으로는 그러한 상대를 제거하기 위한 시간을 벌어줄 전략이라고도 볼 수 있다.

또한 『도덕경』은 우주의 본체로서 도라는 형이상학적 초월자를 설계하면서 현실의 모든 분별지를 상대주의적 관점으로 무효화시키는데, 이에 따르면 있음과 없음, 주체와 타자의 구별 역시 논리적으로 부정된다.[12] 그런데 이러한 분별의 파괴가 노리는 것은 물아일체의 탈자성(脫自性)이 아니다. 그것은 분별지가 초래할 위험들로부터 주체를 근원적으로 보호할 것을 목표로 한다. 결국 타자와 예각적으로 부딪칠 접촉면을 최소화시키거나 아예 없애 버림으로써 주체의 존재론적 향유는 최대치로 보장되는 것이다.[13]

이상의 논리를 죽음에 적용해 보자. 특히 『장자』로 대표되는 도가 사상

---

11 이는 문명권 안에서의 가치평가가 얼마든지 전복될 수 있다는 전략적 염려 그리고 이에 따른 반문명적이고 친자연적인 소극적 세계관을 통해 얼마든지 추측할 수 있다. '天下皆知美之爲美, 斯惡已, 皆知善之爲善, 斯不善已. 故有無相生, 難易相成, 高下相傾, 音聲相和, 前後相隨. 是以, 聖人處無爲之事, 行不言之敎.' 二章, 『老子今註今譯』, 商務印書館, 1988, 51~52쪽.
12 앞의 주석의 밑줄 친 부분 참조.
13 이것이 『장자』가 『도덕경』의 철학을 이어받아 발전시킨 초월의 심미적 쾌락이다.

이 죽음을 편안히 여기는 달관의 경지를 내세운 것처럼 보이지만, 이는 사실의 전부가 아니다. 도가는 절대타자인 죽음을 진지한 삶의 문제로 직면하기보다는 우회하는데, 이는 예정된 죽음이 삶에 초래할 존재론적 손해를 피할 수 있기 때문이다. 죽음이 주체에게 어떤 이익도 가져다주지 못한다면 이를 애써 관찰하고 극복해야 할 필요가 없는 것이고, 오히려 주어진 생명을 최대한 향유하는 것이 유한한 삶에 더 유리할 것이다.

결국 후대의 도가는 수명을 늘리고 질병을 치료하는 문제에 집착하게 되는데, 이는 죽음 이후를 선계(仙界)로 미화해 삶의 저쪽으로 밀어낸 것과 연동되어 있다. 이처럼 주체의 현세적 향유가 가장 중요한 당면 과제였던 도가는 특유의 기복성(祈福性)을 불교와 나눠 가지며 더욱 세속화되었는데, 『도장(道藏)』을 채우고 있는 수많은 내단(內丹) 비결서들이 이를 웅변한다. 문제는 도가의 이러한 특질들이 타자의 의미를 존재론적으로 스쳐 지나친다는 사실이다.

도가를 사상적으로 완성하는 데 크게 기여한 위진(魏晉)시대의 곽상(郭象)은 개체들이 모나드들로 분할되어 운행되는 어떤 우주를 상정하고서 이 작용을 '독화(獨化)'라고 불렀다.[14] 이 이론의 기원이 무엇이든, 그 핵심은 개체의 생명과 현세에서의 그 운명이 도가의 최대 관심사라는 사실이다. 즉, 도가의 입장에서는 주체의 이익과 무관한 타자에 대해 존재론적으로 탐색한다는 것은 무익하거나 최소한 의미 없는 행위이며, 결국 타자가 증발한 우주에는 무병장수와 연단입선(鍊丹入仙)을 추구하는, 절대 늙지 않는 초월적 주체만이 독립해 있게 된다.

---

14 이종성, 「郭象의 '獨化論'에 관한 考察」, 『대동철학』 3권, 대동철학회, 1999, 271~295쪽.

물론 도가에도 타자에 대한 배려, 공동선을 위한 욕망의 절제, 복선화음(福善禍淫)의 도덕성 등이 두루 갖춰져 있다. 하지만 기복화된 세속불교를 예외로 한다면, 불교 교리의 중심을 구성하는 실존론적 세계 이해, 즉 타자로 구성된 세계에 대한 존재론적 환원과 재입증 과정이 도가에서는 상대적으로 약화되어 있다. 사소해 보이는 이 차이는 주체에 대한 존재론적 증명 과정에서 타자의 해석학적 가치를 소홀히 여기는 것으로 연결된다.

결국 현세에서의 다복(多福)과 후손이 얻을 여경(餘慶)이 누락된 도가적 선행은 소극적으로만 강조되며, 이웃에 대한 희생과 헌신은 주체가 얻을 미래의 혜택을 염두에 둔 보험 들기 행위에 가까워지게 된다. 이 실용적 현세주의가 도가의 유일한 본질일 수는 없겠지만, 적어도 도가의 출발점이었던 주체에 대한 집요한 배려로부터 그 맹아가 싹트게 되었음을 우리는 알고 있다.

타자에 대해 유가가 보인 태도를 이해하려면 무엇보다 죽음에 대한 그들의 관점을 살펴보는 게 필요하다. 앞서 죽음을 절대타자라고 언급했는데, 이는 타자가 주체로서는 어찌할 수 없는 어떤 것, 마음대로 제어할 수 없는 사물성 자체를 상징하기 때문이다. 그렇다면 죽음이란 주체 외부에서 주체 고유의 존재성을 결정적으로 위협하는 피할 길 없는 타자인데, 다른 타자들과 달리 그 존재를 유보하거나 망각에 빠트릴 수 없다는 점에서 절대타자인 것이다.

공자는 죽음을 무시하지는 않되 이를 직접적인 실존의 현안으로 삼는 것에는 반대했던 것으로 보인다.[15] 이를 비존재나 무에 대해 무관심하지

---

15 '樊遲問知, 子曰務民之義, 敬鬼神而遠之, 可謂知矣.',「雍也」,『論語』.

는 않되, 존재와 유라고 하는 현실의 실천적 필요성에만 집중하겠다는 결의로 볼 수 있다. 일상적 실존에 심각한 존재론적 균열이 발생하지만 않는다면, 이런 공자의 태도야말로 평균적인 인류가 취해 왔고 또 취해야 할 모범일 것이다.

그런데 세계의 존재성에 대한 근원적 회의와 주체 자신에 대한 존재론적 의심으로 연결될 수도 있었을 죽음에 관한 본질적 사유를 오직 논리적 차원에서만 수행하면서 존재론적으로는 배척한 공자의 이 미묘한 태도는 타자들로 이루어진 생활계로 육박해 들어가기는 하되, 그 사이에 안전거리를 확보하려는 독특한 유가의 행보로 귀결된다. 그것이 예(禮)다.

예는 삶의 모든 중요한 지점을 존재론적으로 순화시킴으로써 주체로 하여금 일상으로 다시 연착륙할 수 있도록 해주는 일종의 안전장치라고 할 수 있다. 이 때문에 불가에서는 현존을 의미론적으로 붕괴시킬 만한 사건들인 생로병사가 유가에서는 관혼상제의 의례를 통해 무난히 봉합된다. 즉, 낯선 타자의 세계는 주체 너머에 분명히 존재하지만, 그것은 예로 이루어진 공동체의 규범을 통과하며 무난히 주체에 통합되며, 결국 주체는 도가처럼 현실을 우회하지 않으면서도 결과적으로 죽음과 같은 실재계의 진상을 회피할 수 있게 되는 것이다.

이처럼 유가의 타자는 공동체가 수립한 유명론(nominalism)의 우주[16]에 체계적으로 배치됨으로써 어떤 존재론적 과잉의 가능성으로부터도 벗어난다. 달리 말해, 상징계로서의 일상에 균열을 일으킬 타자라는 불안 요소, 즉 유령이나 귀신으로 비유될 현실의 과잉들을 이리저리 누벼 막은

---

16 '齊景公問政於孔子, 孔子對曰, 君君, 臣臣, 父父, 子子.', 「顏淵」, 『論語』.

봉제선 자체가 유가의 주체라고도 할 수 있다. 그렇다면 유가의 주체야말로 문명이 이상적으로 설계한 자기보존의 주체이며, 문명을 존재론적으로 방어하는 경계선 위의 첨병인 셈이다.[17]

결국 유가는 도가와 이론적인 결을 달리하지만, 현실에 대한 해석을 두고 도가와 투쟁을 벌일 필요까지는 느끼지 않는다. 세상 밖의 초월계나 주체의 양생(養生)에 몰두하는 도가를 상대로 구태여 전선(戰線)을 형성할 이유가 없기 때문이다. 실제로 전형적인 유가의 삶을 산 많은 사람들이 별 거부감 없이 도가 취향에 빠지거나 다양한 양생술을 구사했음을 우리는 알고 있다. 문명에 직접적 영향을 끼치지 않는 한, 자연 어딘가에 무릉도원 같은 선경이 있거나 신선들이 숨어 산다고 한들 유가의 현실에는 하등의 변화도 일어나지 않는다.

하지만 불가의 경우는 얘기가 다르다. 현실 자체에 근원적인 존재론적 의문을 제기하는 불가의 사유는 유가가 보호하려고 하는 인륜 질서를 뿌리째 뒤흔드는 효과를 발휘한다. 이는『부모은중경(父母恩重經)』같은 유가 친화적인 경서를 생산하는 것만으로는 봉합될 수 없는 본질적 차이를 빚는다. 따라서 불가와 유가의 대립과 투쟁은 문명과 반문명, 세상과 세상 밖, 사람과 사람 아님의 극단적 분할선을 경계로 삼게 된다. 진정한 세외지교(世外之敎)는 심미적 상상계 속에서 미학화되는 도가가 아니라 현실의 근저를 문제 삼는 바로 불가인 것이다.

---

17 따라서 주체의 실존에 대해 존재론적으로 의문을 갖지 않는 유가의 주체는 타자에 대한 윤리적 염려로 이를 대체한다. 이것이 우환의식(憂患意識)인데, 여기에는 세계로 지향된 존재 불안(Sorge)은 결여되어 있다.

(강수의) 아비가 자식의 뜻을 엿보고자 물었다. "불가를 배우려느냐, 유가를 배우려느냐?" (강수가) 대답했다. "소자가 듣기를 불가는 세상 밖의 가르침이라 합니다. 소자도 사람이온대 어찌 불가를 배우겠습니까? 원컨대 유가의 도를 배우렵니다."[18]

강수의 시대로부터 이어진 불가에 대한 유가의 불신은 후자가 인륜 질서, 즉 문명 세계 건립의 기초를 근본적으로 부정하기 때문이다. 하지만 문명 세계가 불가항력적인 외부의 힘에 의해 붕괴되었을 때 과연 어떤 일이 벌어질 것인가? 예컨대 전쟁이나 기근 또는 가혹한 기후 변화나 역병이 발생해 인간성이 무너지고, 마침내 문명의 존립 자체가 위태로워졌을 때에도 유가의 신념은 유지될 수 있을까?

현상계의 안정된 질서가 매트릭스적 배경으로 작동되지 못하는 순간, 타자의 위험성으로부터 주체를 보호하던 장막은 걷히고, 일상은 존재론적 균열로 인해 파국을 맞게 된다. 타자는 도저히 파악할 수 없는 미지의 위험이 될 수 있으며, 기존에 '인간'이라 불리던 최소한의 기호성마저 상실하게 될 수도 있다. 말하자면 타자는 악마화된다.

타자가 악귀나 살인마로 변할 수 있는 상황에서도 주체는 그들을 자신과 같은 존엄한 인류로 간주할 수 있을까? 이 오래된 질문은 '이웃'이라는 존재에 대한 질문으로 이어진다.

우리와 생활세계를 함께 구성하고, 때로는 우리의 내밀한 삶 구석구석에 영향을 미치는 이웃이라는 타자들은 익숙하면서도 낯설며 가깝지만

---

18 '强首', 「列傳」第六, 『三國史記』卷46.

멀다. 주체의 실존에 강밀(强密)하게 달라붙어 있는 그들은 유가적 현실 속에서는 아무 문제 없이 있는 듯 없는 듯 존재하지만, 불가의 존재론적 회의를 유발할 만한 히치콕적 재난 상황에서는 갑자기 유령적인 존재로 화한다. 그것은 영화 『새』에서처럼 허공을 물들이는 작은 얼룩들이었다 가 삶을 초토화시키는 재앙으로 돌변할 수도 있다.

그런데 '재앙으로 화할 수도 있는 이웃'이라는 이 개념이 유가의 타자관에는 없다. 유가의 이웃은 주체가 덕으로 주변에 모아들여야 할, 자신과 균등한 공동체의 일원들일 뿐이다.[19] 따라서 타자인 이웃을 나의 실존에 재앙을 초래할 존재로 상정하는 것은 현실을 지옥으로 규정할 수도 있는 불가적 사유에서만 가능하다. 때문에 불가의 우주론 속에서 이웃은 관음 보살일 수도, 또는 야차일 수도 있다. 이웃에 대한 이러한 중층적 사고는 세계 전부를 존재론적 의심에 회부했기에 가능했던 것이다.

타자로서의 이웃이 그 어떤 존재일지라도, 심지어 허깨비 같은 무 그 자체일지라도 그 안에서 소중한 존재 가치를 발견해내려는 인식론적 분투가 불가에서는 가능하다. 특히 그것이 유식 계열의 대승적 사유라고 한다면, 팬데믹과 같은 비현실적 공포 상황, 즉 어제까지도 평범했던 이웃이 죽음을 몰고 올 숙주나 죽음 자체로 화하는 상황 아래에서도 주체는 망설임 없이 그들을 사랑할 수 있다. 아니, 적어도 그들을 사람으로 인정할 수는 있다.[20]

---

19 '德不孤, 必有隣.', 「里人」, 『論語』.
20 그 반대의 경우가 나치의 홀로코스트다. 나치가 기존의 일상세계의 규칙을 붕괴시키 자, 즉 현실을 다른 상징계로 갈아엎자 기존의 현실에서는 '사람'이었던 유태인이 순 식간에 '사람 아님'으로 변화하는 과정을 상기해 보자.

이런 자비심, 즉 카루나는 일상적 현실 이외 또는 너머에 숨어 있던 지옥이 돌발적인 사건으로 인해 전개된다 할지라도 변질되지 않는데, 그것은 그 자비심이 애초에 현실을 부정하는 무의 사유로부터 기원했기 때문이다. 어차피 유로 이루어진 세상의 표면은 더 심부의 다른 타자성, 즉 공(空)이 일으킨 가명(假名)의 세계일뿐이기에, 무와 놀이하던 불가의 주체는 좀비화한 타자들인 이웃을 여전히 이웃으로 보살피고 염려할 수 있게된다.

그런데 잘 생각해보면, 불가의 유식 사유는 방향이 살짝만 비틀어지면 세상을 마음껏 희롱하려는 주체의 악마적 쾌락주의로도 연결될 수 있다. 이는 나라는 존재가 있다고 믿는 망집(妄執)의 결과물인데, 현재의 내가 사유하는 주체로서 궁극의 실상(實相)이라고 믿는 순간, 주체는 악마화되어 타자를 도구로 부리게 된다. 유가는 불가의 바로 이 약점을 집요하게 물고 늘어졌고, 또 실제 불가의 역사에서 그러한 요승(妖僧)은 적지 않게 출현하기도 했다. 하지만 이는 대승의 보리살타(菩提薩埵)가 추구하는 이상과는 극단적으로 거리가 멀다.

이웃을 대하는 불가의 태도를 극적으로 보여주는 문헌이 흔히 「백월산양성성도기(白月山兩聖成道記)」로 알려져 있는 소설 작품이다.[21] 이 작품에서 승려 달달박박은 깊은 밤 자신을 찾아온 불청객인 아리따운 처자를 문전박대한다. 수행에 방해가 된다는 이유였다. 그런데 다른 암자에서 수행하던 노힐부득은 기꺼이 그녀에게 잠자리를 내어주고, 더 나아가 산통을 겪는 여자를 위해 출산까지 돕는다. 결국 나중에 그 정체가 관음으로 밝

21 '努肣不得‧怛怛朴朴',「塔像」第四,『三國遺事』卷三.

혀질 아가씨의 도움에 힘입어 노힐부득이 먼저 성불하게 된다.

이 작품을 거칠게 분석하자면, 이는 소승적 자리(自利)에 골몰한 수행
승을 대승의 이타행을 실천하는 보살이 압도하는 이야기라고 할 수 있다.
결국 대승의 실천적 가치는 이웃을 대하는 자비로운 태도에서 비롯되는
것이며, 그 기저에는 도와야 할 상대의 정체를 제한하지 않는 '조건 없음'
의 정신이 놓여있다. 상대가 그 무엇일지라도, 원한을 품은 귀신이나 앙
굴라말라 같은 살인을 일삼는 악당일지라도, 내게 코로나 바이러스를 퍼
트릴 위험한 숙주일지라도 그건 상관없는 것이다.

팬데믹처럼 현존 질서가 급속히 붕괴되는 상황에서 빛을 발할 대승적
사유는 당연히 보통 사람들이 쉽게 실천하기는 힘들며, 끝없이 주체를 위
험에 빠트릴 가능성이 있는 이상적 관념이다. 오히려 우리는 안이하게 자
아의 이익에만 집착하거나, 조금 힘을 낸다 할지라도 자아의 확장 형태인
가족의 범위 안에서만 안전하게 머물고자 고집을 부릴 수 있다.[22] 이는 팬
데믹이 가져오는 최대의 비극이자 저주이다.

타자를 주체의 구성적 외부로만 한정시키고, 세계 전체를 동일자의 관
점에서만 배열하려는 태도는 서구의 근대 주체가 저지른 가장 큰 패착이
다.[23] 팬데믹은 그러한 패착을 더욱 공고하게 만들면서, 그보다 더욱 질이

---

22 도가의 양생관이나 유가의 혈족 중심의 가계주의(家系主義)가 이러한 경향성을 더욱
   활성화시킬 가능성이 있다. 특히 유가의 성인관(聖人觀)에는 이타적 덕치의 이념이
   분명 존재하지만, 우리 모두가 당장 성인이 될 수는 없기에, 급박한 위기에 처한 이웃
   을 보살피는 행위를 얼마든지 유보할 수도 있게 된다. 공자의 효제(孝悌)사상이나 이
   를 계승한 맹자의 친친애인(親親愛人)의 차서적(次序的) 대인관('親親而仁民, 仁民而
   愛物', 「盡心章 上」, 『孟子』)이 그 징후들이다.
23 벵상 데꽁브 지음/박성창 옮김, 『동일자와 타자』, 인간사랑, 1991.

나쁜 에고이즘을 널리 퍼트릴 수 있다. 따라서 그런 경향에 대한 안티-테제로서 대승의 자비심을 특히 강조해야만 할 필요가 있다. 만약 그렇게만 된다면 팬데믹은 저주이면서 동시에 축복일 수도 있다.

일상의 현존 질서가 아무 문제 없이 돌아가는 상황 속에서는 주체의 존재론적 자기반성도 일어나지 않지만[24] 타자의 가치를 발견하기란 더욱 불가능하다. 타자는 대체로 성가신 외부이거나 실존적 향유의 매질로만 기능한다. 그런데 일상이 파국을 맞이하게 되면 타자는 엄청난 불행을 몰고 올 파괴자로서 나타나기도 하지만, 동시에 지옥화된 현실을 견딜 수 있는 고귀한 동반자나 구원자로도 나타난다. 타자가 저기에 있었고 주체를 주체로 구성해 주고 있었다는 새로운 깨달음은 존재에 대한 자연적 믿음 속에 안이하게 흘러가던 주체의 삶을 느닷없이 윤리적으로 각성시킨다.[25]

4. 주체 저 너머로

코로나 팬데믹이 주체에게 불러올 부정적 영향은 언뜻 복잡해 보이지만 의외로 간단하다. 바로 유아론적(唯我論的) 상상계로의 퇴행이다. 본디 타자란 주체의 정상적 성립에 기여하면서 동시에 그것을 왜곡시키고 성가시게 간섭하는 이중적 기능을 떠맡고 있다.

---

24 하이데거가 말한 'Das Man'이 그러한 존재 상황을 대표한다.
25 케네스 레이너드 외 지음/정학현 옮김, 『이웃-정치신학에 관한 세 가지 탐구』, 도서출판 b, 2010.

따라서 주체는 타자를 극복하는 동시에 내재화시키는 과정에 성공함으로써 세계에서 자립하며, 여기에 실패하면 신경증이나 분열증에 빠져 정상적인 삶을 영위하지 못한다. 그런데 팬데믹은 주체가 상징계로 건너가지 못하도록 방해하면서, 동시에 실재계를 들여다보지 못하도록 위축시킬 수 있다. 유아론이 초래하는 환상적 삶이 바로 이로부터 기원한다.

이처럼 팬데믹은 타자를 위험으로만 인식하려는 생존본능의 과잉과 존재론적 고립을 불러일으키지만, 또한 살아남기 위해서라도 모두가 타자에 직면하고 협력해야만 하는 진실을 드러내 주기에, 우리가 그동안 망각하며 살았던 주체 너머, 즉 나른한 에고의 성벽 저쪽에 존재해 왔던 타자의 지평을 발견하도록 추동한다. 이것이 팬데믹이 우리에게 저주이면서도 축복일 수 있는 이유다.

팬데믹과 같은 재난 상황이 지속되는 기간이 길어지면 길어질수록, 인류는 깊은 신경증의 함정에 빠져들게 될 것이다. 그것은 코로나 우울증이라는 병명만으로는 포괄할 수 없는 심각한 정신적 공황상태로 연결될 가능성이 있다. 이는 현대문명이 만들어낸 주체라는 과잉의 부산물일 수도 있지만, 결국은 타자라는 삶의 빛이 결핍되어 빚어질 참극이 아닐까? 과연 타자는 어디에 있는가? '주체의 심연 저 깊은 곳 어딘가'라고 유식불교의 전통은 말한다. 너 자신이 타자라고, 그러므로 타자를 잘 바라보라고 요구하고 있다.

타자에 대한 사랑 또는 의심의 초월

1. 귀신과의 사랑

사랑은 동서고금을 통해 한결같은 힘으로 소설의 세계를 뒤흔들어 온 주제다. 이 주제는 다양한 인간관계와 결합하며 역사적으로 수많은 이야기를 생산해 왔다. 우리는 이 수다한 사랑의 서사를 관통하는 구심축으로 '주이상스(jouissance)'라는 개념을 제시하고, 이를 토대로 중국의 대표적 전기소설집인 『전등신화(剪燈新話)』와 구별되는 『금오신화(金鰲新話)』의 특징을 검출하고자 한다. 특히 우리는 두 소설집에 공통적으로 등장하는 '귀녀(鬼女)와의 사랑'이라는 측면에 주목하여 이 모티프가 실현되는 방식을 비교함으로써 그 윤리적 의미까지 밝히려 한다.

이승의 남성이 죽은 여성과 사랑하는 이야기는 소설사적으로 드물지 않다. 죽음을 초월하는 이런 사랑 이야기는 대체로 현실에서 좌절된 욕망의 초현실적 보상 형식을 띤다. 명나라 때 지어진 『전등신화』를 비롯한 대부분의 동아시아 서사가 그러하다. 문제는 『금오신화』의 경우 언뜻 그러한 보편적 서사문법을 따르는 듯하면서도 섬세하게 어긋나는 장면이 유난히 자주 등장한다는 점이다. 필자는 이 사소하지만 신경 쓰이는 서사의 차이에 주목했다.

예컨대 「만복사저포기(萬福寺樗蒲記)」의 양생(梁生)은 하씨녀(何氏女)가 귀신임을 모르는 것으로 설정되었음에도 마침내 그녀가 귀신임을 깨닫는 장면에서는 의외로 전혀 놀라지 않는다. 이는 그가 이미 상대의 정체를 확실히 알고 있었거나, 대충으로라도 짐작하고 있었을 경우에만 가능한 일이다.

　그런데 우리 예상과는 달리 양생은 이야기가 전개되는 내내 하씨녀를 끝없이 의심하고 있기도 하다. 이토록 집요한 상대에 대한 의심과 그에 어울리지 않는 자각 장면에서의 무덤덤함은 유례를 찾기 힘든 기묘한 서사적 결합인데, 이 작품에 강력한 영향을 준 『전등신화』에서도 선례를 찾아볼 수 없다.

　『전등신화』 속 남성들은 상대 여성이 귀녀임을 미리 알고도 기꺼이 사랑에 빠지거나, 무지한 상태에서 사랑했다가 상대의 정체를 파악하고 엄청난 충격에 휩싸이곤 한다. 여성 주인공의 정체를 남성 주인공이 충분히 인지하고 받아들일 수 있도록 작가가 그 발견 과정을 도입부에 선제적으로 배치했거나, 남성 주인공이 사태의 본질을 깨달은 후 겪을 충격을 증폭시키기 위해 인식의 칸막이를 끝까지 유지한 결과다.

　서사의 방식은 다르지만, 이는 결국 무엇을 의미하는가? 귀신으로서의 여성의 정체가 이야기가 진행되는 내내 결코 함부로 방치될 수 없는 핵심적 흥미 요소임을 뜻한다. 이렇듯 『전등신화』 속 남성들에게 상대 여성의 정체는 서사적으로 매우 중요한 발견과 인식의 대상으로서 강력하게 작동하고 있다. 그런데 이와 달리 상대 여성이 감춰 온 진실을 발견하고도 양생이 취한 무미건조한 대응은 이 문제에 대한 전혀 다른 소설적 의미를 암시한다.

2. '주이상스'란 무엇인가?

'주이상스'는 흔히 '향유'라는 용어로 번역되어 사용됐지만, 이 개념의 창안자인 자크 라캉과 그의 정신분석 이론에 익숙하지 않은 연구자에겐 생소하게 느껴질 수도 있다. 특히 한문소설 연구에서 정신분석 방법론은 익숙하다 보기 어렵고 여전히 소수의 모험적 탐색에 의존해 있다.[1] 이에 따라 여기에서 '향유' 개념을 간략히 소개할 필요를 느낀다.

> 라캉은 '고통 속에 있는 쾌락(Schmerzlust)'을 단순한 '쾌락(Lust)'과 구별하기 위해 전자를 'jouissance'로 번역했다. 죽음의 충동과 연루되어 발생되기 때문에 단순한 쾌락과는 구별되는 이 '향유(jouissance)'는 인간 주체가 상징적 질서 속에 존재한다는 사실을 암시한다. 상징적 질서, 법, 그리고 언어에 의해 '상징적 거세'를 당한 인간 주체는 자아가 추구하는 상상계적 쾌락을 포기하고 자신의 쾌락의 일부를 타자에게 위탁해야 한다.[2]

라캉 철학의 핵심 개념인 '향유'는 프로이트가 후기에 만든 개념인 '죽음충동(todestrieb)'으로부터 온 것이다. 초기 프로이트가 설계한 심리 모델은 두 가지 원칙, 즉 쾌락원칙과 현실원칙으로 구성되어 있었다. 자신 안에 축적된 성 에너지인 리비도를 무제한 방출시키고자 하는 쾌락원칙은 이

1　강상순, 「고전소설 연구와 정신분석학의 접합, 그 가능성과 지점 및 한계들」, 『한국 고전소설과 정신분석학』, 고려대학교 민족문화연구원, 2016, 17~63쪽.
2　홍준기, 「제1장 라캉과 프로이트」, 『라캉과 현대철학』, 문학과지성사, 1999, 67~68쪽.

로 인해 빚어질 불이익을 예상해 쾌락을 유보하거나 지연시키려는 현실원칙의 통제를 받는다. 따라서 현실원칙은 쾌락원칙에 저항하는 초자아의 금지명령의 형식을 취한다.

이렇게 보면 현실원칙이 쾌락원칙을 위배하는 것처럼 보이지만, 실은 현실원칙이야말로 인간의 쾌락을 가장 치밀하게 보존하려는 타산적 전략에 기반해 있다. 다시 말해 현실원칙은 쾌락원칙을 보호하고 보존하려는 은밀한 협조자 역할을 한다.

욕망을 최대한 실현하되 이를 안전하게 관리하려는 위의 두 원칙은 이를 벗어나는 제삼의 쾌락 형식으로 인해 균열을 맞는다. 이것이 자신의 쾌락(plaisir)을 거부하거나 지연시킴으로써 이와 다른 상징적 만족을 이끌어내려는 '향유'의 원리다.[3]

향유는 죽음충동처럼 자신의 안정적인 보존이나 리비도 방출 모두를 포기하면서까지 쾌락을 타자에게 양도하는 행위다. 이럴 경우, 주체의 향유의 지점이 타자에게서 실현되므로 이는 곧 죽음충동이기도 한 것이다. 주체의 직접적 쾌락 혹은 삶 자체를 포기하고서야 진정한 향유에 다가갈 수 있는 강박증, 전이신경증, 도착증 등이 그 사례라고 할 수 있다.

문제는 이러한 향유의 원리가 특별한 병증의 소유자에게서만 나타나는 것이 아니라, 정상적인 인간 심리 도처에 잠복해 있다는 점이다. 무엇보다 주체의 욕망 실현이라는 가시적 혜택을 포기하고서야 수행될 수 있는

---

3 이를 '다른 향유', 혹은 '여성적 향유'라고도 부르는데 이는 생물학적 여성만이 지닌 향유라는 뜻은 아니다. 남성 역시 여성적 향유를 추구한다. 다만 여성적 상징 역할에 근접한 향유의 방식이 존재하며 이것이 향유 개념의 핵심을 차지한다는 정도의 의미다. 이에 대비되어 욕망의 즉각적 성취를 지향하는 향유가 남성적 향유다.

윤리적 자기희생이야말로 대표적인 향유라는 사실이 중요하다.

인간은 욕망의 무제한적 실현을 포기하면서 일차로 거세되고, 그 후 비로소 상상계적 단계를 벗어나 상징질서 안으로 진입한다. 주체는 이 상징질서 안에서 즉각적으로 쾌락을 실현하는 대신 다양한 상징적 가면으로 스스로의 욕망을 포장하는데, 누군가는 여기서 더 나아가 욕망 자체의 성립을 취소하는 데에까지 도달한다. 욕망의 실현을 기각하는 욕망, 죽음을 받아들이고 타자를 위해 소멸을 선택하는 욕망, 이것이 상징적 동물로서 인간만이 갖는 윤리적 사랑/향유다.

3. 『전등신화』 속의 귀녀

『전등신화』의 남성이 귀녀를 사랑할 수 있는 건 귀신을 인간화하기 때문에 가능한 일이다. 귀신이지만 인간세계를 훼손할 수 없는 귀신, 문명에 길들여진 귀신은 산 자들을 본질적으로 위협할 수 없고 인간과 근본적으로 구별되지도 않는다. 따라서 상대가 귀신임을 모르다가 마침내 상대의 정체를 확인한 남성은 상대가 이승에 등장한 이유 또는 의미를 깨달음으로써 상대를 인간화하게 된다. 결국 귀녀들은 귀신이라는 특성을 부여받은 보통 여성들에 지나지 않으며 그들의 욕망 역시 인간적 기호 체계의 일부로 수렴된다. 이럴 경우, 남성에 의해 해원(解寃)의 대상으로 타자화된 귀녀들의 욕망은 이윽고 증발되어 버린다.

먼저 「애경전(愛卿傳)」을 살펴보자. 애경이란 별칭으로 알려진 기흥(嘉興)의 명기 나애애(羅愛愛)는 그녀의 천한 신분을 아랑곳하지 않고 구애한 명문가 자제 조생(趙生)과 결혼한다. 노류장화의 삶을 살던 그녀는 예상과 달리 사대부가 출신 못지않은 현숙한 부인 역할을 제대로 해낸다.

마침 조생은 벼슬을 구하러 대도(大都)로 떠나게 되는데, 이 와중에 장사성(張士誠)의 난이 일어나 애경은 마을을 점거한 유만호(劉萬戶)라는 자에게 겁탈 당할 위기에 처한다. 정절을 지키고자 자결한 애경은 반란이 진압된 후 돌아온 조생 앞에 귀신으로 출현한다. 이 때 조생은 큰 고민 없이 애경을 아내로 받아들인다.

평범한 부부처럼 함께 살던 둘은 마지막으로 동침한 뒤 영별하게 되는데, 애경은 자신이 이미 윤회에 들어 무석(無錫) 땅 송씨 집안 아들로 태어났음을 남편에게 알려 준다. 애경과 헤어진 조생은 무석의 송씨 집안을 방문해 자신을 향해 미소 짓는 사내아이와 감격스러운 상봉을 이룬다.

귀신으로 출현한 애경이 조생에게 자신의 죽음을 회고하는 장면을 보이면 다음과 같다.

몸뚱이 하나뿐인 천첩이 살기를 욕심내야 편안해지고 치욕을 참아야만 오래 살 수 있다는 걸 왜 몰랐겠어요? 그럼에도 옥처럼 부서지는 것을 달게 여기고 물에 잠긴 구슬처럼 되기로 결심하여 등불에 뛰어드는 나방이나 우물로 기어가는 어린아이처럼 목숨을 버렸나이다. 이는 저 스스로 취한 일이요 남들에게 받아들여지지 않을까 해 저지른 일은 아니었어요. 대개 남의 아내가 되어 남편을 등지고 집을 버리며, 남이 주는 작록을 받고도 주군의 은혜를 잊고 나라를 배신하는 자들을 부끄럽게 여겼기 때문

이랍니다.[4]

애경은 귀신이지만 산 자 이상의 윤리의식으로 무장함으로써 죽기 전 자신과의 일관성을 확고히 유지한다. 그녀는 남편과의 사랑을 회복하기 위해 출현했다기보다 자신의 윤리적 승리를 선포하고 인정받기 위해 출현한 것처럼 보인다. 때문에 그녀 내부엔 단절된 사랑에 대한 미련이나 열정은 크게 보이지 않으며 마지막엔 정해진 운명에 순종하듯 다른 인연으로 소멸해 간다.

물론 조생 역시 귀신이 된 아내와의 조우를 심대한 실존적 충격으로도, 인간으로 견뎌내야 할 숙명적 사건으로도 받아들이지 않는다. 무엇보다 둘의 조우가 도덕적 결말로 이동해 가는 짧은 매개 과정에 지나지 않는다는 점이 중요하다.

이상의 결과로 애경의 욕망은 도덕적 욕망으로 전화되어 희석되고 조생은 그녀의 해원을 실현해 주는 윤리적 목격자, 또는 이를 추인해주는 도덕의 주체로 정립된다. 이는 「등목취유취경원기(滕穆醉遊翠景園記)」의 경우도 대동소이하다. 줄거리는 다음과 같다.

원나라 선비 등목(滕穆)은 임안(臨安)의 명소 취경원(翠景園)을 방문했다가 송나라 시절 궁녀였던 귀신 위방화(衛芳華)와 조우하여 사랑을 나눈다. 그녀를 고향으로 데리고 가 부부로 살던 등목은 과거를 치르러 길을 떠나

---

4 '賤妾一身, 豈不知偸生之可安, 忍辱之耐(奈)久. 而甘心玉碎, 決意珠沈, 若飛蛾之撲燈, 似赤子之入井, 乃己之自取, 非人之不容. 盖所以愧夫爲人妻妾而背主棄家, 受人爵祿 而忘君負國者也.'「愛卿傳」, 앞의 책. *(奈)는 규장각 선본에 의해 교정함. 주릉가 교주/최용철 역, 『전등삼종(상)』, 소명출판, 2005, 240쪽.

려던 차에 임안에 다시 가 보고 싶다는 위방화의 청을 뿌리치지 못한다. 재차 취경원에 당도한 위방화는 이승의 인연이 끝났다며 저승으로 사라져 버리고 절망한 등목도 세상에 뜻을 잃고 산으로 들어가 버린다.

이 작품에서 등목이 귀신 위방화와 처음 조우하는 장면은 이러하다.

> 등생이 그녀의 성명을 물으니 미녀가 말했다.
> "첩은 인간 세상을 버린 지 이미 오래되었습니다. 스스로 사정을 말씀드리고자 했지만 진실로 낭군님을 놀라게 할까 두려웠습니다."
> 이 말을 한 번 듣자 (등생은) 그녀가 귀신임을 확인했지만 또한 두려워하지 않았다.[5]

양상은 다르지만 등목 역시 조생처럼 상대 여성이 귀신이라는 사실에 크게 개의치 않는다. 말하자면 등목은 상대가 귀신이라는 사실을 실존의 문제로 심각하게 해석할 필요를 느끼지 못하도록 설정된 존재다. 결국 조생 부부가 도달한 도덕적 목적조차 실현하지 못하는 등목 부부의 사랑은 그저 초월적 운명이 점지한 애정의 유희였음이 밝혀진다. 따라서 위방화는 그녀가 귀녀였다는 사실이 무색할 정도로 철저히 인간화되며, 결국 등목이라는 남성의 욕망충족의 대상으로만 복무하게 된다.

이상을 통해 애경과 위방화가 그 본질에 있어서는 주체적 욕망이 거세된 존재임을 알 수 있다. 즉, 현실세계의 인륜성에 순화된 그녀들의 욕망

---

5 '生, 問其姓名, 美人曰, 妾棄人間已久, 欲自陳敍, 誠恐驚動郎君, 生(一)聞此言, 審其爲鬼, 亦無懼.'「滕穆醉遊翠景園記」, 위의 책. *(一)은 규장각 선본에 의해 교정함

은 욕망을 흉내 낸 선망에 불과한데, 더 정확히는 남성[인간] 세계에 귀속하려는 여성[귀신]의 근원적 결핍을 의미한다.

그런데「모란등기(牡丹燈記)」에 등장하는 여성의 욕망은 위 작품들과 확연히 다르며 당연히 남성의 역할에도 큰 변화가 찾아온다.[6] 줄거리를 살펴보자.

아내를 잃은 교서생(喬書生)은 어느 날 밤 우연히 부여경(符麗卿)이라는 미녀와 조우해 사랑에 빠진다. 하지만 그녀는 이미 오래전 죽은 귀신이었고 둘의 애정행각에 의구심을 품은 옆집 노인에게 정체를 들킨다. 노인의 권고에 따라 부여경이 호심사(湖心寺)라는 절에 안치된 무연고 시신이라는 사실을 알아챈 교서생은 현묘관(玄妙觀)의 위법사(魏法師)로부터 받은 부적을 대문에 붙여 여경의 방문을 봉쇄하고 호심사를 멀리한다.

그런데 술에 취한 교서생은 무심결에 호심사 인근 길을 지나다 여경을 찾게 되고 마침내 원한을 품은 그녀에 의해 살해된다. 이후 악귀가 된 두 남녀는 인근을 출몰하며 사람들에게 해를 끼치는데, 위법사의 부탁을 받은 철관도인(鐵冠道人)이 등장해 이들을 징치하여 지옥으로 압송한다.

여기서 교서생을 살해하기 직전 부여경이 하는 말을 인용한다.

첩은 당신과 평소 알지 못하는 사이였지요. 모란 등불 아래에서 우연히 한번 보고 (나를 좋아하는) 당신의 마음에 감동받아 마침내 온몸으로 당신을 모셔서 저녁이면 찾아갔다 아침에 돌아오곤 했었어요. 당신에게 박절

---

6 이 문제는 다음의 논문을 통해 상론하였다. 윤채근,「『剪燈新話』의 惡鬼와 超越의 倫理-「牡丹燈記」를 중심으로」,『日本學硏究』51집, 단국대학교 일본연구소, 2017.

하지 않았거늘 어쩌다 요망한 도사의 말을 믿고 갑자기 의혹을 품어 영원히 우리 만남을 끊으려 하신 건가요?[7]

산 자로서의 삶을 완벽히 실현하고자 하는 부여경은 인간의 사랑을 과잉 모방함으로써 귀신으로서의 자신의 정체성을 부정하며, 끝내 교서생의 삶을 자기 세계 쪽으로 끌어들이고 만다. 그녀는 애경이나 위방화와 달리 욕망의 화신이자 윤리적 금기를 넘어선 현실의 침입자로 작동하고 있다. 이에 따라 교서생은 윤리적 심판자나 해원의 목격자 또는 사랑의 시혜자가 아니라 과잉된 욕망에 쫓기는 수동적 피해자로 묘사된다.

자신의 불리한 처지나 예견되는 피해를 묵살하고 사랑의 정염을 지속시키려는 부여경의 광포한 열정은 논외로 치더라도, 교서생의 이상과 같은 소극성은 욕망을 소유한 여성에 대해 남성 가부장사회가 갖는 문화적 불안을 여실히 드러낸다. 즉, 욕망이 거세되지 않은 여성성은 불길한 과잉으로서 귀신이나 여우와 같은 비인간성으로 치부되기 십상이며, 궁극적으로 남성적 욕망의 충족을 방해한다는 사실이다.

결국 부여경은 소설 후반부에서 욕망을 지나치게 확산시키려는 오염원으로서 교서생과 함께 확실히 징치되고 나서야 소설 주인공으로 살아남았다. 이는 그녀의 거세되지 않은 눈먼 욕망이 그만큼 위험한 것이었다는 반증이기도 하다. 하지만 그럼에도 소설 캐릭터로서 부여경이 지닌 탁월

7　'妾與君素非相識. 偶於燈下一見, 感君之意, 遂以全體事君, 暮往朝來. 於君不薄, 奈何信妖道士之言, 遽生疑惑, 便欲永絶?', 瞿佑 著(垂胡子 集釋),「牡丹燈記」,『剪燈新話句解』卷之上(高大 薪菴文庫本).

한 매력은 그녀의 순화되지 않은 열정의 이 비상한 무목적성에 있다.

여성의 욕망이 남성에게 위험한 것은 그것이 남성의 불완전성 또는 결핍을 근원적으로 환기시키기 때문이다. 말을 바꾸면, 남성은 여성의 욕망을 완벽히 만족시킬 수 없기에 당연히 그녀를 정복할 수도 없으며 영원히 소유할 수도 없다. 여성은 오직 법과 제도 아래에서 욕망이 순화된 존재로 머물 때에만 남성에게 온전히 소유될 수 있다.

그런데 부여경의 욕망은 어떠한가? 그녀의 욕망은 남성에 의해 통제되지 않으며 길들여지지도 않는다. 애경이나 위방화와 달리 부여경의 욕망이 남성에 의해 해소되거나 승화될 수 없는 무목적성을 띠고 있기 때문이다. 그런데 이 무목적성이야말로 욕망의 본질인 것이고, 결국 부여경의 집착은 욕망 그 자체를 상징하고 있다.

이렇게 욕망하는 존재로서 부여경은 자신이 귀신이라는 사실도 하등 결핍으로 느끼지 않는다. 이는 그녀의 무절제한 폭력성과 인간계로 침입하려는 과감함이 증명하고 있다. 이런 태도는 자신이 귀신이라는 사실을 근원적 결핍으로 이해하고, 그 결핍을 채워주는 남성을 만남으로써 자신의 삶을 완성한 애경이나 위방화 같은 여성들과는 너무나 동떨어져 있다.

결국 우리는 부여경이 드러낸 욕망의 형식이 지극히 남성적인 것이었다는 결론에 도달한다. 자신의 죽음을 부정하려는 악귀 부여경 속에는 죽음을 무릅쓰고서라도 사랑을 수행하려는 남성적 향유가 겹쳐 있는데, 이것이야말로 그녀가 용서받을 수 없는 악귀가 된 근본적 이유다.

여성/귀신으로서의 자신의 결핍을 부정하고 남성/사람과 대등해지고, 나아가 남성/사람을 정복하고 통제함으로써 남성/사람의 위치를 차지하려 한 그녀는 자신의 결핍을 부정하기 위해 반대로 세상이 결핍되어 있다고 주장하는 도착증자를 닮아 있다.

이상의 세 작품은 이야기의 결은 서로 매우 다르지만, 공히 사랑의 윤리적 향유의 모습을 드러내는 데에는 실패하고 있음을 알 수 있다. 욕망이 거세되지도, 그렇다고 비정상적으로 과잉되지도 않으면서 상대의 욕망을 욕망하려는,[8] 하지만 이를 사명으로 승화시킨 윤리적 사랑은 상대로부터 무언가를 획득하거나 무언가로 인정받으려는 것이 아니라, 상대 욕망과 무관하게 주체가 내리는 순수한 희생의 결단이며, 궁극적으로 자신의 일부 또는 전부를 타자에게 내어주는 행위이기 때문이다.[9]

4. 『금오신화』의 윤리적 향유

먼저 살펴볼 작품은 「이생규장전(李生窺墻傳)」이다. 이 작품은 열렬한 사랑에 빠진 두 젊은이가 마침내 결혼에 성공하는 전반부의 사랑 이야기에, 전란으로 인해 온 가족을 잃은 남자 주인공 이생(李生)이 귀신이 된 아내 최씨(崔氏)와 은밀한 부부생활을 누리다 끝내 헤어지는 비극적인 후반부가 결합된 형태다.[10]

이 작품을 플롯으로만 보면 「애경전」과 별 차이가 없어 보인다. 하지만 주인공들의 욕망이 풀려나가는 방식을 분석하면 양자가 완전히 다른 작

---

8 프로이트가 히스테리의 정동(情動) 구조를 이렇게 정의한 바 있다.
9 그런 구조적 관점에서 여성적 향유라고 지칭한다.
10 물론 전반부의 분량이 압도적으로 많다. 장효현 외 교감, 「6 李生窺墻傳」, 『校勘本 韓國漢文小說 傳奇小說』, 高麗大學校 民族文化研究院, 2007, 71~87쪽.

품임을 알 수 있다.

최씨는 어떤 존재인가? 전반부 연애담을 토대로 보자면 그녀는 이생보다 더 솔직하고 더 적극적이며 더 헌신적이다.[11] 연애편지를 먼저 보낸 건 이생이었지만 이후 그를 방에 끌어들여 동침을 제안했던 건 최씨였다. 둘의 관계가 발각됐을 때 그녀는 목숨을 걸고 부모를 설득해 결혼을 성취해내기까지 한다. 단적으로 최씨는 수동적으로 낙점 받는 존재가 아니라 욕망을 전개하는 정열적인 작동자로서-귀신이 아니라는 점만 빼면-부여경과 흡사한 인물이다.

최씨의 열정적 욕망이 부여경처럼 과잉으로 부풀어 오르지 않았던 것은 그녀가 산 자로서 정상적으로 결혼을 관철시킬 수 있었기 때문이다. 결혼할 수 있는 한 그녀의 욕망은 세상의 도덕과 모순을 빚지 않는데, 문제는 그녀가 귀신이 되고부터다. 귀신이 된 최씨는 전체 전개로 보면 애경과 비슷한 행동 패턴을 보인다. 즉 시부모의 시신을 찾아 매장해주고 아내로서의 정체성을 유지한 채 소멸한다.

그런데 남편에게 잠깐 들른 애경과 달리 최씨는 몇 년간의 동거를 이어가다 마지막 순간에야 마지못해 떠나며, 무엇보다 자신이 죽었음에도 산 자로서의 권리를 고스란히 주장하고자 한다. 귀신으로 이생 앞에 나타나 자신의 신세를 술회한 뒤 그녀는 섬뜩한 어조로 다음과 같이 묻는다.

예전의 맹서 어기지 않기를 기대하노니, 만약 혹시라도 날 잊지 않았다면

---

11 심지어 이생보다 우월한 가문에 속해 있다.

끝내 좋은 관계를 맺으려는데 이랑은 정녕 허락하려는지요?[12]

최씨의 말은 비록 간청과 호소의 형식을 띠고 있지만 결코 저세상으로 넘어가 버린 자의 하소연은 아니다. 보기에 따라선 위협적 어조를 담고 있다. 이 당당함은 어디에서 오는가? 그녀가 죽었음에도 아직 다 죽지 않은 자, 사랑의 열정으로 죽음을 이긴 자였기 때문이다. 따라서 이생과 동거한 몇 년간 그녀는 '죽었지만 산 자'로서 죽음을 거부하는 삶을 산다. 부여경의 경우처럼 그녀에게 죽음은 본질적 결핍이 될 수 없는 것이다.

그런데 자신의 죽음을 결핍으로 받아들이지 않은 최씨의 이후 행동은 부여경과 사뭇 다르다. 그녀는 남편을 통해 자신의 결핍을 보상받으려 하지도 않지만, 그렇다고 산 자들의 세계로 침입해 남편을 소유하려 들지도 않는다. 그녀는 결핍 없는 인간의 삶을 인간보다 더 멋지게 흉내 냄으로써 자신의 결핍을 무화시키고 나아가 남편의 결핍을 채워주는 존재다. 남편에게 인정받는 방식으로써가 아니라 남편을 버젓한 사람으로 살아갈 수 있도록 도움으로써 그녀는 사람과 대등해진다.

결국 최씨가 윤리적 주체로 두 번 사는 것은 그녀가 정절을 지키려 자결했거나 죽고 나서도 남편을 도와 며느리와 아내로서의 도리를 다해서만이 아니라, 그런 일들을 살아있는 자로서 치러냈기 때문이다. 다시 말해 그녀가 이생을 돕다가 잊힐 타자 또는 결핍된 존재가 아니라 욕망하는 주체로서-죽고 나서도 사랑을 선택하고 관철시킴으로써-산 사람과 똑같은 윤리적 삶을 살아냈기 때문이다. 따라서 애초 그녀는 부여경 같은 악귀일

---

12 '期不負乎前盟, 如或不忘, 終以爲好, 李郎其許之乎?' 위의 책.

수가 없다.[13]

최씨가 애경이 아니듯 이생 역시 조생과 다른 인물이다. 이는 이생이 귀신이 된 최씨와 조우하는 대목에서 파악할 수 있다. 다음과 같다.

> 신발 끄는 소리가 멀리 회랑에서부터 점점 가까이 들려왔는데 이르고 보니 곧 최씨였다. 이생은 그녀가 이미 죽었다는 것을 알았지만 사랑하는 마음이 몹시 돈독하여 다시 의심하지 않고 급히 물었다.
> "어느 곳으로 피신해 목숨을 온전히 했소?"[14]

귀신이 된 애경을 만난 조생은 상대를 귀신으로 전제하고 호출했었다. 이생은 그와 달리 최씨가 귀신임을 모를 수 없는 상황임에도[15] 그녀를 산 자로 대우하고 있다. 이 차이는 미세해 보이지만 결코 작은 차이가 아니며, 소설 전체의 기조에 큰 영향을 끼친다.

이생이 최씨를 살아있는 사람으로 여기는 것은 상대가 귀신임을 애써 외면한다거나 혹은 당황해서 잠깐 착오를 일으키는 행동 등과는 질적으로 다르다. 이는 알면서도 모르고 모르면서도 아는 '무지의 지(知)'에 해당한다.[16] 그리고 이생의 이러한 실존적 선택, 즉 아내가 죽은 자라는 사실

---

13 그러나 부여경의 운명과 종이 한 장 차이에 불과하다.
14 '漸聞廊下, 有躞蹀之音, 自遠而近, 至則崔氏也. 生雖知已死, 愛之甚篤, 不復疑訝, 遽問曰, 避於何處, 全其軀命?', 앞의 책.
15 최씨가 살해되기 직전 함께 도적에게 쫓기고 있었다.
16 물론 이는 생과 사를 여일(如一)하게 받아들이려는 불교적 태도를 저변에 담고 있다.

을 무시하고 부인하려는 윤리적 결정[17]이야말로 최씨로 하여금 당당히 살아있는 자로 존재할 수 있도록 한 원동력이기도 하다.

이생 부부는 생과 사로 갈린 자신들의 운명을 무시하고 산 자로서의 사랑을 이어간다. 물론 저승의 율법을 어길 수 없어 최씨는 몇 년 뒤에 소멸하게 되지만, 남편에 대한 사랑의 열정만큼은 남김없이 소진한 채로 사라진다. 결핍을 찾을 수 없는 이들의 삶이 산 자들의 그것과 무슨 차이가 있는가? 이 모든 일이 가능했던 것은 이생의 결의, 죽은 아내를 살아있는 아내와 동일시하겠다는 결의 때문이었다. 결국 이 작품의 남녀 주인공은 윤리적 주체로서 동등한 사랑의 영웅이 된다.

그런데 이생 부부는 어째서 윤리적 주체일 수 있는 것일까? 여기서 죽은 자들이 왜 자꾸 소설 속에 출현하는것인지부터 조금 더 깊게 살펴봐야 하겠다. 그건 죽은 자를 대하는 태도가 삶을 대하는 태도와 불가분 연관되기 때문인데, 달리 말하자면 현실에 등장하는 죽은 자가 산 자의 감춰진 욕망 또는 의식에서 억압된 그 무엇-실재-을 상징하기 때문이다.

감춰지고 억압된 것이 현실로 귀환하게 되면 이는 섬뜩하고 무서운 것, 친숙했기에 더 공포를 불러일으키는 낯섦으로 다가온다.

> 대부분의 사람들에게 가장 강렬하게 두려운 낯설음의 감정을 불러일으키는 것은 죽음, 시체, 죽은 자의 생환이나 귀신과 유령 등에 관련된 것이다 … (중략) … 가장 오래된 주제인 죽음과 인간의 관계는 이 작은 감정적 편린에 붙어 있는 채로 원형대로 보존되어 온 것이다 … 두려운 낯설음의

17　이러한 행동의 윤리성에 관해서는 윤채근(2017)을 참조.

감정은 환상과 현실의 경계가 사라진다거나, 이제까지 공상적인 것으로 여겨졌던 것이 눈앞에 나타난다거나, 어떤 한 상징이 상징하고 있던 사물의 모든 의미와 기능을 그대로 갖추고 나타날 때 흔히 쉽게 발생한다 … (중략) … 두려운 낯섦은 감정이 억압을 당한 heimlich-heimisch이고 회귀도 바로 억압을 당한 그곳에서부터 이루어지며, 두려운 낯설음의 감정을 유발하는 모든 것은 이러한 조건을 충족시킨다고 하는 것 등은 정확한 지적일 것이다.[18]

의식에서 억압된 것, 즉 은폐된 욕망의 대상이나 죽음 충동이 현실로 귀환하게 되면 '두려운 낯섦'의 감정을 불러일으킨다. 그것은 죽음이나 억압된 성욕처럼 우리 주변 혹은 내부에 있지만 은폐됐던 것들이 현실과 유사한 형상으로 드러날 때 발생한다. 욕망의 과잉과 죽음을 동시에 상징했던 부여경이 그러한 사례다.[19]

부여경은 평범한 사람은 꿈꿀 수 없는 용기로 율법에 항거해 욕망을 실현하며 욕망의 끝이 죽음임을 귀신이라는 자신의 정체로 세상에 고지한다. 욕망을 인간적 한계 너머로까지 실현하는 존재는 죽은 존재이며 탈인간화된 실재이며 신처럼 신성한 존재다. 따라서 실재의 윤리[20]를 폭력적

---

18 지그문트 프로이트/정장진 역, 「두려운 낯설음」, 『창조적인 작가와 몽상』(『프로이트 전집』18), 열린책들, 1996, 133~139쪽,
19 폭증하는 욕망은 죽음과 닿아 있다. 따라서 과한 욕망의 충족을 '죽고 싶을 정도로'라고 표현하게 된다.
20 알렌카 주판치치/이성민 역, '5. 선과 악', 『실재의 윤리-칸트와 라캉』, 도서출판b, 2004, 147~151쪽.

으로 구현한 그녀는 그녀와 같은 신화적 삶을 동경하지만 이를 백일몽으로밖에는 실현할 수 없는 모든 보통 독자들을 두려운 낯섦에 빠트려 매혹시켰던 것이다.

부여경과 달리 두려운 낯섦을 전혀 불러일으키지 않는, 현실에 진입한 귀신이면서 현실의 규범에 곧장 안착해 버리는 애경이나 위방화는 현실과 철저히 격리되어 그저 허구적 소재로만 머무는 소품에 지나지 않는다. 그녀들은 현실을 섬뜩하게 만들 현실과의 유비성을 상실하고 있다. 다시 말해 두 여성은 현실에서 억압된 실재-욕망과 죽음-가 귀환한 것이 아니라 남성의 윤리적 삶을 보완하는 매개에 불과하다. 때문에 그녀들이 귀신이라는 사실에 남성들은 전혀 놀라지 않으며 나아가 그 사실을 되새길 필요조차 느끼지 못한다.

이는 무지의 지 속에서 자신이 또는 아내가 죽은 자임을 애써 무시하려는 이생 부부와는 다른 태도다.[21] 이생 부부는 현실에서 억압된 실재로부터 떠오른 질문, 즉 존재의 근원적 결핍을 상징하는 욕망과 죽음의 문제에 마주해서 이를 현실에 타협시키지도, 현실을 부정하는 도착적 에너지로 활용하지도 않는다. 그들은 이 두렵고도 낯선 실재에 직면해 이를 인지하지만 다른 한편으로는 부인하며, 두려워하는 대신 사랑의 결의로 이를 거부한다. 이것이 실재의 침입을 신화적 공포로 회피하지 않고 사랑의 힘으로 고스란히 받아내 현실을 지탱하려는 이생 부부가 윤리적 주체인 이유다.

---

21 애경과 위방화는 욕망의 실재를 회피해 간 사례다. 반면 이씨 부부는 욕망의 실재를 열어보고도 그 두려운 낯섦을 극복한 상황, 즉 윤리적 사랑을 상징한다.

알면서도 모르는 이생의 윤리적 자의식이 극단적으로 강화된 경우가 「만복사저포기(萬福寺樗蒲記)」의 양생(梁生)의 경우다.[22] 양생은 만복사에 기식하던 노총각으로서 고독을 견디다 못해 부처와 저포놀이를 벌인다. 놀이에서 이긴 그는 상으로 여자를 내려달라고 부처에게 요구하는데, 과연 하씨 성을 지닌 미녀가 양생과 동일한 외로움을 호소하러 만복사에 나타난다.

눈이 맞은 두 사람은 남녀의 인연을 맺고 그녀의 집(무덤)으로 가 부부처럼 지낸다. 기한이 차 세상으로 되돌아온 양생은 약속대로 보련사 가는 길목에서 그녀를 기다리게 되는데, 마침 그녀의 대상일(大喪日)을 맞아 절을 찾던 그녀 부모와 마주친다. 자초지종을 알게 된 하씨 부모와 양생은 절에서 하씨와 영별하게 되고 이후 양생은 약초를 캐다 실종된다.

이야기 줄거리는 「등목취유취경원기」와 대체로 유사하다. 하지만 「이생규장전」과 「애경전」 사이에 빚어졌던 동일한 차이가 두 작품 사이에서도 나타난다. 귀신 위방화를 만나 천연덕스럽게 부부생활을 한 조생과 달리 양생은 귀신 하씨를 의심하고 이해하려는 노력을 끝없이 반복하게 된다. 이 고통스러운 의심과 확인의 과정은 하씨가 위방화처럼 남성 욕망에 종속된 인물이 아니라 남성과 동등하게 욕망을 주장하는 존재인 데에서 비롯된다.[23]

하씨는 최씨처럼 욕망의 활력을 유지한 채 이승에 현현하며 부여경처

---

22 장효현 외 교감, 「5 萬福寺樗蒲記」, 『校勘本 韓國漢文小說 傳奇小說』, 高麗大學校 民族文化硏究院, 2007, 52~70쪽.

23 이는 양생과 만나기 직전 부처에게 자신의 욕망을 고백하는 그녀의 호소문을 통해 알수 있다. '生涯前定, 業不可避, 賦命有緣, 早得歡娛, 無任懇禱之至.' 위의 책.

럼 낯선 남성을 자신의 배우자로 포획해 버린다. 그녀가 부여경과 다른 점이 있다면 과녁을 제대로 골랐다는 사실뿐이다. 만약 양생이 귀신을 두려워하거나 금기시하는 인물로 설정됐더라면, 하씨는 얼마든지 부여경과 유사한 운명에 빠질 수 있었다. 예컨대 첫 만남에서 그녀는 양생이 자신을 의심하자 당돌하게 거짓말을 하며 상대를 기만한다.[24]

> 여자가 (부처에게) 올린 글을 읽어보고서 기쁨이 얼굴에 번진 그가 그녀에게 물었다.
> "그대는 누구이기에 이곳에 혼자 왔소?"
> 여자가 대답했다.
> "첩 또한 사람인데 대저 무얼 의심하는지요? 당신은 그저 아름다운 짝을 얻으면 됐지 성명을 물을 필요는 없거늘 이리도 행동이 뒤집혀 있다니요!"[25]

이처럼 하씨는 양생에게 손쉽게 파악되어 아내로 전유되는 존재가 아니며 양생을 힘겨운 의심 속으로 밀어 넣을 수 있는 독립성을 갖추고 있다. 다시 말해 그녀는 양생과 대등한 사랑의 주체로서 욕망을 실현한다. 이렇게 욕망을 주장하는 하씨는 결코 일개 무색무취한 타자로 전락하지 않은 채 상대에게 윤리적 선택을 하도록 강요한다.

---

24 이 부분을 조생을 만나자마자 자신이 귀신임을 실토하는 위방화와 비교해 보라.
25 '見女狀詞, 喜溢於面, 謂女子曰, 子何如人也, 獨來于此? 女曰, 妾亦人也, 夫何疑訝之有? 君但得佳匹, 不必問姓名, 若是其轉倒也!' 앞의 책.

가령 남성으로 하여금 이런 질문들에 직면하도록 만든다. 귀신인 여성과 계속 사랑해도 되는가? 귀신과 사랑하는 삶이 어떤 결과를 빚을 것인가? 이 위태로운 사랑은 지속될 수 있을까? 이런 질문들은 상대 여성을 '욕망하는 타자'로 인정하는 남성이라면 당연히 제기할 법한 것들이다.

따라서 이상의 질문 없이 귀신과 동거하는 등생은 비록 귀신을 수용하는 관대한 선택은 했을지언정 윤리적 인물이라고 할 수는 없다. 사랑하는 여성이 귀신일지라도 현실 속 여성과 전혀 차이가 없다면 자신의 삶엔 어떤 불편도 없을 것이기 때문이다.[26]

이와 달리 양생이 하씨를 귀신으로 의심하면서도 이를 애써 무시하는 반성 장면들을 차례로 들면 다음과 같다.

> 배치된 궤안은 희고 깨끗하며 무늬가 없었고 술은 맛있고 향기로워 정녕 인간 세상의 맛이 아니었다. 생이 비록 괴상하다 의심했지만 (그녀의) 미소 지으며 말하는 모습이 맑고 고우며 몸짓과 자태는 느긋하고 여유로워 필시 귀한 집 처자가 담장을 넘어 가출한 것이라 여기고는 또한 의심하지 않았다.[27]

불탁에 놓인 하씨의 장사(狀詞)만으로도 이미 그녀가 산 사람이 아님을

---

26 이것이야말로 등생이 동화적인 캐릭터인 이유이기도 하다. 동화 속 주인공은 죽음을 겁내지 않으며 귀신을 늑대 이상으로 두려워하지도 않는다. 현실과의 실존적 유비성을 상실했기 때문이다.

27 '鋪陳几案, 素淡無文, 而醅醴馨香, 定非人間滋味. 生雖疑怪, 談笑清婉, 儀貌舒遲, 意必貴家處子, 踰牆而出, 亦不之疑也.' 위의 책.

추정할 수 있었음에도[28] 양생은 기이한 둔감함으로 명확히 드러난 표징들을 애써 무시한다. 무늬 없는 가구와 기이한 술 향기는 귀신세계를 암시하는 대표적 징후들이다. 양생은 이 괴이한 징후들을 별 고민 없이 하씨의 여성적 매력들로 상쇄해 버리고 있다.

> (부부가 되자는) 그녀의 말을 들은 양생은 한편으론 감동하고 한편으론 놀라워하며 대답했다.
> "어찌 그대 명을 따르지 않겠소?"
> 그러나 그 태도가 평범하지 않은지라 양생은 그녀가 하는 행동을 지그시 살폈다.[29]

만복사에서 동침한 뒤 술을 마시며 나누는 대화인데, 이 장면부터 양생은 본격적으로 하씨가 귀신이 아닐까 의식적으로 추측하기 시작한다. 하지만 그의 반성은 이내 멈춰 버리고 만다. 양생이 하씨와 손잡고 그녀의 집-실은 숲 속의 빈장처(殯葬處)-에 가기 위해 동네를 통과하는 장면을 보면 이러하다.

> 양생이 그녀의 손을 잡고 동네 골목을 지나갈 때 개들은 울타리에서 짖고 길을 걷던 행인들은 그가 그녀와 함께 걷고 있다는 사실을 눈치 채지 못했다. 그들은 그저 이렇게 말했다.

---

28 '幽居在空谷, 歎平生之薄命, 獨宿度良宵, 傷彩鸞之獨舞'라는 표현이 나온다.
29 '生聞此言, 一感一驚曰, 敢不從命? 然其態度不凡, 生熟視所爲.' 위의 책.

"양생은 이른 시간에 어디로 가시오?"

양생은 대답했다.

"만복사에서 취해 누워 있다가 옛 친구의 시골집에 자러 갑니다."[30]

개의 눈엔 귀신이 보인다는 속신이 있다. 그리고 무엇보다 행인들은 하씨의 존재를 전혀 알아보지 못한다. 그녀가 산 자들의 눈에는 보이지 않는다는 뜻이다. 이 명백한 증거 앞에서 양생은 오히려 하씨와 공모자가 된다. 그는 하씨를 의심하는 대신 그녀의 존재를 감추기 위해 자발적으로 행인들을 속인다.

이 작품이 분열적인 서사가 아닌 한 이 장면에 이르러 양생과 하씨 사이에는 서로 알지만 모르기로 한 묵계 또는 생사를 초월한 밀약이 성립됐음이 분명하다. 동시에 양생은 두려운 존재인 귀신을 자신의 반려자로 말없이 받아들이려는 윤리적 인물로 변화한다.

그녀 집의 시녀는 아름답지만 교활하지 않고 그릇들은 깨끗하면서 무늬가 없어 사람 사는 세상이 아니라 생각했지만 그녀를 사랑하는 마음이 깊고 곡진해 다시 그런 생각에 잠기지 않았다.[31]

하씨가 묻혀 있는 빈장처에서 그녀와 삼일을 동거한 뒤 양생이 보인 마

---

30 '生執女手, 經過閭閻, 犬吠於籬, 人行於路, 而行人不知與女同歸, 但曰, 生早歸何處? 生答曰, 醉臥萬福寺, 投故友之村墟也.' 위의 책.

31 '其侍兒, 美而不黠, 器皿潔而不文, 意非人世, 而繾綣意篤, 不復思慮.' 위의 책.

지막 의심이다. 실은 의심이라기보다는 의심의 최종적 부정을 보여주는 대목이다. 양생은 의심하지 않기로, 아니 의심하는 행위를 의식적으로 중단하기로 결심하고 있다. 이렇게 결심한 이유는 그녀를 계속 사랑하기 위해서다.

이 장면 뒤에 하씨는 아예 대놓고 둘이 있는 곳이 속세가 아니라고 말하고 있으며[32] 그녀가 양생과의 이별 직전에 자기 이웃이라고 초대한 여성들은 한결같이 정상적인 사대부가 딸들이 아님이 밝혀진다.[33] 하지만 양생은 요지부동 어떤 의문도 품지 않는다. 그는 생사를 초월하기로 결심했고 그 결심은 오랜 의심을 거쳐 확고해져 있었기 때문이리라.

다음 장면은 이 소설 가운데 가장 아름답고도 숭고한 장면이다. 하씨의 부탁대로 보련사 가는 길목에서 그녀가 오길 기다리던 양생은 딸의 대상일(大喪日)에 맞춰 제사를 지내러 오던 하씨 부모를 만나 그녀가 이미 죽은 여자임을 확인한다. 하씨 부모가 먼저 절로 올라가고 홀로 우두커니 서있던 양생은 마침내 하씨와 다시 해후한다.

양생은 우두커니 서서 기다렸다. 약속시간이 되자 과연 한 여자가 시녀를 데리고 허리를 흔들며 오는데 바로 그녀였다. 두 사람은 기쁘게 손을 잡고 함께 (절로) 갔다.[34]

---

32 '此地三日, 不下三年.' 위의 책.
33 그녀들이 짓는 전별시에서 자신들이 원귀(冤鬼)임을 명백히 드러내고 있다.
34 '生佇立以待. 及期, 果一女子, 從侍婢, 腰褭而來, 卽其女也. 相喜携手而歸.' 위의 책.

이 장면에서 하씨는 양생이 자신의 정체를 파악했음을 분명히 알고 있었을 것이고 양생은 이미 그녀가 귀신임을 확인한 직후였다. 그러나 두 사람 중 누구도 이 문제를 언급하지 않는다. 그들은 기쁘게 손을 잡고 절로 갔을 뿐이다.

이 부분의 침묵은 매우 기묘한 감동을 불러온다. 이는 애써 완성된 숭고한 사랑의 극점을 상징하기도 하고 생사를 넘어선 자비를 암시하기도 한다. 타자를 사랑한다는 것은 양생의 경우처럼 상대가-두렵고도 낯선-귀신[타자]임을 알고도 그것을 감내하는 행위임을 이보다 더 절실하게 묘사하긴 힘들 것이다.

무엇보다 이 작품이 특이한 점은 하씨를 천도(薦導)한 뒤 그녀가 이승에서 완전히 소멸한 순간 양생이 보인 태도다. 그는 그제야 하씨가 귀신임을 인정한다.

> (하씨의) 부모는 마침내 그것(딸이 귀신으로 출현했었음)을 깨달아 다시 의심하지 않았고, 양생 역시 그녀가 귀신이었음을 알고는 더욱 슬퍼하는 마음이 더하였다.[35]

김시습의 실수가 아니라면 언뜻 불필요해 보이는 이 장면은 왜 소설 끝부분에 삽입된 것일까? 양생이 하씨의 정체를 진정 이 마지막 장면에서야 깨달았다면 그는 바보에 불과할 것이다. 하지만 그는 바보가 아니다. 사(詞)를 척척 지어내는 뛰어난 문사다.

---

35 '父母已知其實, 不復疑問, 生亦知其爲鬼, 尤增傷感.' 위의 책.

그렇다면 이 장면은 두 번째 앎, 즉 의식적 앎이 아니라 그 앎을 실천적으로 추인하는 앎을 나타내는 것으로 보인다. 우리가 알고 있으면서도 스스로 인정하지 않는[못하는] 앎이 얼마나 많은가?[36] 그것들은 무의식에 쌓여 억압되어 있다. 윤리적 삶이란 억압된 진실 혹은 실재의 회귀를 두려워 피하지 않고 그것에 맞서 묵묵히 견뎌내는[통과하는] 삶이다. 그러므로 이 두 번째 앎이야말로 보살(보디사트바, Bhodhisattva)의 윤리적 앎[지혜의 실천]일 것이다.

5. 사랑이라는 화해

사랑에 있어 윤리적 태도란 무엇인가? 타자를 욕망하는 타자로 인정하는 것, 타자의 욕망이 나의 실존을 각성하도록 허용하는 것, 나아가 타자를 통해 실재와 조우하고 그 두려운 낯섦과 화해하는 것이다. 이런 태도는 그저 남녀 사이의 사랑에서뿐만이 아니라 윤리가 문제되는 모든 상황에서 공통적으로 발현되는 것이다.

자신의 자유로운 의지로 타자의 진실에 직면해 이를 사랑해 버리는 태도는 대승(大乘)의 자비를, 보리심(菩提心)을 상징한다. 그 절정의 경지가

---

36 예컨대 우리 모두는 언젠가 죽을 것이라는 사실을 안다. 하지만 이를 실천적으로 추인하지 못하기에 번뇌하고 과욕을 부리며 영원히 살 것처럼 군다. 이건 진짜 앎이 아니다. 양생의 윤리적 사랑은 사랑의 상대가 죽었음을, 자신이 죽음과 사랑했음을, 따라서 자신도 언젠가[이미] 죽음일 것임을 정직하게 인정하는 슬픔으로 마감된다. 이 슬픔이 바로 慈悲다.

양생의 '무지의 지'였다. 양생이 실현한 생사여일(生死如一)의 자세는 삶과 죽음이 아무렇지 않게 뒤섞이는 희극적 낙관주의가 아니다. 그것은 고통스러운 실재와의 직면을 거쳐 얻어내는 최후의 깨달음이다.

죽음은 일상의 지평에선 너무나 단절되어 있지만 실은 압도적으로 친밀하게 우리 실존에 틈입해 있다. 극단적인 이 간극을 초월하여 죽음과 화해해 들어간 끝 지점이 생사여일이다.

타자란 무엇인가? 주체를 괴롭히는 낯선 욕망이자 인식의 단절점이다. 타자는 그 존재 자체만으로도 잠재적 위협이다. 따라서 타자가 언젠가 주체를 하찮은 일개 타자로 부정하여 침범해 올 두려운 존재-즉, 진짜 주체-라고 본다면 주체에게 타자는 죽음과 닮아 있다. 우리는 죽음이라는 절대 타자 앞에서 모두 또 하나의 타자로 전락한다. 그리하여 타자와 화해할 수 있다면 죽음과도 화해할 수 있는 것이다.

우리는 유일하게 사랑을 통해서만 타자와 화해한다. 사랑은 타자를 힘겹게 받아들이는 무한한 과정인 것이지 타자를 자기와 한 몸인 존재로 소유하는 폭력이 아니다. 사랑을 통해 주체는 자신을 타자로 내려놓고 타자의 주체성을 승인한다. 사랑 속에서 나는 소멸한다. 이것이 사랑이 죽음을 닮아 있으면서도 끝내 윤리적일 수밖에 없는 이유다.

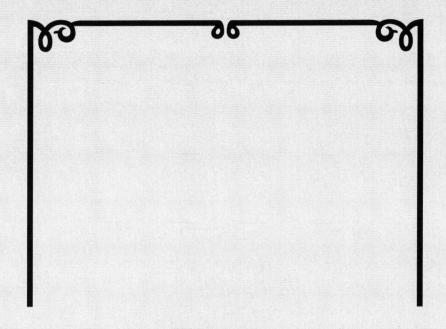

자비로서의 서사

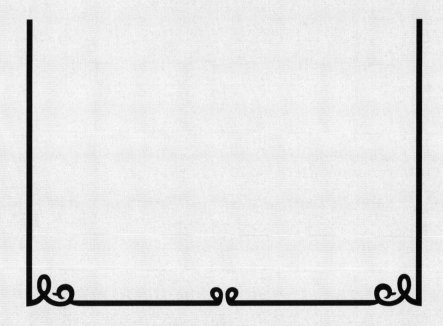

1. 『금오신화(金鰲新話)』라는 실존의 유희

필자는 김시습(金時習)이 초월론적 고독을 불교를 통해 해소하려고 했던 실존적 인물이라고 보아 『금오신화』를 불교적 세계관에 입각하여 재해석한 바 있다. 이를 증명하기 위해 김시습에 관한 기존의 관점, 즉 그를 생육신(生六臣)이라는 정치이념의 테두리 안에 가두려 했던 시도를 수정해야 했다.[1]

지금도 그 생각엔 근본적 변화가 없지만 김시습의 존재 불안을 정신분석 범주에서 이해하려 했던 이후의 시도가 김시습과 관련된 뭔가 중요한 측면을 간과하지 않았나 하는 반성을 하기에 이르렀다.[2]

필자의 기존 입장을 요약하자면 이렇다. 김시습은 정치적 불우를 소설적으로 극복하여 욕망을 해소하려 한 세속인(世俗人)이 아니라, 당시 발생

---

1   윤채근, 'Ⅲ. 15세기 『금오신화』의 반성적 주체', 『소설적 주체, 그 탄생과 전변』, 도서출판 월인, 1999, 123~246쪽.

2   윤채근, '김시습과 『금오신화』: 존재불안의 서사적 탐구-히스테리와 우울증을 중심으로', 『한문소설과 욕망의 구조』, 소명출판, 2008, 307~344쪽.

한 정치적 긴장[3]을 유자(儒者)로서 자신에게 부여된 공적 책임감으로부터 벗어날 면책 기회로 활용했던 실존적 인물이었다.

따라서 세조 정권에 대한 저항은 김시습 삶의 본질적 목표가 아니었으며[4] 그가 궁극적으로 노린 것은 죄의식 없는 자기 포기 혹은 내적 자유였다. 그리고 불교는 이를 수행하기 위한 적절한 수단이었던 것이다. 이럴 경우에만 그가 저지른 기행과 광기 그리고 모호하거나 심지어 모순적인 처세가 해명된다.[5]

그런데 김시습의 이러한 삶의 자취에는 사춘기 시절 성립된 깊은 히스테리, 즉 자신의 불안한 존재성에 대한 과민한 반성과 집착이 자리한다. 어머니를 잃고 부성(父性)의 수혜 없이 외가에서 성장한 소년 천재는 자기 존재의 자리를 거듭 뒤돌아보며 그 안의 텅 빈 공허를 발견했을 것이다. 이로 인해 김시습은 세계와 타협되지 않을 아이러니한 심리 상황, 즉 세계로부터 확실히 자기 존재를 확인받아야 하겠다는 강박적 욕망과 그 반대로 타자들로부터 철저히 망각되고 싶은 자기 부정 사이에 스스로를 놓게 된다.[6] 이 안에 존재론적 초월로 이월될 깊은 히스테리적 슬픔, 바로 우

3 훗날 세조가 될 수양대군이 일으킨 계유정난(癸酉靖難)을 의미한다.

4 따라서 정치적 아웃사이더에 가까운 의미로 사용된 '방외인(方外人)'은 아니었다. 차라리 이 용어 원래의 뜻인 '세속을 벗어나 자기만의 진리를 추구하는 수행자'에 가깝다.

5 세조 정권을 부인하기 위해 승려가 됐으면서도 자신을 그런 상황으로 내몬 원흉인 세조로부터 승려 신분증인 도첩(度牒)을 기꺼이 받은 점, 그리고 승려이면서도 자신을 도교의 도사로도 묘사했던 점과 같은 모순적 행동들을 의미한다.

6 타자에게 인정받고 싶지만 자신을 인정해 줄 타자가 실은 존재하지 않는다는 사실을 깨닫고 있다는 의미다.

울증으로 발전할 신경증적 소인이 깔려 있다.[7]

모든 종교성 내부엔 강박증과 함께 우울증적 요소가 존재한다는 점[8]에서 승려였던 김시습에게 우울증적 기질이 있었다는 사실은 놀라울 게 못 된다. 문제는 대부분의 종교적 인물들이 영적 깨달음을 통해 그러한 증상을 종료시키거나 종교가 마련한 이념 장치들로 희석시켜 버리는 데 반해, 김시습은 환속과 귀의를 반복해 가며 하나의 삶에 정주하지 못하고 마침내 소설가가 됐다는 사실이다.

필자는 이를 불교 존재론으로 승화된 고독한 실존의 유희로 보아야 한다고 믿었다. 문학적 허구를 통해 이성적 진리의 세계를 뒤흔들고 언뜻 비이성적인 것으로 보이는 종교적 초월세계를 지상에 드러내려 했던 키

---

7 여기에 소년기에 겪은 '잘못된 애도(哀悼)'가 개입돼 있다. 물론 애도의 대상은 요절한 어머니 장씨와 아들인 자신을 배신하고 다른 여인과 재혼해 버린 친부 모두였을 것이다. 그렇다면 앞날이 창창했던 김시습이 수양대군의 반역 기미를 포착하자마자 속세를 포기한 것은 지연되거나 잘못 수행된 애도의 다른 형식이었을 것이다. 이처럼 잘못된 애도는 공격 목표를 자기 자신 혹은 자신이 그동안 이뤘던 삶 자체를 향하게 된다. 우울증이 자살 의지를 동반하는 원인도 여기에 있다. 결국 김시습의 멜랑콜리의 근원은 프로이트가 「자아와 이드」에서 주장한 '상실한 대상과의 동일화'에 실패했다는 데 있다. 따라서 우리는 그의 유년기에 초래됐을 오이디푸스 콤플렉스 해소 과정에 주목해야 한다. 홍준기, '2)오이디푸스 콤플렉스의 해소', 『오이디푸스 콤플렉스, 남자의 성, 여자의 성』, 아난케, 2005, 99~107쪽. ; 아울러 우울증 환자인 김시습에게 강박적 기질이 혼류하게 된 원인은 '죽은 대상이 강박증 환자에게 주체의 자리를 확보해준다'는 원리에 입각해 있다. 드니즈 라쇼, '애도에 관하여', 『강박증: 의무의 감옥』, 아난케, 2007, 190~193쪽.
8 예수에 대한 애도로부터 출발한 기독교가 대표적이다. 프로이트도 종교의 기원을 강박증(부친 살해에 대한 죄의식)에서 찾았다. 김시습의 종교적 불안의 근본 원인 역시 청산되지 못한 애도, 그리고 이 애도를 마무리해야 한다는 강렬한 강박적 의무감 사이의 타협의 산물로 볼 수 있다.

에르케고어의 사례[9]처럼, 근본적으로 무의미한 세속을 윤회의 시각에서 조망하며 이를 가지고 노는 지적 유희를 통해 김시습이 삶의 덧없음을 소설을 통해 열어 보였다는 것이다.

이상의 관점의 부족함은 다음과 같은 질문에 입각해 있다. 불교적 깨달음의 경지에서 세상과 유희한 소설가 김시습이 『금오신화』라는 스토리 밖 현실에 존재하는 반성적 시선이고, 또 그런 점에서 초월적 주체로서 작가(author)이기만 하다면, 그의 작가성, 다시 말해 그의 권위(authority)란 궁극적으로 세속 주체로서 글쓰기를 하고 있는 근대 이후의 소설가들과 다름없는 것이 아닌가?

소설쓰기가 이처럼 고독한 실존의 유희에 불과하다면, 김시습이 비록 동시대 작가들을 초월할 심오한 세계를 설계하긴 했지만, 본질적으로 그 역시 신경증적 경험을 글쓰기에 활용하고 있는 현대 소설가에 불과한 것이다. 또한 그러한 일반론에 설 때, 근대 이후 모든 소설과 그것들이 창조한 허구의 시공간은 모두 중관(中觀)[10]의 진공묘유(眞空妙有)를 흉내 내고 있는 것이다.[11] 이런 관점 속에서 김시습다운 독자성은 발견되지 않는다.

김시습은 키에르케고어처럼 종교 외부에 머문 비판적 지성이기도 했지

---

9 드니즈 라쇼, '법 너머에 있는 어머니', 앞의 책, 79~81쪽. 아울러 프로이트와 키에르
   케고어의 불안 개념이 갖는 강박적 의미에 대해서는 드니즈 라쇼의 같은 책, 194~211
   쪽을 참고

10 나가르주나가 유(有)와 무(無)에 각각 치중한 편견을 화해시키기 위해 수립한 관점.
   우주는 존재하되 인연(因緣)이나 연기(緣起)에 의해서만 조건적으로 존재한다고 봄
   으로써 유이면서 동시에 무인 종합의 경지에 도달한다.

11 이 지점에서 『구운몽』의 작가 김만중과 김시습은 근본적으로 구별되지 않는다.

만, 그 자신이 승려이기도 했다. 이 사실이 필자의 기존 논의, 특히 결론부에서 간과되곤 했다. 따라서 필자는 윤회라는 불교적 시각에서 인간의 삶을 가지고 유희하는 자로서 김시습을 포착했지만, 그건 결국 '김시습이 너무 일찍 태어난 현대 소설가였다'라는 결론을 불교적으로 반복했던 것일 수 있다.

이런 위험성을 해소하기 위해선 정신분석의 도구를 잠시 내려놓고 승려인 김시습이 소설가로 전변(轉變)하는 과정을 해명해 줄 불교 내부의 개념 도구들을 찾아내야 한다. 우리는 이를 업(業)과 자비(慈悲)로부터 추출하여 김시습이 단지 소승(小乘)의 깨달음을 언어적으로 승화시킨 문학적 풍광(風狂)이 아니라, 세상과 자신을 불교의 자장 안에서 화합시켜 간 진지한 수행자였음을 강조하고자 한다. 그리고 이 과정을 통해 김시습이 실제 도달하기 지극히 힘든[12] 대승(大乘)의 지평으로 나아갔음을, 또 그곳이 김시습 소설의 독자성이 발현되는 지점임을 밝혀 보려 한다.

2. 우리가 의미 세계에 머물러야 할 이유

서양 예술가가 객관적 자연을 완벽하게 모사하는 자가 아니라 자신의 내부에 있는 주체성을 표현하는 독자적 존재로 재정립된 시점은 대략

---

12 대승이 일반인을 상대로 한 포교에 치중했기에 접근하기 쉬운 세속적 수행법을 많이 제공한 것은 사실이다. 이를테면 빠릿짜와 같은 주문 염송 등이 그러하다. 하지만 소승을 거쳐 대승으로 나아가는 이 길은 거짓 깨달음을 거듭 극복해야 하는 지극히 높은 경지이다.

18세기 무렵이다.[13] 동양의 경우, 예술품을 작가 개인 안에 담긴 고유한 (unique) 재능의 창조적 표현으로 여기는 관점이 확립된 건 19세기 이후다. 그 이전의 예술가들은 고전적 전범이나 사승 관계로 구성된 전통의 영향권 아래 수동적으로 자기 자리를 차지하고 있었다.

따라서 유파를 대표하거나 쇄신시킬 천재는 등장했지만 유파를 무너뜨릴 수 있을 정도로 예술가들에게 독자적 실존이 부여됐던 것은 아니다. 근대 이전 문학사의 경우에도 삶의 보편성에서 분리된 개별화된 (individualized) 내면이 작가에게 부여될 수는 없었다. 이 점을 이해하는 것이 우리 논의에 매우 중요하다.

물론 상식적 능력치를 뛰어넘는 압도적 천재가 출현하기도 하는데, 이를테면 레오나르도 다빈치나 김시습 같은 경우다. 우리는 다빈치가 지녔던 시대를 앞선 영감과 예술적 독창성을 '근대 주체'의 선구적 징후로 파악하고 싶어진다. 하지만 다빈치의 천재성은 예컨대 오스카 와일드에게 있었던 세계의 재구성과 같은 혁명적 수준은 아니었다. 다빈치는 르네상스 시대를 살았지만 여전히 기독교적 보편성이 삶의 기준으로 엄존했던 시대를 통과했던 인물이다. 그런 점에서 다빈치의 예술적 주체성은 세계를 자기로부터 분리시킬 수 있을 정도로 독립된 것은 아니었다.

그렇다면 18세기 이전 문학 천재의 창조 작업이 근대 주체의 조짐이 아니라면 과연 무엇인가? 필자는 그 역시 근대로 향하는 주체화 과정이긴 했지만, 종교라는 동력에 얹힌 형태였고 따라서 시대 보편성에서 자유롭

---

13 오타베 다네히사(小田部胤久), '2.표상에서 표상의 주체로', 『예술의 역설』, 돌베개, 2011, 150~169쪽.

지 못했다고 생각한다. 말하자면 근대 이전 예술가들의 개별화된 내면은 종교라는 보편 범주 안에서만 발휘됐다.

아우구스티누스의 다음과 같은 고백은 고독한 내면으로서 자신의 주체성을 발견한 자의 곤혹스러움과 더불어 그러한 실존 의식을 종교 안에서 풀어내는 과정을 보여주고 있다.

> 누가 나를 만들었는가? 그것은 오직 선한 분이실 뿐 아니라 선 그 자체이신 나의 하느님이 아닌가? 그렇다면 어찌하여 나는 악을 원하고 선을 원하지 않는가? 내가 당연한 벌을 받아야 하는 이유는 무엇인가? 나는 완전한 하느님에 의해 만들어졌는데, 누가 이러한 것을 내 속에 옮겨 고난의 어린 나무를 심었는가? 이 일을 행하는 자가 악마라고 한다면, 그 악마는 어디에서 왔는가?[14]

아우구스티누스의 고뇌는 자신이 악을 저지를 수 있다는 가능성에 초점을 맞춘다. 즉 자신의 존재론적 독립과 그것이 초래할 미래에 대한 불안에 근거한다. 그는 이를 악마라 부르기도 한다. 그렇다면 악마는 내 존재 안에 있는데, 그것이야말로 신과 나 사이의 합일을 저해하는 틈이고 마침내 죄의 기원이 된다.

이 말을 뒤집으면 인간은 신과 틈을 만들어내지 못하는 한 완벽한 자아의 독립을 이룰 수 없다는 게 된다. 결국 신으로부터 자아의 독립을 추구

---

14 아우구스티누스, '제7권 제3장 자유의지가 죄의 원인이다', 『고백록』, 동서문화사, 2008, 160쪽.

하려는 순간 누구나 죄인이 될 수밖에 없다는 것이다. 우리는 주체성을 획득함으로써 자신의 죄를 인식하지만 동시에 그로 인해 신과 멀어져 악마라는 우발성과 손잡게 된다.

김시습 역시 자아로서 존재한다는 고독한 모순을 다음과 같은 질문 형태로 표명하고 있다.

묻노라 산아 나는 누구냐?
우주가 열리면 그제야 알게 될까[15]

김시습의 이 발언 배후엔 세계와 복잡하게 어그러져 개별화된 자아[16]가 숨어 있다. 그런데 독립된 의식으로서 무슨 일이든 저지를 수 있게 된 이 고립된 자아는 그 자아성을 펼쳐 인정받을 적당한 세계 환경을 가질 수 없으므로 존재론적 파국이라는 위기를 겪게 된다. 이 파국을 막아줄 장치가 아우구스티누스에겐 죄의식과 신에게로의 헌신이었고 김시습에겐 불교적 해탈이었다.

다시 말해 김시습이 해탈을 통해 삶과 화해하지 못했다면 그는 방황하는 무의미[17] 상태로 세계로부터 버려졌을 것이다. 이처럼 근대 이전의 실

---

15 '問山我是何爲者, 宇宙開來知我麼.', 金時習, 〈醉酒〉, 『梅月堂集』 詩集 卷五(『韓國文集叢刊』 13), 166쪽 하면.
16 "得酒無端喜欲狂, 百年人世定蹉跎.", 같은 시.
17 이 '방황하는 무의미'를 주체성의 본질로 받아들이면 근대적 주체가 탄생하게 된다. 이를테면 주체를 결여의 자리에 들어선 기표의 작용으로 해석한 라캉이야말로 근대 주체의 심연을 탁월하게 묘사했다. 김시습은 결여를 본질로 받아들일 수 없는 중세 지성이었기에 인식의 파국을 막기 위해 종교성에 의지하게 된 것이다. 그런 점에서

존 의식이 주체성을 획득하면서도 광기로 넘어가지 않으려면 텅 빈 괄호에 지나지 않는 자아를 의미로 묶어줄 종교에 의지하지 않을 수 없다.

그렇다면 김시습에게 불교란 덧없는 존재론적 질문에 해답을 제시함으로써 과열화된 주체성이 파열되는 것을 막아준 인식론적 장치가 아니었을까? 즉 세계로부터 고립된 주체로 정립되면서도 절대적 개별성으로 악마적 고독에 빠지지 않기 위해서는 우리 모두 모종의 의미의 정박점이 필요해지는 것이다. 아우구스티누스에게 그러한 탈출구는 절대적 신성에 대한 사랑이었다. 불교와 유교 전통 속에 성장한 김시습에게 그것은 사물세계의 정립과 이를 통해 물(物)과 아(我)가 공생하는 의미세계를 수립하는 것이었다.

> 나는 주인이요 세계는 손님
> 마주하고 말없이 온종일 앉아 있네
> 눈앞의 만물들 저절로 가는 방향 있고
> 어지럽고 번잡해도 끝내 질서 있다네
> 어지러이 쏟아져오는 사물들 취사선택하나니
> 내가 만물을 굴리면 만물이 내게 배알하네[18]

이 시 배후에는 내가 세상에 존재한다는 상황에 대한 불안과 더불어 자

성리학 역시 종교일 수 있다.

18 '我爲主人物爲客, 相對無言坐終日, 眼前萬物自有趣, 紛紛紜紜終有秩, 奔流歸我我取捨, 我轉萬物物來謁.' 金時習, 〈據梧〉, 『梅月堂集』 詩集 卷二, 119쪽 하면.

아에 대한 왕성한 호기심이 자리 잡고 있다. 반복 사용된 '아(我)'는 자아를 세상에 고정시키려는 집념과 그 집념을 불러일으켰을 자기 존재에 대한 의심을 동시에 암시하고 있다.[19]

그런데 김시습 사유를 지배하는 존재(有/我)와 비존재(無/非我) 사이의 모순이 이 시에는 전혀 드러나 있지 않다. 그것은 감춰져 있으며 대신 아(我)의 물(物)과의 대자적(對自的) 관계가 강조된다. 이건 무슨 의미인가?

물(物)과 아(我)의 관계는 하나가 존재하면 다른 하나가 소멸하는 모순 관계가 아니라, 같은 구조 안에서 모순으로 존재하는 듯하나 실은 서로가 서로를 의미로 성립시켜 주는 상보적 관계다. 다시 말해 내가 확실히 존재하기만 하면 세계는 논리적으로 환상일 수도 있는 데카르트적 의심이나, 세계만이 확실히 존재하므로 자아란 거품에 지나지 않는다는 무아론을 모두 회피한다.

결국 아(我)가 물(物)과 서로 부딪치며 소쉬르적 기호 게임을 벌이는 한 번뇌의 종자였던 무(無)는 잠시 종적을 감추며, 대신 존재의 사슬로 연결된 거대한 구조[20]가 눈앞에 우주로 출현한다. 이 구조 속의 덧없는 의미의 유희를 불교에선 인연(因緣)이라 하며, 인연의 실타래로 엮인 세계를 화엄학(華嚴學)에선 법계(法界)라 부른다.[21]

---

19 김시습이 자기 존재의 신원을 거듭 의심에 회부했다는 사실은 윤채근(1999)을 참조하기 바란다.
20 동양의 경우 이것이 궁극의 존재로서 서구의 신을 대체한다. 그런 점에서 동양의 신학은 구조주의적이다.
21 이 인연법(因緣法)의 무의미한 실체를 유가에선 유의미로 고정하려 부단히 노력한다. 때문에 송대 심학가들은 물리학자나 천문학자로서의 모습을 띠게 된다. 반면 도가는 의미의 덧없는 유희를 초월론적으로 향유하려는 자세를 견지하려 하는데, 이는

그렇다면 '자아는 존재하는가?'라는 김시습의 의문은 해결된 것인가? 세상이 서로를 비추며 의미를 만들고 있고 나 역시 그 일부로서 의식 활동을 수행하는 것이라면 만물을 굴리는('轉') 나의 주체성은 그것이 실체이건 아니건 합리화될 것이다. 나는 그저 살기만 하면 된다. 문제는 자아가 주체이면서 동시에 객체이기도 하다는 점에 있다.

> 온갖 세상사 한 번의 꿈속이니
> 잘 자고 잘 먹으라 그대에게 권하네
> 몸뚱이가 여곽이라면 마음은 손님
> 세상이 긴 여로라면 근심은 장애물인 것[22]

존재의 실체성에 관한 의문이 구조 속 관계성으로 환원되어 해소된다 해도 '이번 생'이라는 문제는 남는다. 즉 '나'라는 존재가 주체 없는 구조의 산물이고 그래서 꿈속의 존재에 지나지 않을지라도 '먹고 자는' 이번 생의 고역은 틀림없이 존재한다. 이 현존을 부인한다면 불교는 정신병의 무경계 상태에 빠지고 말 것이다.

위의 시는 삶이 꿈일 뿐이니 편하게 지내라는 상식적 위로 같지만 바로 현존의 진실을 개진하고 있다. 우리는 '먹고 자야' 하는 꿈을 통과해야 하

쾌락주의와 흡사한 양상을 띤다. 김시습은 유가와 도가의 면모를 모두 지녔지만 궁극적으로 존재의 실체성을 인정하지도, 또 존재의 비실체성이 주는 자유를 낙천적으로 향유하려 하지도 않았다는 점에서 불가에 더 가깝다.

22 '萬事悠悠一夢間, 勸君高臥且加餐, 身如逆旅心爲客, 世似長途愁是關.', 金時習, 〈悠悠〉, 『梅月堂集』詩集 卷一, 99쪽 상면.

는데 이 꿈을 악몽으로 만들지 않으려면 '잘 먹고 잘 자야'만 하며, 또 그러기 위해선 근심이 없어야 한다. 꿈은 꿈이지만 잘 꿔야만 하는 꿈이다. 다시 말해 삶은 그래도 삶이기에 잘 살아내야 한다는 의미가 아닌가? 그렇다면 '이번 생'이라는 현존성의 관점에서 삶은 그저 꿈이요 나란 존재는 애초 무자성(無自性)[23]이라는 휘황찬란한 말들은 헛된 빈말이 된다.

결국 근심의 장애물을 극복하고 삶이라는 꿈을 잘 통과하려면 이제 그 근심이 애초부터 원인 없는 무의미였다는 막연한 설명만으론 부족하다. 꿈속의 현실 역시 또 다른 의미의 엄연한 현실이기 때문이다. 따라서 타깃은 다시 '꿈을 꾸는 자'인 자아를 겨냥하게 된다. 꿈을 꾸는 주체인 자아의 현실성이 무화된다면 '이번 생'이라는 현존이 주는 고통은 이완될 것이기 때문이다. 위의 시에서 시인은 자아를 육신에 잠시 깃든 나그네로 간주함으로써 꿈꾸는 자아의 비사실성을 설득하고 있다.

몸이 임시 거처요 자아가 정처 없는 뜨내기라면 육신을 자아로 착각하여 발생한 욕망의 고통은 무의미해질 것이고 현실은 감내할 만한 곳이 될 것이다. 이렇게 육신과 자아를 분리하면 생리적 욕망으로부터 자유로워질 뿐 아니라 육신이 처한 곤궁 때문에 고통 받는 현실로부터도 탈출할 수 있다. 문제는 육신을 떠돌며 방황하는 마음의 정체다.

이 마음이 브라만교의 불멸의 실체인 아트만과 같은 존재가 아님은 분명하나 그렇다고 환영과 같은 비실체도 아니다. 어쨌든 마음은 '이번 생'에 '나'라는 존재를 구속하는 구체적 힘으로 작용하고 있기 때문이다. 중

---

23 불교 성론(性論) 계열에서 독자적 주체성은 존재할 수 없음을 표현할 때 사용하는 용어. 자성(自性)이란 다른 존재에 의존하지 않은 고유한 실체성을 의미한다.

요한 건 마음이 손님이라는 점이다. 마음은 언젠가 떠나갈 타자에 불과하다. 그렇다면 누가 주인인가? 마음을 손님으로 맞이한 주인이 여관에 불과할 육체가 아니라면, 그 육체를 부리는 주인은 어디 있는가?

이상의 논리적 난센스는 육체라는 여관엔 주인이 애초 없었다는 사실로 해결된다. 여관의 주인이 있다면 그건 손님이었던 마음이다. 마음은 여관에 기숙하며 잠시 주인 노릇을 하는 타자인 것이다. 결국 객(客)이 바로 몸의 주인이며, 그런 의미에서 주체이자 객체가 된다.

자아가 주체이자 타자라는 이 역설은 주체는 애초 존재하지 않는다거나 주체가 타자의 구성물에 불과하다는 논법[24]들과는 다르다. 주체는 분명히 존재한다. 다만 객체로서 타자일 따름이다. 이 논리는 자신의 주체성을 마치 타인을 바라보듯 관조하는 원근법적 조망을 가능하게 하며, 동시에 현실을 무(無) 한가운데 소멸시키지 않으면서 관용하도록 이끈다.

우리는 이제 불교가 왜 주체를 부정하는 것 같으면서도 마음 닦음을 강조하지 않을 수 없는지 이해하게 됐다. 나란 존재는 우연히 현상계에 초대된 손님이며 한시적으로 주체 역할을 하다 사라질 객체다. 따라서 '나 자신'이라는 개념은 가립적(假立的)으로만 가능하다. 우리 모두는 현상계 안에서 확고한 주체성을 부여받지만 객(客)의 본분을 벗어날 수 없고, 그런 의미에서 임시로 부여된 자아인 이 현실의 주체('心')를 마치 입양한 남의 자식처럼 잘 다뤄야 할 피고용인에 불과하다.

즉 마음은 내 마음대로 처분할 수 있는 사유 재산이 아니라 주체와 객체의 분간이 없는 대우주가 잠시 내 육체에 임대해준 공유 재산이다. 주체

24 정신분석의 주체가 그러하다.

도 객체도 없이 영원히 움직이는 이 운동이 인연(因緣)이며, 이 인연의 흐름 속에 타자인 나를 소중히 보살피는 일이 선업(善業)을 닦는 일이다. 결국 삶이란 한시적인 객(客)일 수밖에 없을 다음 생의 주체[25]를 향한 기투(企投)인데, 여기서 악업(惡業)과 선업(善業)에 따라 서로 다른 결과가 우리를 기다린다. 이처럼 무상(無常)한 우리의 삶은 업(業)으로 설명되는 한 문명의 의미 세계는 보존되며 윤리적 방향성도 갖는다.

3. 자비 또는 의미 세계에 뛰어들어야 할 이유

주체의 관점에서만 업(業)을 바라보면 전형적 기복불교(祈福佛敎)가 되지만, 업의 본질은 타자성에 있다. 따라서 불도의 삶이란 이번 생의 현존성을 받아들이되 그것이 전부가 아니라고 예견하는 삶, 또는 삶의 허망함을 이유로 현상의 의미 세계를 경솔히 취소하지 않되, 그 세계가 상연하는 주체의 연극에 몰입하진 말아야 하는 그런 삶이다.

이상의 견지에서 업이란 무조건 벗어나거나 기피해야 할 현상이 아니며 실제 피할 수 없는 운명이기도 하다. 그렇다면 업의 어떤 작용이 주체와 객체의 모순을 역설적으로 해소하는가?

업의 관점에서 주체란 타자의 한 형식이고 결국 삶이란 객체화 과정에 다름 아니다. 인연이 입체적으로 직조되어 수많은 다층의 인과(因果)를 낳고 그것이 세력으로 작용하여 업을 짓는 것이라면, 지금의 인생이란 업과

---

25 다음 삶의 자아인 이 존재 역시 현존재에겐 타자다.

업 사이의 통과 지점에 지나지 않기 때문이다.

이렇게 주체의 객체적 본질이 확고히 드러나는 현상이 죽음이다. 죽음이라는 사물화 과정은 주체 입장에선 절대적 타자성의 틈입이며 자신을 존재케 했던 주체성의 영원한 상실이지만, 업의 견지에선 주체 안에 내재된 객체적 본질, 즉 타자성의 자기실현일 뿐이다. 따라서 죽음은 완고한 주체성의 시각에서만 비극이다.

주체가 타자의 형식임을 깨달아 스스로를 낯선 손님으로 대우했던 존재에게 죽음이란 업의 단막극 하나가 종료되는 지점이며 본래 내 것이 아니었던 것을 돌려주는 행위에 지나지 않는다. 이렇게 세속의 주체성을 무효화시키는 업력(業力)이 주체성의 환상성과 그 덧없음을 나란히 인정하게 한다.

결국 업이란 주체가 타자와 연루되는 과정이기에 업의 소산인 삶에서 선명한 주체/타자의 분리란 성립될 수 없다. 삶은 타자와의 교류 운동의 산물이며 삶의 주인공처럼 보였던 자아('心')는 주체 아닌 객체로 전도될 수 있다. 이 극단적 전도 가능성, 즉 사람이 짐승이 될 수도 있고 내가 너였을 수도 있었다는 가능성을 상징하는 것이 윤회(輪回)다.

그렇다면 인연, 업, 윤회 등은 자아의 주체성을 부인하는 원리이면서 스스로의 주체성을 묻는 어떤 존재자에게는 주체성의 기원을 밝혀주는 희망인 것이다. 이처럼 자아의 주체성을 부인하면서 역설적으로 추인해주고 자아 내부에 도사린 타자성을 잔인하게 밝혀내는 존재, 그것이 바로 시간이다.

내가 세상에 깃들인 뒤로

사십년 세월이 흘러갔구나

눈앞에서 시간은 숨 가쁘게 지나갔고

봄과 가을 쏜살같이 바뀌었었지

남쪽 창가에 기대 그 모습 바라보다

세월에 느낌 있어 서쪽 밭두둑 거니노라[26]

생의 후반기에 이른 김시습은 비교적 관용적인 태도를 지니고 세월을 묵상한다. 사십년을 한 단위로 묶는 큰 보폭, 바라보고('觀') 감응하는('感') 수동적 자세 등을 통해 이를 짐작할 수 있다. 하지만 매 시각 축적되는 변화의 조짐은 그 속도를 상실하지 않고 고스란히 표현된다. '숙홀(倏忽)'이 그 증거다.

이렇게 시간을 예민하게 감촉하고 이를 자기 실존의 일부로 포함시키는 삶은 현실에 밀착하지 못한 나그네('客')의 특징이다. 타향을 떠도는 나그네는 시간에 민감하기 마련이어서 그는 정해진 시간에 떠나야 하므로 늘 시간을 잰다. '세상에 깃들다(寄世)'라는 표현이 등장한 것도 같은 이유에서인데, 그는 이번 생이 전부가 아님을 알기에 죽음을 두려워하지 않지만 짧게 부여된 삶이란 여행을 애석해 할 만큼 슬프긴 하다. 이렇게 여행자=타자로 자신을 간주할 때만 이 세상은 유의미한 사태들로 인지된다.

계절의 모습 거듭 바뀌고 변화하니

---

26 '自我寄人世, 四十寒暑周, 眼底換星霜, 倏忽春與秋, 觀化倚南窓, 感時遊西疇.', 金時習,
〈和淵明酬柴桑〉, 『梅月堂集』詩集 卷十五, 322쪽 상면.

펼쳐지고 굽어져 비었다가 다시 채워지네

누에치는 춘삼월 지나치자마자

다시 보리 익는 가을이 다가왔네[27]

　김시습은 펼쳐지고 바뀌는('展轉') 우주 변화의 주기를 달 단위로 유연하게 관찰하고 있다. 이 관찰하는 주체는 사물계로부터 간격을 벌리고 있지만, 그 사이를 누에와 보리라는 관계항이 이어주고 있다. 누에치기와 보리 재배로 인해 무의미로 흩어질 수 있었을 사물계는 사건이 되어 의식 속 의미들로 들어앉고 있는 것이다. 이렇게 노동이란 그것이 없었다면 공허했을('空') 세상에 의미('情')를 기입하는 행위다.

　결국 누에치기와 보리 재배는 우주에 의미를 짓는 행위이며 주체가 사라진 적막한 세계, 즉 주체도 타자로 물러나 버려 주인공을 잃어버린 삶이란 연극에 그럴듯한 가치를 부여하는 일이다. 주체는 손님으로 사라져 버렸다. 하지만 손님들만 남은 이 쓸쓸한 잔치를 의미로 장엄(莊嚴)할 이유까지 사라진 건 아니다. 누에를 치고 보리가 익는 한 우주 안에선 무언가 벌어지고 있는 것이며, 삶의 손님 가운데 누군가는 이를 목격하여 의미로 만들 의무가 있다. 암흑 속에 덧없이 불을 밝힐 기름, 무의 진공을 유의 소란으로 자리 잡게 해줄 시선, 바로 소설가가 아니겠는가?

　결국 죽음이라는 절대타자는 시간의 양상을 통해 주체를 쉴 없이 타자화시키면서도, 역설적이게도 주체를 시간 속의 여행자로 재구성함으로써

27　'節物屢移換, 展轉空復情, 已經蠶月債, 又見麥秋月.', 金時習, 〈感懷〉, 『梅月堂集』 詩集 卷十三, 391쪽 상면.

우주의 주인공으로 참여할 여지를 개방한다. 의미의 중심이 사라져 고독한 시간, 주체가 소산(消散)된 타자들만의 썰렁한 잔치, 이 지독한 권태를 사무엘 베게트적인 '고도를 기다리는 시간'에서 해방시키려면, 타자로만 구성된 삶에도 의미가 있을 수 있다는 확신이 필요하다.

대중들은 자아 밖에 무언가 의미 있는 세계가 확실히 존재한다고 막연히 믿어 버림으로써 통속적 위로에 안주한다. 그러나 이 위로는 존재의 절멸 지점인 죽음에 의해 위협받기에 미봉책에 머문다. 진정한 위로는 무의미한 타자성 자체, 죽음에 의해 단절될 의식의 유한한 여정 그 자체가 우주의 진수이자 주체라는 깨달음에 있다. 손님들이 주인이므로 더 기다릴 누군가는 세상에 없다.

그렇다면 우연히 세상에 초대받은 당신들이 세상의 주인공이며 그 이상 별도의 주인은 출현하지 않을 거라고 세상에 고하려는 자, 즉 소설가란 결국 어떤 존재인가? 이 세상을 의미의 빛으로 조망함으로써 진짜 있는 것처럼 반짝이게 해 주는 자, 그리하여 이 가짜 세상이 진짜처럼 소중한 어떤 것임을 일깨워 주는 자, 세상의 공무(空無)를 누구보다 철저히 응시함으로써 그 공허를 앓는 자이며, 자신이 앓았던 자아의식의 질병을 면역체로 만들어 퍼트리기 위해 이 세상에 남은 자, 바로 일천제(一闡提)일 것이다.

소설가는 일천제처럼 세속에 남아 성불을 포기한 채 덧없이 의미를 짓고 부수기를 반복한다. 그/그녀는 일천제만큼이나 이 세상이 유한한 것임을, 주체성이 시간에 닳아 소멸할 것임을 잘 알고 있다.

하루 그리고 또 하루

하루는 어느 날 끝날 것인가?

하늘은 수레바퀴처럼 끝없이 돌고

땅은 개미언덕처럼 쌓여만 가네

굽어보고 올려보매 가이 없고

차고 빔과 처음과 끝도 없어라

그 사이 인간세상 일들

몇 번이나 바뀌어가며 흥융했을까?[28]

미래에 『금오신화』를 짓게 될 젊은 김시습은 하루 단위로 세상을 조망한다. 그는 젊기에 하루라는 조밀한 시간성을 감촉해내고 있다. 나그네인 자아의 견지에서 하루와 다른 하루는 얼마나 서로 다른가? 하지만 영겁의 시각에서 하루들은 또 어찌 그리 닮아 있는가? 차이라는 환상 너머엔 지옥과 같은 악무한이 자리 잡고 있다. 이렇게 차이 없는 무한 반복은 결국 무의미이고, 무의미의 공허를 엿본 자는 다른 시간 차원을 사는 자이다.

다시 말해 인간세상의 흥망성쇠가 수레바퀴 살의 회전처럼 제자리돌기거나 개미언덕처럼 부질없이 쌓였다 흩어지는 사소한 사건이라면, '하루'라는 이 맹목의 시간은 우주적 권태의 압축태일 것이다. 시작도 끝도 없으니 원인이 있을 수 없고 원인은 없지만 무한히 계속될 하루, 우주의 시간은 이 무의미한 하루의 무한한 축적 과정이다.

그런데 소설가란 이 무의미한 하루로 되돌아온 이찬티카, 즉 일천제가

28 '一日復一日, 一日何時窮, 天如輿輻轉, 地似蟻封崇, 俯仰罔涯涘, 盈虛無始終, 其間人間事, 幾替幾興隆.', 金時習, 〈一日〉, 『梅月堂集』 詩集 卷一, 101쪽 하면.

아니겠는가? 무한 반복되는 무의미라는 바다에 포말처럼 일어나는 하루라는 환상을 마치 의미라도 있는 양 재현함으로써 의미로 우주를 채우려는 자, 따로 의미가 있어서가 아니라 의미가 지금 만들어짐으로 인해 비로소 세계가 구축된다고 믿는 자, 필부필부들의 현실이 그 자체로 우주에 의미의 등불을 달아 거는 행위임을 아는 자야말로 소설가다.

따라서 소설가에게 하루는 여래장(如來藏)[29]이 꽃피어나는 웅혼한 시간이며 타자로 전락한 주체가 다시 유일무이한 주체로 영롱히 빛나는 절대 시간인 것이다.

김시습은 시간 속 타자로 분해될 위기에 처한 주체로서의 인간의 삶을 이야기라는 의미 짓기[作+業]를 통해 재건한 중세의 지식인이다. 예컨대 삶이 이야기로 존재하는 한 삶이란 환영엔 의미가 깃든다. 그런 점에서 문명을 이야기 만드는 과정이라고 말할 수도 있다. 우리 실존이 이야기로 발화할 때 절대무(絶對無)인 우주에 존재가 생성되며 우리 역시 찰라의 주체가 된다.

이 모든 행위들은 덧없는 업의 연행(連行)일 뿐이거나 종자식(種子識)[30]의 전변(轉變) 과정일 수 있겠지만 누군가는 이 초라한 우주에 남아 대중들에게 당신들도 의미 있는 배역을 맡고 있다고 말해줘야 하는 건 아닐

---

29 불교 경전 가운데 불성(佛性)을 강조하는 계열을 여래장 계열로 부른다. 여래장은 만물에 평등하게 내재한 보편적 불성을 의미한다. 평등불성이다.

30 유식종(唯識學)에 기반한 법상종(法相宗) 계열에선 만물을 낳는 기반이 인식작용에 있다고 본다. 前五識(眼耳鼻舌身)-意識(6식)-말라식(7식)-아알리야식(8식)이 있다. 여기서 아알리야식이 아뢰야식으로 우주를 구성하는 전변식이다. 세상을 전변시켜 구성한다는 점에서 유전하며 따라서 종자처럼 기능한다고 하여 장식(藏識) 또는 종자식이라고도 부른다.

까? 바로 그것이 부처가 보드가야에서 깨닫자마자 멸진정(滅盡定)[31]인 니로다에 들지 않고 세속을 떠돌며 설법한 이유가 아니었을까? 자비의 본질이란 바로 여기에 있는 것이 아닐까?

4. 소설은 주체가 위기를 건넌 기록

김시습은 자기 존재의 의미를 궁극의 질문들 앞에 노출시켜 극단적으로 실험해 보려 했던 인물이다. 그 과정이 여러 차례 탕유(蕩遊)의 기록으로 남아 있다. 그 이외 자신의 심경을 회고하는 단편적인 기록들도 산재하는데 물론 후대 연구자들이 만족할 만한 수준은 아니다.[32] 그 기록들과 한시들을 모두 종합해 봐도 『금오신화』의 비밀은 풀리지 않는다.

『금오신화』 다섯 작품은 각기 다른 소재로 구성됐는데 어느 작품도 불교를 포교하겠다는 의도를 드러내고 있지 않다. 작가로서 그는 철저히 소설가로 머물러 있으며 전기(傳奇)의 양식성을 꼼꼼하게 준수하고 있기도 하다. 그렇다면 그는 왜 삶의 절정기인 삼십대에 소설을 썼던 걸까?

필자는 그것이 15세기 조선 문화에 찾아온 주체의 위기 때문이라고 생각한다. 김시습은 불교의 진리를 이 세상에 전파해야겠다는 목적의식 때문이 아니라 불교를 통해 수행되어 온 주체화 프로그램이 세조라는 권력자에 의해 파괴되려는 순간, 그 아노미를 치유하려는 목표로 소설을 기획

---

31 세속의 욕망을 잔멸시킨 궁극의 깨달음의 경지.
32 沈慶昊, 『김시습 평전』, 돌베개, 2003, 참고.

했던 것이다. 따라서 고독한 실존의 문학적 발현 과정인 것은 맞지만 단순한 유희로 볼 수는 없다.

15세기는 고려 시대 내내 버텨 온 불교적 삶의 방식, 혹은 세계관이 결정적으로 붕괴되면서 불교의 관점에선 무신론적 합리주의에 가까운 성리학적 패러다임이 정착된 전환기였다. 이를 제도적으로 확정시킨 군왕이 바로 김시습이 자기 삶의 대척점에 뒀던 수양대군, 세조였던 것이다. 세조로 상징되는 새로운 세력은 수많은 절들을 폐사시키고 승려들을 환속시켜 관군에 편입시키거나 노예로 만들었다. 때문에 한국불교사는 세조 이후 임진왜란 때까지를 법난기(法難期)로 기록하고 있다.

성리학 역시 훌륭한 존재론 체계를 구비하고 있지만 인간 실존의 바탕에 자리한 무의 심연을 용인하는 체계는 아니었다. 결국 주체 내부에 잠복된 타자화의 위험성을 성리학은 해소해 주지 못한다. 따라서 죽음에 대한 두려움과 삶의 무의미성을 해결하려는 자들은 지금도 불교를 찾고 있는 것이다. 어쨌든 15세기에 이르러 불교적인 삶의 해석은 종지부를 향해 치닫고 있었고, 삶을 무의 기초로부터 질문해야만 했던 김시습에겐 부조리의 시대가 도래하고 있었던 것이다.

물론 김시습은 막연히 불교를 옹호하려는 호교론자(護敎論者)가 아니라 불교의 고민을 진지하게 재검토해 삶으로 수렴하려는 비판론자였다.[33] 때문에 그는 소설들을 통해 삶의 본질을 질문하면서도 세속화된 상투적 해답을 내놓지는 않는다. 즉 성리학에선 당연하게 주어진 것으로 전제하는 주체성을 의문에 부치고는 자기실존을 대하는 진지함의 강도만을 대중들

---

33 〈남염부주지(南炎浮洲志)〉엔 세속불교에 대한 신랄한 비판이 나오기도 한다.

에게 상기시킨 채 최종 결론을 내놓지는 않는다.

이를테면 〈취유부벽정기(醉遊浮碧亭記)〉의 주인공 홍생(洪生)은 천상계로부터 출현한 외계 선녀에 의해 현실적 삶의 의미가 붕괴되는 체험을 하지만, 선계로 초대받거나 선인(仙人)이 될 가능성을 부여받지 못한 채 '견자(見者)의 고독'에 휩싸이게 된다.

〈남염부주지(南炎浮洲志)〉의 박생(朴生)이나 〈용궁부연록(龍宮赴宴錄)〉의 한생(韓生) 역시 염부주라는 영원한 미결상태나 용궁에서의 판타지가 상실된 초라한 일상으로 회귀하는 데 머물러 있다. 이렇게 『금오신화』의 주인공들은 비록 덧없을지라도 그들의 삶이 잠시 찬란한 의미로 맺히는 순간들을 독자들에게 시연하고는 적막한 무 속으로 잠겨 간다.[34]

김시습은 불교의 진정한 본질을 세계에 구현함으로써 그가 보기에 주체의 문제를 제대로 해결할 수 없을 것 같은 성리학의 시대를 극복하려 했다. 그런 견지에서 김시습은 반성적으로 세계 밖에 머물려 했던 자가 아니라, 업과 철저히 부딪쳐 산화하려 했던 '이번 생'의 실천가였다. 그렇다면 『금오신화』는 업 밖으로 탈출하려는 초월의 기도(企圖)가 아니라, 니로다가 불가능한 자들 편에서 업을 재현함으로써 이 적적한 우주를 의미로 밝히려는 자비의 실행으로 새롭게 자리매김 될 수 있을 것이다.

---

34 역설적이지만 이 무로 인해 삶은 소중한 어떤 것으로, 혹은 어떤 것이었거나 것일 수 있었던 것으로 우리에게 되돌아온다. 소설은 그러한 사실을 독자에게 고지해 준다.

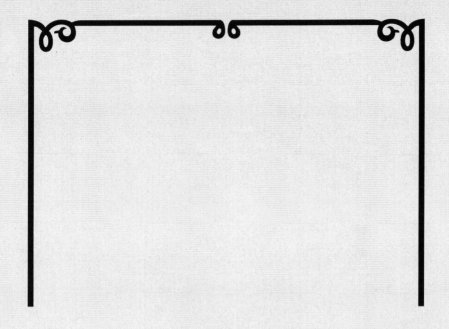

소설 속의 악귀와 실재의 윤리

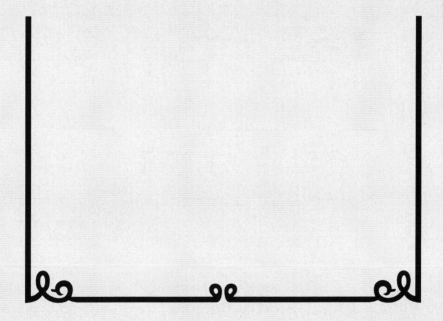

1. 「모란등기(牡丹燈記)」라는 작품

『전등신화(剪燈新話)』 소재의 「모란등기」는 언뜻 평범해 보이는 악귀소설임에도 동아시아, 특히 일본 소설가들에게 창조적 영감을 준 대표작으로 손꼽힌다. 그 매력의 원인은 어디에 있었을까? 너무 당연하지만 악귀가 된 부여경(符麗卿)이란 미소녀의 존재에 해답이 숨겨져 있을 것이다. 그녀의 어떤 특징이 이 작품을 그토록 강렬한 아우라로 감싸게 됐는지 그 일단을 살펴보려고 한다.

우선 부여경이 악귀이므로 그녀가 지닌 악성(惡性)의 본질을 파악하기 위해 악의 근본 의미를 검토하고 이를 상식적, 도덕적 통념과 다른 윤리적 초월성의 지평에서 재평가해 보겠다. 아울러 윤리의 초월적 차원이 규범적 선악관을 넘어서는 데에서 나아가 새로운 실재의 윤리를 선포할 가능성을 검토하도록 하겠다.

이상에서 언급한 '실재의 윤리'의 지평이 열리게 되면 도덕적 금기나 규범화된 사랑의 방식을 거부한 부여경의 광포하고 사악한 욕망 또는 현실원칙을 초과한 열정의 과잉이 새로운 시각에서 재해석될 여지가 생긴다. 그 변별적 특징을 드러내기 위해 『전등신화』 속 다른 작품들과 비교 분석하는 장을 따로 마련했다.

2. 악과 윤리

윤리의 차원에서 악은 사회적 관습이나 규범에 의거한 도덕 차원의 그것과 반드시 일치하지 않는다. 사회적 관습이나 규범은 결국 법률로 문서화되어 고정되기 마련인데, 이런 성문법 차원의 악의 문제라면 별도의 학술적 논의는 불필요할 것이다. 악의 문제가 법의 지평에서 어떤 모호성도 남기지 않고 깔끔하게 해결되기 때문이다.

악에 대한 본질 질문, 다시 말해 악의 존재 기원에 대한 질문은 관습 규범에 입각한 도덕 판단을 초월해야만 인간 운명에 대한 윤리적 통찰로 발전해나갈 수 있다. 악이 인간성 내부에 착상되어 있는, 아니 인간성 자체를 구성하는 성분이며, 따라서 주체 외부의 상징 질서인 법의 범위를 벗어나 있다는 깨달음으로부터 인간성을 근원적으로 검토하려는 어떤 제로 지점이 발생하기 때문이다. 이 지점에 대한 탐색으로부터 본격적인 윤리의 고민이 시작된다.

법률 차원에서 악을 바라보려는 관점은 행위 주체로서의 개인을 법적 심판의 대상으로, 결국엔 타율적 존재로 소외시키려는 경향이 있다. 당연히 윤리적 주체도 전제되지 않는다. 예컨대 소포클레스의 고전 비극『안티고네』에서 보듯, 윤리적 주체는 규범적 사회법으로부터 개인이 분리되

려는 순간 발생한다.[1]

　규범에 입각한 도덕 판단이 세계에 이미 존재하는 법을 주체에 적용하는 과정의 산물이라면 윤리 판단은 주체의 자유에 의한 자기 결단이라는 특징을 갖는다. 이처럼 윤리적 주체는 선과 악을 자유에 정초해 해석함으로써 스스로의 자유를 증명하는 존재다. 이 문제는 칸트의 정언명령의 세계로 우리를 소환한다.

　　여기서 칸트가 윤리학에 있어서 중요한 전환을 하고 있음에 주의하기 바란다. 그것은 자유라는 관점에서 도덕성을 본 것이다. 그에게 있어 도덕성은 선악보다는 오히려 자유의 문제다. 자유 없이 선악은 없다 … (중략) … 지금까지의 윤리학은 선악이 무엇인가에 대해 논해 왔다. 앞에서 말한 것처럼 그것에는 두 가지의 사고방식이 존재한다. 한편에 선악을 공동체의 규범으로 보는 견해가 있고, 다른 한편에 그것을 개인의 행복(이익)이라는 관점에서 보는 견해가 있다. 그러나 칸트에 따르자면 그것은

1　윤리적 주체의 탄생을 문학적으로 대표하는 사례로 『안티고네』를 들 수 있다. 권력투쟁의 와중에 폴리스의 반역도로서 사망한 오빠의 시신을 매장하려는 안티고네가 이를 국법으로 저지하려는 섭정 클레온과 벌이는 쟁투를 그린 이 비극은 헤겔에 의해 '인륜성(Sittlichkeit)'의 의미를 성찰하는 계기로 작용한다. 법률이 지배하는 인륜 영역으로 진입하지 못한 안티고네는 혈육을 매장해야 한다는 친족법의 입장에 서서 폴리스의 법에 대항한다. 이 대항은 인간법(人間法)과 신법(神法) 사이의 아이러니를 만드는데, 안티고네는 인륜으로 구성된 국법의 세계로 넘어가려는 시점에서 갈등하는 초인륜적 인간, 즉 윤리적 주체를 상징하게 된다. 헤겔의 관점은 라캉, 이리가레이, 버틀러 등에 의해 계속 수정되지만 안티고네가 규범에 대한 위반, 즉 죄와 그 죄에 대한 자기의식을 통해 정체성(라캉에 따르자면 죽음 혹은 실재)을 추구하는 인물이라고 보는 점에선 일치한다. 주디스 버틀러/조현순 역, '제2장 불문법, 혹은 잘못 전달된 메시지', 『안티고네의 주장』, 東文選, 2005, 53~96쪽.

모두 타율적인 것이다. 공동체의 규범에 따르는 것이 타율적이라는 것은 명백하다 … (중략) … 그에 비해 칸트는 도덕성을 오직 자유에서 찾는다.[2]

칸트는 도덕 성립의 근원을 관습적 판단이 소멸해 버리는 지점에서 발견하며, 나아가 선악에 대한 인식론적 단절 속에 오직 주체의 자유의지만으로 당위적으로 살 것을 요청한다. 이 요청은 인간이 저절로 선해질 수 있는 선험적인 윤리의 동력 따윈 없으며, 마찬가지로 인간을 악의 구렁텅이로 내모는 절대악도 존재하지 않는다는 회의적 태도에 기반하고 있다.

우주는 인식론적으로 그러했듯이 윤리적으로도 거대한 어둠에 지나지 않으며, 이 어둠에 윤리의 빛을 비추는 것은 주체의 자유로운 결단, 즉 스스로 자연의 이상에 합목적적으로 부응해야 한다는 자기소명 의식에 지나지 않는다.

그런데 선과 악을 파악할 수 있는 자유를 개인에게 줘버린다면, 결국은 도덕적 상대주의가 창궐해 마침내 인류는 무정부 상태로 절멸하는 것은 아닐까? 그렇지 않다. 자유란 어떤 행동의 동기를 자기 자신에게서 찾는 것이며, 따라서 책임의 소재도 분명히 주체에게 귀속된다.

자유는 책임을 동반하지 않는다면 전혀 무의미하다. 그렇다면 이 책임성은 어떻게 현상해 오는가? 칸트나 라캉의 용어로 말하자면 물자체(Ding an sich)이고 동양사상의 차원에서 보면 물(物)이며 레비나스의 시각으로는 타자라 불리는 어떤 존재다.

2 가라타니 고진/송태욱 역, '04 자연적 · 사회적 인과성을 배제한다', 『윤리21』, 사회평론, 2001, 73쪽.

타자는 언뜻 모호한 상태로 존재인 척 하고 주체 앞에 나타나는 존재론적 불일치 혹은 차이이며, 주체 입장에서는 자신의 자유를 제한하는 불편함이다. 무엇보다 타자는 자신의 고유성을 주장함으로써 주체의 유일무이성을 부정한다. 이러한 타자의 존재론적 자기주장은 주체로 하여금 타자의 자유를 부정할 수 없도록 만들 딜레마에 빠트리고, 마침내 주체의 절대자유는 기각된다. 나의 자유만큼 상대의 자유도 소중하다. 그리하여 인식론적으로는 그 존재를 확증할 길 없는 타자의 존재를 상정해 그들의 자유를 믿으며, 나아가 그들과 더불어 공동존재의 세계를 구성하려는 단계에 이르게 된다. 이렇게 윤리적 주체는 타자를 통해 완성된다.

이 지점에서 칸트가 제시한 윤리적 주체의 삶이 신이 없는 종교에 근접해 있다는 사실을 깨닫게 된다. 실은 칸트의 비판철학이야말로 우주의 존립 근거를, 각기 다른 방식으로 주관이 통치하는 무의미의 왕국에 헌납했던 두 조류, 데카르트의 악마적 회의주의와 흄의 경험론적 세계부정에 대한 객관 측의 대응이었다. 객관의 세계가 유지되지 못하면 인류세계가 부정되고 윤리적 주체가 존립할 여지도 사라진다. 이 객관 세계를 증명해주는 존재가 바로 타자인 것이다.

영혼 불멸이나 사후 세계, 심판과 같은 사고는 부처나 예수라는 인물이 등장하기 전부터 있었다. 그들이 말한 것은 타자에 대한 윤리(사랑 및 자비)였고, 저세상에서의 구원이나 해탈에 대해 특별히 부정하지는 않았지만 무관심했다 … (중략) … 부처는 영혼을 부정하고 윤회를 부정하며, 따라서 수행을 부정했다. 그런 의미에서 종교 비판이라 볼 수 있다. 그런데 많은 사람들은 (승려조차도) 불교가 윤회의 사상이라고 믿고 있다. 부처는 수행에 의해 윤회로부터 해탈한다는 발상을 부정하고 단지 타인에 대해 윤리적이어야 한다고 말했을 뿐이다. … (중략) … 결국 이것은 칸트에 대하여 서술했던 것처럼 윤리적인 한에서 종교를 긍정한 것이다.[3]

위의 설명은 불교 이전의 자아주의, 즉 브라만교의 아트만(atman) 사상이나 혹독한 고행을 중시한 자이나교를 염두에 둔 것인데, 윤리적 주체의 존립 근거가 불교의 자비심, 즉 카루나에 있음을 명확히 하고 있다. 자아만이 존재하는 고독한 우주에서는 윤리가 불필요하다. 내가 상대할 누군가가 우주 속에 확실히 존재하며 그들이 나와 동일한 의미의 주체임을 인정할 때, 우리는 비로소 자유롭게 윤리적 선택을 할 수 있게 된다.[4] 결국 근본불교의 통찰인 자비, 즉 '네가 있어야 내가 있다'는 연기(緣起)의 사상이야말로 윤리적 주체의 목적이며 그 핵심은 타자의 존재에 있다.

동아시아 고전소설을 압도적으로 지배한 사상적 원천이 타자의 종교였던 불교였다는 것에는 깊은 의미가 담겨 있다. 이는 동아시아 고전소설의 주인공들이 어떤 방식으로건 '타자'라는 윤리 문제에 결부된다는 점과 아울러 그들이 동아시아 세계에 초래된 다양한 윤리적 분규를 해결하려는 존재들이었음을 상징하고 있다.

그런데 동아시아 고전소설 주인공들이 제시하는 선에는 대부분 분명한

---

3 가라타니 고진, '06 종교는 윤리적인 한에서 긍정된다', 위의 책, 98~99쪽.
4 타자가 없다면 우주의 다양성은 상실될 것이고 다양성이 없는 우주엔 필연[一者]만이 존재할 것이다. 주체의 자유에 대한 의지는 존재의 다양성과 이를 통한 우연성[사건성]이 가능해질 때에야 성립될 수 있는 개념이다. 알랭 바디우/조형준 역, '성찰13 무한성: 타자, 규칙, 타자', 『존재와 사건』, 새물결, 2013, 239~251쪽.

규범적 근거가 있게 마련이다. 충(忠)·효(孝)·열(烈)로 대표되는 중세 도덕 이념들이 그것들이다. 그렇다면 그들이 추구하는 윤리적 목적이 고작 도덕규범의 재확인일 뿐이므로 우리가 상정했던 윤리적 주체는 실종된 것으로 보아야 하는가? 서사의 최종 결과만 본다면 그럴 수 있다. 하지만 선이 승리하기까지 주인공들이 겪는 악의 체험을 고찰하면 다른 시각을 얻을 수 있다.

소설에 등장하는 대표적인 악의 양상들로는 타자의 명예나 신체에 대한 훼손, 타자와의 부당한 관계 단절이나 왜곡, 또는 타자와 만든 공동체 전체의 파괴 등이 예거될 수 있다. 하지만 이 모든 것들은 '타자의 부정(否定)'으로 요약할 수 있다.

악은 타자가 존재하지 않거나 불확실하게 존재한다는 판단에 기원하며 선이란 이처럼 불확실한 타자의 존재를 자유의지로 승인하고 나아가 확신하려는 윤리적 결단, 즉 자비에서 출현한다. 악의 가능성에 저항하는 이러한 인식론적 분투야말로 윤리적 주체의 존재론적 승리일 터, 이를 정신분석의 파쎄(passe)나 불교의 자비 또는 칸트의 실천이성으로 규정하는 데에 아무런 논리적 장애가 없다. 이를 기독교의 '사랑'이라는 관점을 통해 구체적으로 논의해 보겠다.

폴 리쾨르는 서구문화에 등장하는 악의 상징적 모습을 흠과 죄 그리고 허물이라는 세 종류로 분류했다.[5] 흠은 병이나 죽음처럼 현실을 부정타게 만드는 두려운 물질 현상들이다. 이 현상들에 대한 금기로부터 윤리 이전

5　폴 리쾨르/양명수 역, '제 I 부 일차 상징: 흠, 죄, 허물', 『악의 상징』, 문학과지성사, 1994, 17~156쪽.

단계의 다양한 신앙과 제의가 형성되고 응보의식이 출현한다.

흠에 인격신이 개입하면 죄가 되는데, 물질적 현상인 흠과 달리, 이는 실존 형식으로서 신과의 계약과 그 파기라는 생각이 전제된다. 따라서 죄로서의 악은 신과의 관계 훼손과 대화의 단절에 기인한 종교적 위반이라는 의미를 띤다. 이는 결국 신의 무한한 요구와 이에 따르려는 율법의 끝없는 중식이라는 악무한으로 귀결된다.[6]

마지막으로 허물은 인류 공동의 실체적 악인 죄와 달리 개인 안에 내면화된 죄악이다. 그것은 자기 행위의 주인이 된 인간이 종교 차원을 벗어나 스스로를 벌하려는 내밀한 자의식의 소산이다.

리쾨르가 제시한 세 가지 악의 상징들은 서로 뒤섞이며 삶에 영향을 미치는데, 그 근저에는 공통적으로 두려움이 존재하며[7] 그 두려움 안에는 징벌자로서의 아버지 또는 신이 자리 잡고 있다. 이 아버지/신의 육화가 법인데, 기독교가 사랑의 종교가 되는 것은 그리스도 사건을 탈율법적[초월적]인 은총으로 재해석한 바울의 혁명이 있고서야 가능했다.

바울의 계획은 보편적인 구원론은 어떠한 법—사유를 코스모스에 연결 짓는 법이든 아니면 [신의] 예외적 선택의 결과들을 고정시키기 위한 법이든 상관이 없다—과도 화해가 불가능하다는 것을 보여주는 것이다. 전체가 출발점일 수도, 또 이 전체에 대한 예외가 출발점일 수도 없다. 총체성

---

6 이 신의 무한한 요청을 자기소명에 의한 주체적 요청으로 수정하면 칸트 도덕론[윤리학]이 된다.
7 '사람은 두려움을 통해 윤리 세계에 들어가는 것이지 사랑을 통해 들어가는 것이 아니다.' 폴 리쾨르, '2. 윤리적인 두려움', 위의 책, 41쪽.

도 표징도 맞지 않다. 오히려 사건 그 자체로부터, 비-우주적이며 탈-법적인 사건, 어떤 총체성에의 통합도 거부하며, 어떤 것의 표징도 아닌 사건 그 자체로부터 출발해야 한다.[8]

바울에게 세속의 법은 구분하고 차이 짓는 인간적 행위에 지나지 않으며 따라서 그리스도 은총이라는 기적-사건을 무력화시킨다. 기적은 아버지가 아닌 아들의 구원으로부터 느닷없이 도래해 세계를 파국으로 몰아넣는다. 이 파국은 전체와 예외 또는 이를 중재하는 어떤 총체성의 요구로부터도 자유롭다. 시간은 단절되었고 새로운 법이 포고되었으며 이 새로운 아들-신의 희생[9] 속에 만인은 평등하다. 마침내 율법이라는 이름의 죽음은 사랑이라는 이름의 은총으로 대체되는 것이다.

바울의 기독교는 사랑의 종교이자 이방인들을 위한 우애의 종교다. 율법으로 고정되어 경화된 주체의 종교가 아니라 기적으로 빚어진 타자의 종교다. 타자를 감내하고 나아가 사랑해버리는 것이 이 계시 종교의 목적이다.[10] 이러한 무차별의 평등애로부터 자비[이타]행으로 나아가는 건 종이 한 장 차이에 불과하다.

주체의 존재 이유가 타자를 사랑하는 데에 있다면, 이는 대승(大乘)의

8　알랭 바디우/현성환 역, '04 담론들의 이론', 『사도 바울』, 새물결, 2008, 85쪽.
9　아버지는 타자를 위해 희생하지도, 누군가를 사랑하지도 않는 완성된[닫힌] 존재다. 따라서 아버지는 사망한 자이며 율법이며 사랑 없는 자이다.
10　신의 은혜가 나의 믿음에 의해 지금 여기서 단숨에 실현된다는 바울의 관점으로부터 도덕적 선이 나의 자유로운 선택으로 즉시 실현된다는 칸트 철학의 맹아를 발견하는 건 어렵지 않다.

보살이 추구하는 행(行) 중의 행(行), 바로 보살행과 어떤 차이도 빚지 않는다. 이처럼 타자애를 실현하는 윤리적 주체[11]의 추구라는 점에서 기독교와 불교 사이엔 간극이 없다.

앞서 악의 등장에는 아버지-법을 위반하는 것에 대한 두려움과 죄의식이 전제되어 있고, 이를 청산한 것이 아들의 사랑과 희생이라고 했었다. 그렇다면 윤리적 주체는 법의 준수와 집행이 아니라 이를 초월한 이타적 기투(棄投)에서 생성되는 것이다. 놀라운 점은 이런 이타적 사건의 기적이 신의 아들에게서뿐만이 아니라 대중들에게도 일상적으로 벌어진다는 사실이다. 그게 법률의 수호자인 아버지는 더 이상 할 수 없는 아들[인간]의 사랑이다.

결국 모든 사랑은 윤리적인데, 이는 사랑이라는 존재론적 상황이 이타적 희생과 자기 포기 그리고 타자의 발견[의미화/주체화]으로 귀결되기 때문이다. 낭만적 사랑의 기저에는 기독교적 사랑과 불교적 자비행이 농축되어 있다. 사랑에 빠진 자는 법을 초월하여 아버지를 거역하며 자기마저 포기해 타자를 주체의 자리에 봉헌한다.[12]

이는 사도 바울과 초기 대승교단이 선택했던 윤리적 결단을 반복하는 것인데, 이처럼 누구나 사랑에 빠지는 순간엔 윤리적 주체가 될 수밖에

---

11 이는 윤리적 타자/주체라고 표현해야 적절할 듯도 하지만, '타자성을 실현하는 주체'라는 의미로 사용하도록 하겠다.
12 '낭만적 사랑에 빠진 개인에게 그 사랑의 대상인 타자는 단지 그가 딴 사람 아닌 바로 그 사람이라는 이유 하나만으로도 자신의 결여를 메꾸어줄 수 있는 그런 존재이다.' 안소니 기든스/배은경·황정미 역, '3장 낭만적 사랑 그리고 다른 애착들', 『현대사회의 성 사랑 에로티시즘』, 새물결, 1996, 86쪽.

없다. 따라서 『전등신화』의 주인공들이 사랑이라는 일상의 파국에서 윤리적 선택을 강요받는 것은 너무나 당연한 일이다.

3. 사랑의 윤리와 악귀

「모단등기」의 표면적 주제는 사랑이라는 '자아의 혼란'이 과도한 욕망과 결합됐을 때 폭력이 되고, 마침내 도덕의 경계를 벗어나 악으로 전화한다는 교훈에 있다.[13] 줄거리를 살펴보자.

아내를 잃은 교서생(喬書生)은 어느 날 밤 우연히 부여경(符麗卿)이라는 미녀와 조우해 사랑에 빠진다. 하지만 그녀는 이미 오래전 죽은 귀신이었고, 둘의 애정행각에 의구심을 품은 옆집 노인에게 정체를 들킨다. 노인의 권고에 따라 부여경이 호심사(湖心寺)라는 절에 안치된 무연고 시신이라는 사실을 알아챈 교서생은 현묘관(玄妙觀)의 위법사(魏法師)로부터 받은 부적을 대문에 붙여 여경의 방문을 봉쇄한다. 하지만 술에 취한 교서생은 무심결에 호심사 인근 길을 지나가게 되고 마침내 원한을 품은 여경에 의해 살해된다. 악귀가 된 두 남녀는 인근을 출몰하며 사람들에게 해를 끼치는데, 위법사의 부탁을 받은 철관도인(鐵冠道人)이 등장해 이들을

---

13 이러한 과도한 욕망에 대한 경계는 사랑이라는 윤리적 행위 배후에 잠재된 위험성을 경고하면서도 그 위험함이 동반하는 유혹을 드러낸다는 장점 때문에 동아시아 소설의 주요 모티브가 되었다. 특히 「모란등기」는 일본에서 애호된 작품이다. 김영호, 「『오토기보코(伽婢子)』의 비교문학적 고찰-권3의 제3화 보탄토로(牡丹灯篭)를 중심으로」, 『日本學硏究』35輯, 단국대 일본연구소, 2009, 169~190쪽.

징치하여 지옥으로 압송한다.

이 작품에 대한 해석 시각은 다양할 수 있겠지만 여기선 교서생과 부여경 사이에 발생한 사랑이라는 사건에 초점을 맞춰보도록 하겠다. 이미 줄거리에서 드러났듯 교서생의 사랑은 상대가 사람이기만 했다면 아무 문제가 없었다. 모든 문제는 부여경이 죽어서도 사랑을 포기하지 않는 존재, 즉 악귀라는 사실로부터 비롯된다. 따라서 귀신이라는 부여경의 신분 속에 이 작품을 읽어낼 힌트가 숨어 있다.

그녀는 어쩌다 귀신이 됐는가? 또 살해당한 교서생은 왜 그녀와 함께 유령처럼 이승 주변을 배회하고 있는가? 이것이 관건이 되는 질문들이다.

> 라캉이 말하는 '오브제 프티 아'라는 것은 바로 이 보이지 않는 '죽지 않는' 대상, 그리고 욕망의 과도함과 욕망의 탈선을 유발하는 잉여의 대상이다. 이와 같은 과잉은 없앨 수 없다. 왜냐하면 이 과잉이라는 것은 인간의 욕망 그 자체와 한 몸 속에 있는 것이기 때문이다 … 중략 … 악은 영원히 되돌아와 우리를 위협하는 것이며, 육체적으로 소멸했어도 마치 마술과 같이 살아남아 우리의 주위를 배회하는 유령과 같은 것이다. 바로 이런 이유에서 선이 악을 상대로 승리를 한다는 것은 죽을 수 있는 능력이고, 자연의 순수성을 되찾을 수 있는 능력이며, 외설적인 악의 무한성으로부터 벗어나 평화를 찾을 수 있는 능력을 의미한다.[14]

---

14 슬라보예 지젝/이현우 외 역, '2 네 이웃을 너 자신처럼 두려워하라!', 『폭력이란 무엇인가』, 난장이, 2011, 104~105쪽.

부여경이 귀신으로 이승을 떠도는 것은 그녀의 불가능한 숙원, 즉 인간처럼 사랑하겠다는 욕망에 기인한다. 이 욕망이 결코 달성될 수 없는 것이기에 그녀는 교서생을 희생양으로 삼아 이승을 활보하는 악의 화신이 되기에 이른다. 물론 이성을 향한 그녀의 욕망 자체는 순수한 것일 수 있었지만, 그녀가 불사의 존재가 되어 유명(幽明)의 경계를 넘어서는 순간 이 욕망은 현실에서 소멸되어야 할 과잉이 된다. 사라져야 할 것이 사라지지 않으면 그것은 세계에 대한 폭력, 즉 악의 작인(作因)이 되는 것이다.

그런데 죽기 전의 여경은 이미 악귀로 전화될 소지를 충분히 지니고 있었던 것은 아닐까? 이 의문에 대한 유일한 단서는 철관도인의 최후 판결문에 언뜻 등장하는 다음 구절이다.

> 교씨 집안의 아들은 살아서도 깨닫지 못했으니 죽었다 한들 무에 불쌍하겠으며, 부씨녀는 죽어서조차 음란함을 탐하였으니 살아있을 때도 알만하겠구나.[15]

부여경의 생전 행실은 철관도인의 최후판결문에 대한 추측을 통해 재구할 수 있을 뿐인데, 이때 욕망의 과잉을 뜻할 '음란함을 탐했다(貪婬)'는 발언이 남성과의 교제 횟수를 의미하지 않음은 그녀의 다음과 같은 진술로 확인된다.

---

15 '喬家子, 生猶不悟, 死何恤焉, 符氏女, 死尙貪婬, 生可知矣.', 瞿佑 著(垂胡子 集釋), 「牡丹燈記」, 『剪燈新話句解』卷之上(高大 薪菴文庫本).

생각하옵건대 저는 젊은 나이에 세상을 떠나 대낮에도 이웃이 없었습니다. 여섯 혼백은 비록 흩어졌지만 하나의 영혼이 없어지지 않아 등불 앞 달빛 아래에서 오백 년토록 이어질 부부의 업원을 짓고 말았나이다.[16]

호심사 승려의 말에 따르면 부여경은 17세에 요절해 시신이 절에 안치된 채 버려졌다.[17] 따라서 죽기 전에 남성 편력을 했을 가능성은 희박하다. 그렇다면 철관도인이 지적한 '탐음(貪婬)'이란 이웃 없는 상황을 견디지 못한 그녀의 인간적 외로움 그리고 이 외로움의 비정상적 충족을 뜻할 것이다. 결국 귀신의 성욕은 그 자체가 과잉이 되는 셈이다.

그녀는 남성과의 성적 교제를 간절히 열망한 나머지 원귀가 되어 교서생이라는 어리석은 숙주를 발견하자마자 그에게 단단히 달라붙는다. 그렇다면 외로움의 화신인 그녀는 상대를 가리지 않는 욕망 그 자체를 상징하는 것이 된다. 그리고 이 욕망 속엔 사랑이 없다.

사랑은 욕망의 이기적 충족 과정이 아니다. 그것은 자신의 욕망을 타자의 욕망에 양보하는 행위, 즉 사랑의 감정을 태동시킨 최초의 욕망을 배반하는 아이러니한 욕망이다. 따라서 사랑은 상대를 가린다. 그런데 부여경이 원귀가 된 것은 특정한 상대에 대한 사랑 때문이 아니다.

부여경은 그녀 특유의 과잉, 누군가와 맺어지지 않으면 견딜 수 없는 외로움과 그것이 기형적으로 팽창시킨 자아 때문에 원귀가 된다. 그리고 그

---

16 '伏念, 某, 青年棄世, 白晝無隣. 六魄雖離, 一靈未泯, 燈前月下, 逢五百年歡喜冤家.', 위의 글, 위의 책.
17 '寺僧曰, 此, 奉化州判符君之女也. 死時, 年十七.', 위의 글, 위의 책.

본질은 과도한 자기실현에의 욕구다. 결국 그녀를 불사의 존재로 만든 건 그녀의 맹목적 성욕인데, 이 과열된 욕망이 그녀 자신이 악귀임을 부정하도록 만들며 마침내 이승에 남아 사람 행세를 하도록 이끈다. 그렇다면 그녀의 존재 자체가 바로 악인 것이다.

　타자애로 지향되지 못한 욕망은 사랑으로 승화되지 못하며 자기를 향한 광포한 과잉, 즉 악귀로 상징되는 이기적 자기보존 본능으로만 구현된다. 따라서 부여경은 사랑이 너무 많아서 또는 사랑의 대상을 지나치게 많이 두어서 징벌되는 존재가 아니다. 타인을 상처 입히지 않는 사랑이라면 많다고 반드시 나쁠 게 없다. 오히려 그녀는 사랑이 너무 없어서, 오직 욕망만으로 이승에 남아 타자를 착취했기에 징치되는 존재다.

　그렇다면 교서생 쪽은 어떠한가? 이 역시 철관도인의 앞선 언급[18]에 의거해 보도록 하자. '살아서도 자기 운명을 깨닫지 못한' 교서생은 중요한 무언가를 죽어서조차 깨닫지 못하는 어리석은 존재다. 그가 반드시 깨달았어야 할 건 무엇이었을까? 위의 철관도인의 판결문이 작성되기 직전에 교서생은 다음과 같이 자신의 죄를 고백한다.

　　생각해 보옵건대 저는 아내를 잃고 홀아비로 지내며 문간에 기대 홀로 서 있는 적적한 삶을 살아왔습니다. 그러다가 색에 대한 경계를 어기는 죄를 범하였고 너무 많은 것을 가지려는 욕망에 마음이 흔들렸나이다.[19]

18　주석 15 참고.
19　'伏念, 某, 喪室鰥居, 倚門獨立. 犯在色之戒, 動多慾之求.', 위의 글, 위의 책.

교서생의 자아비판은 두 가지로 요약된다. 첫째, 색계(色戒)로 대표되는 율법을 어겼다. 따라서 그는 법을 어긴 범인이다. 둘째, 자기 분수를 넘는 욕심을 부렸다. 홀아비로선 기대할 수 없는 미녀를 탐하여 비현실적으로 찾아온 행운을 의심 없이 누린 그는 과욕을 부린 자다. 이 정도면 꽤 깨달은 수준이라 할 만하지 않은가?

하지만 앞서 본 바처럼 철관도인은 그를 '살아서도 깨닫지 못해 죽어도 불쌍히 여길 필요 없는' 자로 폄하했다. 부여경은 비난받을 죄목이 분명한 적극적인 행동 주체였지만 교서생은 그녀의 욕망에 포획당한 우둔한 피해자일 뿐이거나 기껏 종범(從犯)에 불과하다는 뜻이다.

철관도인이 교서생을 자신이 무얼 원하고 있는지도 모르는 얼간이쯤으로 무시한 데에는 이유가 있다. 교서생은 살아 있을 때 파악했어야 할 무언가 중요한 것을 놓쳤고, 죽어서조차 이를 알 수 없는 처지에 빠져 있다. 그렇다면 부여경은 그게 뭔지 알고 있었을까?

그녀는 분명히 알고 있었다. 그녀는 비록 죽은 몸이었지만 살아 있는 교서생보다 더 생생하게 살아 있었으며 끝내 자기만의 삶을 선택했다. 그것이 잘못된 선택이었을망정 그녀는 자신의 운명을 선택했고 기꺼이 대가까지 치렀다. 그렇다면 누가 이 사랑/욕망의 희생자인가? 바로 그녀다. 교서생을 살해하기 직전 그녀는 이렇게 말한다.

첩은 당신과 평소 알지 못하는 사이였지요. 모란 등불 아래에서 우연히 한번 보고 (나를 좋아하는) 당신의 마음에 감동받아 마침내 온몸으로 당신을 모셔서 저녁이면 찾아갔다 아침에 돌아오곤 했었어요. 당신에게 박절하지 않았거늘 어쩌다 요망한 도사의 말을 믿고 갑자기 의혹을 품어 영원히 우리 만남을 끊으려 하신 건가요?[20]

생자의 삶을 완벽히 구현한 여경은 사랑마저도 철저히 인간을 모방했다. 물론 교서생에 대한 욕망이 진정한 사랑이었다면 그를 살해하지 않았을 것이다. 하지만 상대가 먼저 배신하기 전까지 그녀는 교서생에게 지극히 충실했으며, 그를 되찾을 단 한 번의 기회가 찾아오자 망설이지 않고 살해해 자신과 같은 귀신으로 만들었다. 그녀는 적어도 자신의 운명을 '아는' 자였고, 알기에 선택할 수 있는 자였다.

교서생이야말로 율법에 얽매인 겁보로서 '살아 있는 죽은 자'이자 바울이 말한 죽음 편에 선 자다. 죽음에 빠진 자는 선택할 운명도 없기에 주어진 환경에 따라 이리저리 표류할 뿐이다. 따라서 교서생은 세상의 계율을 눈치 보며 자신에게 찾아올 불이익에만 예민했던 못난 사내다. 사랑이 없기는 그도 마찬가지였는데, 이는 그의 자백문이 증명하는 바다.

교서생이 자신을 범죄자요 과욕을 부린 자라 실토한 것은 부여경과의 로맨스를 모조리 부인하는 것으로서, 이는 자신이 뭣도 모른 채 선택한 욕망이 만든 운명을 그저 회피하려고만 하는 자세다. 그가 진정 용기 있는 자였다면 부여경과의 관계를 범죄 행위로 모독해가면서 훼손하진 않았을 것이다. 오히려 죽음의 세계로 건너간 그녀를 구하려 하거나, 그녀와 함께하기 위해 '사랑의 죽음'을 선택할 것이다. 그러므로 산 자의 사랑을 더 가깝게 구현한 건 바로 부여경이다.

---

20 '妾與君素非相識. 偶於燈下一見, 感君之意, 遂以全體事君, 暮往朝來. 於君不薄, 奈何信妖道士之言, 遽生疑惑, 便欲永絶?' 위의 글, 위의 책.

이제 후대 독자들이 왜 교서생이 아니라 부여경에 끌렸는지, 그리고 이 작품의 인기를 견인하는 존재가 왜 악의 화신인 여경이었는지 밝혀졌다. 우리가 윤리적 파국을 초래한 여경의 사악한 열정에 매혹되는 이유는 그녀의 과도한 욕망이 일상의 윤리를 초월해 버림으로써 율법에 얽매인 소극적 존재보다 욕망의 실재에 더 가깝게 접근하기 때문이다.

율법을 눈치 보는 자는 왜곡되고 은폐된 형태로만 사랑을 넘볼 뿐이다. 반면 과잉된 열정의 소유자는 자신에게 맞는 사랑의 대상을 만나지 못할 뿐 사랑의 문턱에까지는 이르고야 만다. 예컨대 부여경이 일찍 죽지만 않았다면, 그녀의 욕망은 필사적으로 대상을 찾아냈을 것이며 그 대상에게 비상한 또는 과도한 정열을 쏟아 부었을 것이다. 말하자면 부여경은 열녀의 뒤집어진[도착된] 형상에 다름 아니다.

사랑의 힘은 세속의 법률, 심지어 생사의 경계마저 넘어서는 과잉이다. 보통 사람들은 안전한 율법의 한계 안에서 사랑을 나누지만, 이를 초월해 사랑을 실현해 버리는 영웅들을 남몰래 선망하기도 한다. 그런 숨은 선망을 대신 실현해주는 존재가 바로 소설 속 부여경 같은 인물이다. 이처럼 규범을 넘어서서 욕망의 과잉을 실현하고 스스로 윤리의 주체임을 선포하는 자가 바로 사랑의 영웅인데, 놀랍게도 그들의 삶은 그리스도와 붓다에 닿아 있다.

주체는 종교적 깨달음을 얻기에 앞서 우주의 실재에 직면해 그 진상을 본다. 상징 질서에 은폐된 삶의 진상을 그 모습 그대로 목도한다. 이 지점은 율법을 초월하는 각성의 단계이고 곧이어 초인류적 혼란 상황이 찾아온다. 라캉은 이를 상징계와 실재계의 충돌로 묘사했다.

상징들로 이뤄진 일상 아래, 언어로 축조된 '환상의 현실' 아래에 날것으로서의 진짜 실재계가 버티고 있다. 문화의 상징 질서가 파열된 틈으로 섬광처럼 등장하는 이 실재계는 과충전된 욕망으로서의 사랑이나 일상을 단절시키는 죽음과 같은 사건을 계기로 현실로 침입하곤 한다. 그리고 실재계가 열리는 순간에 하는 선택에 따라 주체는 성인(聖人)이나 초인이 될 수도, 근본악을 실현하는 악마나 범죄자가 될 수도 있다. 선과 악이 동전의 앞뒷면처럼 맞물린 이 위태로운 지점이 니체가 말한 '선과 악의 저편' 인 셈이다.

> 악마적인 악, 최고악은 최고선과 구별할 수 없으며, 그것들은 성취된 (윤리적) 행위에 대한 정의들에 다름아니다라는 것을 명시적으로 단언할 것을 제안한다. 다시 말해서, 윤리적 행위의 구조라는 층위에서, 선과 악의 차이는 존재하지 않는다. 이 층위에서 악은 형식적으로 선과 구별할 수 없다 … (중략) … 여기서 선과 악의 구별불가능성이라는 것은, 행위라는 이름의 가치가 있는 어떠한 행위건 정의상 '악한' 것이거나 '나쁜' 것이라는 것을 (혹은 그와 같은 것으로서 보여질 것이라는 것을) 단순히 가리키고 있을 뿐이다. 왜냐하면 그것은 언제나 어떤 '경계 넘기'를, 주어진 상징적 질서(혹은 공동체)의 제한들에 대한 '위반'을 나타내기 때문이다. 이는 루이 16세의 처형에 대한 칸트의 논의에서 분명하다. 이는 또한 안티고네의 경우에서도 분명하다.[21]

---

21 알렌카 주판치치/이성민 역, '5. 선과 악', 『실재의 윤리-칸트와 라캉』, 도서출판b, 2004, 147~151쪽.

루이 16세의 처형과 안티고네의 국법에 대한 도전은 형식적으로는 순수한 정치적 폭력이거나 개인적 위법에 불과하다. 때문에 이 행위들에는 악의 모든 조건들이 포함되어 있다. 그럼에도 두 행위는 선을 목적으로 하고 있는데, 그건 두 행위가 추구하는 향유, 즉 주이상스(jouissance)에 따른 결과다.

주이상스란 자기를 넘어선 타자[신/무한]의 요청을 묵묵히 수행하려는 욕망 실현 방식이다. 이는 욕망을 왜곡하거나 욕망 자체를 인정하지 못해 병적으로 굴절시킨 충동 실현-잘못된 향유-이 아니라 일종의 윤리적인 결단이다. 그런데 문제는 이러한 향유가 외면적으로는 절대악과 구별이 쉽지 않다는 점이다. 따라서 라캉의 표현에 따르자면, 칸트와 함께 사드를 발견해야만 한다.

칸트와 사드는 동일한 열정과 의지로 규범 너머의 어떤 요청을 자기화하여 이를 도덕적 의무로 수행하고자 한다. 욕망을 실현하는 메커니즘이란 차원에서 두 사람 사이엔 아무 차이가 없다. 단지 욕망의 방향이 달랐을 뿐이다. 이 방향을 결정하는 것이 바로 밑도 끝도 없는 초월의 주이상스인 셈인데, 이렇게 주이상스가 수행되는 초월적 지평에서 발견되는 윤리가 실재의 윤리다.[22]

결국 부여경은 교서생이 포기했거나 실패한 주이상스를 시도했던 인물

---

22 주이상스 차원의 실재의 윤리에서 볼 때 기존의 윤리적 동기주의는 저절로 붕괴된다. 수많은 악행이 선의 구호 아래, 신의 명령이라는 허울을 입고 행해졌다. 선한 도덕적 동기가 명백히 존재하며 이를 경험적으로 구별할 수 있다는 잘못된 논리적 전제야말로 인류사에 등장한 최고악의 빌미가 되어 왔다.

이며 그런 점에선 안티고네적 인물이다.[23] 다만 그녀의 주이상스는 사랑이 아닌 죽음 쪽으로, 욕망의 승화가 아닌 욕망의 무한반복 쪽으로 방향을 잡았을 뿐이다. 따라서 주이상스의 관점에서 본다면 그녀야말로 교서생보다 훨씬 더 실재의 윤리에 근접했던 존재다.[24]

결국 사랑은 율법을 넘어서는 주이상스이므로, 부여경이 교서생보다 더 절실히 사랑에 임한 셈이며 그런 견지에서 더 윤리적이었던 것이다.[25] 이 매력적인 정염의 화신은 '사랑과 죽음'이라는 실재계의 비밀을 알고 있었으며 그랬기에 더 위험한 유혹자일 수밖에 없었다. 따라서 그녀의 위험성을 봉쇄하기 위해 소설은 위법사와 철관도인이라는 거창한 인물들을 끌어들임으로써 생기 없는 도덕적 결말을 지어야만 했다.

4. 율법의 승리 혹은 봉인된 욕망

사랑이 주이상스로서 타자를 승인하고 어떤 동기나 목적 없이 자신을

---

23 그런 의미에서 부여경에게는 교서생이라는 욕망의 대상 a[타자가 - 끝내 이 타자를 부정하려 했지만 - 확실히 존재한다. 욕망의 대상이 모호한, 그래서 오히려 더 동물적인 교서생에게는 타자 자체가 부재하다. 그래서 욕망의 진실에 무지한 교서생이야말로 윤리적으로 더 위험한 인물이다. 그리고 이것이 그가 허깨비처럼 부여경을 수행하며 이승을 떠도는 이유다.

24 종교적 성인이나 현자들이 대부분 초기엔 부여경과 같이 초도덕적인 실재계에서 방황한 존재들이었다는 점을 염두에 두어야 한다. 사도 바울이나 성 어거스틴이 그런 예였다.

25 따라서 안티고네처럼 숭고한 인물이기도 하다.

희생하는 윤리적 행위라면, 사랑의 반대말은 증오가 아니라 바로 악이다. 악이란 주이상스 자체의 불가능성이나 잘못된 주이상스에 다름 아니므로 결국 타자를 부정하거나 착취하는 형식으로 발현된다. 거꾸로 세워진 또는 도착된 열녀의 모습을 한 부여경의 욕망이 사랑의 비밀에 극단적으로 다가갔으면서도 끝내 사랑 자체에는 실패한 이유가 여기 있다. 따라서 대부분의 동아시아 고전소설에 등장하는 악은 주체의 욕망이 주이상스를 상실하거나 왜곡된 주이상스를 선택하며 비롯되는 것들이다.

『전등신화』에서 악으로 화한 사랑의 주이상스를 보여주는 애정소설은 「모란등기」가 유일하다. 다른 작품들은 이미 도덕적으로 완성된 주체를 보여주는 데만 골몰해 있으며 때문에 그들을 박해하는 악인들은 그저 추상적 허수아비들에 지나지 않는다.

「애경전」을 보자. 애경이란 별칭으로 알려진 가흥(嘉興)의 명기 나애애(羅愛愛)는 그녀의 천한 신분을 무시하고 구애한 명문가 자제 조생(趙生)과 결혼한다. 기녀였던 그녀는 예상과 달리 사대부가 출신 못지않은 현숙한 부인 역할을 제대로 해낸다. 마침 조생은 벼슬을 구하러 멀리 떠나게 되는데, 이 와중에 난이 일어나 애경은 마을을 점거한 유만호(劉萬戶)라는 자에게 겁탈당할 위기에 처한다. 정절을 지키고자 자결한 애경은 반란이 진압된 후 돌아온 조생 앞에 귀신으로 출현한다.

평범한 부부처럼 살던 둘은 마침내 영별하게 되는데, 애경은 자신이 이미 윤회에 들어 무석(無錫) 땅 송씨 집안 아들로 태어났다고 알린다. 애경과 헤어진 조생은 무석의 송씨 집안을 방문해 자신을 향해 미소 짓는 사내아이와 상봉한다.

이 작품에 등장하는 악당 유만호는 그야말로 허접한 쓰레기에 불과하다. 주제를 실현하고 있는 건 기녀 애경의 숭고한 정절이다. 한낱 기녀 출신이 일반인은 범접 못 할 의리를 실현하고 죽는다는 설정은 도덕의 화신인 그녀의 존재를 더욱 돋보이게 한다. 귀신으로 출현한 그녀는 조생에게 자신의 죽음을 이렇게 회고하고 있다.

> 몸뚱이 하나뿐인 천첩이 살기를 욕심내야 편안해지고 치욕을 참아야만 오래 살 수 있다는 걸 왜 몰랐겠어요? 그럼에도 옥처럼 부서지는 것을 달게 여기고 물에 잠긴 구슬처럼 되기로 결심하여 등불에 뛰어드는 나방이나 우물로 기어가는 어린아이처럼 목숨을 버렸나이다. 이는 저 스스로 취한 일이요 남들에게 받아들여지지 않을까 해 저지른 일은 아니었어요. 대개 남의 아내가 되어 남편을 등지고 집을 버리며 남이 주는 작록을 받고도 주군의 은혜를 잊고 나라를 배신하는 자들을 부끄럽게 여겼기 때문이랍니다.[26]

애경은 부여경과 똑같은 귀신이지만 사랑의 대상과 방식을 확고히 정한 채 죽은 자다. 그녀는 자신의 욕망을 당당하게 표현할 남편을 뒀고 따라서 이를 지키기 위한 투쟁은 욕망의 발산이 아니라 제거다. 자신의 생명, 즉 자기보존 욕망을 포기함으로써 애경은 선한 도덕성을 지상에 구현한다. 심지어 그녀의 목표는 주군에 대한 남성적 충절을 모방하기까지 한

---

26 '賤妾一身, 豈不知偸生之可安, 忍辱之耐(奈)久, 而甘心玉碎, 決意珠沈, 若飛蛾之撲燈, 似赤子之入井, 乃己之自取, 非人之不容. 盖所以愧夫爲人妻妾而背主棄家, 受人爵祿而忘君負國者也.', 「愛卿傳」, 앞의 책. *(奈)는 규장각 선본에 의해 교정함. 주릉가 교주/최용철 역, 『전등삼종(상)』, 소명출판, 2005, 240쪽.

다. 어디서 이런 차이가 빚어졌을까?

부여경과 달리 애경의 주이상스는 율법을 향하고 있다. 애경은 기녀라는 자신의 천한 신분을 벗어나고자[27] 열망했고 조생을 통해 이를 끝내 실현했다. 때문에 결혼 이후 그녀가 보인 현숙함은 과도할 정도로 엄정하다. 그녀는 남들의 시선 때문이 아니라 스스로 선택한 이념에 입각해 죽음을 취하는데, 율법을 완벽히 체화한 존재가 아니라면 불가능했을 일이다. 그녀가 귀신이 된 이유 역시 부여경과는 현격히 다르다.

첩은 당신과의 정 깊은 인연이 소중하여 반드시 당신이 오기를 기다렸다가 한 번 만나 속마음을 펼쳐 보이고자 원했기에 세월을 지체하고 있었던 거랍니다.[28]

애경은 부부로서의 의리를 끝까지 지키기 위해 귀신이 되었다. 그녀는 자신이 대의를 위해 욕망을 끊어냈음을 남편에게 자랑스럽게 선포하며, 나아가 남편에게 선업을 닦을 것을 권면하기 위해 귀신으로 남은 존재다. 그리고 이 임무를 마치자 곧바로 남자 아이로 환생한다.

애경의 위와 같은 행동들에는 심각한 갈등이나 망설임이 없으며 당연히 윤리적 갈등도 없다. 이로 인해 율법에 토대를 둔 강박적 윤리로만 무장한 애경의 인격에서는 부여경에게서 생동감 있게 드러났던 윤리적 진

---

27 기녀인 자신을 아내로 받아준 조생에게 감사하는 구구절절한 표현이 소설에 길게 등장하고 있다.

28 '妾, 以與君情緣之重, 必欲俟君一見, 以敍懷抱故, 遲之歲月爾.', 앞의 글, 앞의 책.

장감이 보이지 않는다. 당연히 소설적 인물로서도 매력이 부족하다.

이처럼 애경이 도덕적으로 순화된 인물이 된 것은 그녀가 선과 악의 피안으로 넘어갈 욕망이 거세된 상태로 율법을 수행하기 때문이다. 예컨대 애경은 결혼하자마자 기녀 시절 지녔던 활력과 매력을 잃어버린 채 부덕(婦德)에 최적화된 '비욕망'의 인물이 되는데, 이처럼 욕망에 의해 오염되지 않은 강박적인 소설 주인공이 결코 흥미로울 순 없다.

그렇다면 애경이 욕망 없는 율법의 상징이 된 이유는 뭘까? 그녀가 남성들의 꿈이 펼쳐지는 팔루스적 상상계와 가부장질서의 율법적 상징계가 만들어낸 인물이기 때문이다. 따라서 그녀에게는 율법에 기초한 남성 도덕의 주체성은 존재하지만 실재의 윤리로 나아갈 여성 주체성은 존재하지 않는다.

결국 「애경전」은 철저한 남성적 서사인 셈인데, 그런 점에서 조생이 동아시아 고전소설 태반을 장식할 전형적인 사랑의 남성-영웅을 구현하고 있는 건 너무 당연하다. 보통 중세의 상징계를 구축한 남성들이 사랑의 영웅이 되는 방식은 무[비존재]였던 여성을 유[존재]로 변화시켜줌으로써 완성된다. 예컨대 천한[납치된] 여성이나 짐승 또는 귀신을 온전한 사람으로 해방시켜줌으로써 남성은 윤리적 영웅으로 등극한다. 조생이 귀신인 애경과 첫 대면하는 장면은 이러하다.

　　홀연 어둠 속에서 곡하는 소리가 점점 다가오는 걸 듣고 이상한 일이 벌어지고 있음을 깨달은 (조생은) 급히 일어나 축원하였다.
　　"혹시 아가씨의 영혼이라면 어찌 한번 만나 지난 일 이야기하지 않으려

하십니까?"[29]

　조생은 귀신이 된 애경을 두려워하지 않으며 나아가 그녀와 거리낌 없이 사랑을 나눈다. 조생의 이런 대범함은 어디서 오는 걸까? 물론 애경이 한때 자신의 아내였기 때문이지만, 무엇보다 상대를 의심할 필요 없는 그의 자신감 때문이다. 즉 애경이란 존재가 애초 남편 몰래 실현해야 할 은밀한 욕망이 없는 인물로 설정되었기 때문이다.

　애경은 죽음까지 초월해 귀신이 됐으면서도 그저 아내로서 다시 출현했을 뿐이며 따라서 자신의 정체를 은폐할 필요도 전혀 느끼지 못한다. 윤리적 선택에 직면한 건 오히려 남성 쪽이다. 한때 아내였던 귀신을 사람으로 대우할지 여부는 그의 손에 달렸으므로 윤리적으로 주체 자리를 차지한 건 바로 조생이다.

　이는 「등목취유취경원기(滕穆醉遊翠景園記)」의 경우도 마찬가지다. 줄거리는 다음과 같다. 원나라 선비 등목(滕穆)은 임안(臨安)의 취경원(翠景園)을 방문했다가 송나라 시절 궁녀였던 귀신 위방화(衛芳華)와 조우하여 사랑을 나눈다. 그녀를 고향으로 데리고 가 부부로 살던 등목은 과거를 치르러 길을 떠나려던 차에 임안에 다시 가보고 싶다는 위방화의 청을 뿌리치지 못한다. 재차 취경원에 당도한 위방화는 이승의 인연이 끝났다며 저승으로 사라져 버리고 절망한 등목도 세상에 뜻을 잃고 산으로 들어가 버린다. 등목이 귀신 위방화와 처음 조우하는 장면은 이러하다.

────────

29　'忽聞, 暗中哭聲, 初遠漸近. 覺其有異, 急起祝之曰, 倘是六娘子之靈, 何恡一見而敍舊也?', 위의 글, 위의 책.

등생이 그녀의 성명을 물으니 미녀가 말했다.

"첩은 인간 세상을 버린 지 이미 오래되었습니다. 스스로 사정을 말씀드리고자 했지만 진실로 낭군님을 놀라게 할까 두려웠습니다."

이 말을 한 번 듣자 (등생은) 그녀가 귀신임을 확인했지만 또한 두려워하지 않았다.[30]

애경과 달리 위방화는 남자 주인공과 아무 연고도 없는 낯선 인물이다. 그럼에도 등목은 상대에게 어떤 두려움도 느끼지 못할뿐더러 심지어 심각한 고민 없이 귀신과 부부가 되기로 결심한다. 이는 위방화가 남성에게 어떤 성적 권능도 발휘하지 못하는, 즉 욕망의 뇌관이 제거된 비활성 상태의 존재임을 암시한다. 게다가 위방화는 애경처럼 정절을 구현하는 탁월한 도덕적 인물도 못된다. 어쩌면 그녀는 등목의 풍류인생에 찬조 출연하도록 소환된 보조적 인물일 수도 있다.

위방화에게 도덕성이 결여된 이유는 무엇일까? 그녀가 부여경이 했듯 사람처럼 사랑하기를 욕망하지 않았기 때문이다. 그녀가 사람이기를 욕망하지 않는 한 그녀가 귀신이라는 사실은 인간세계에서 치명적 결핍이 될 수밖에 없다. 이런 결핍을 지닌 여성이 남성에게 성적으로 종속되는 순간, 그녀에겐 정절에 대한 의무, 즉 도덕의 필요성도 소멸된다. 위방화는 등목을 떠나면 갈 곳 없는 길 잃은 귀신에 불과한 것이다.

그렇다면 유독 애경에게만 도덕성이 부여됐던 까닭은 무엇인가? 그녀

---

30 '生, 問其姓名, 美人曰, 妾棄人間已久, 欲自陳敍, 誠恐驚動郞君, 生(一)聞此言, 審其爲鬼, 亦無懼.', 「滕穆醉遊翠景園記」, 위의 책. *(一)은 규장각 선본에 의해 교정함.

의 도덕적 위상의 근저에 '여성'이 아니라 '아내'가 자리 잡고 있었기 때문이다. 여성 고유의 욕망을 상실한 아내는 정숙성으로 자기 가치를 주장하며 이를 통해 남성 사회의 일원이 된다. 결국 도덕으로 무장된 아내는 남성사회의 명예시민인 셈이다.

그런데 누군가의 아내인 애경조차도 귀신이 되는 순간 도덕적 존재가 될 필요성이 사라질 것인데, 부여경처럼 산 자들의 세계로 침범할 수 없는 여귀란 욕망이 봉인된 존재에 지나지 않기 때문이다. 그렇다면 애경이 지녔던 정절은 동아시아 고전소설 여주인공에게 있으면 좋지만 반드시 있을 필요는 없는, 형식적으로 부가된 도덕성이었음에 분명하다.[31]

5. 부여경에게만 있는 것

애경과 위방화에겐 있지만 부여경에겐 없었던 것, 또는 애경과 위방화에겐 없었지만 부여경에겐 있었던 건 무엇일까? 무엇이 이들을 대하는 세계의 태도에 차이를 빚은 것인가? 바로 욕망의 주이상스다. 애경과 위방화에겐 아내로서의 성적 역할이 주는 도덕의 주이상스는 있었지만 욕망의 주이상스는 없었다.

달리 말하면, 앞의 두 여성에겐 욕망의 주이상스가 거세되어 있거나 위험하지 않은 수준으로 순화되어 있었지만, 부여경에겐 그것이 도덕 너머

---

31 그런 정숙성 혹은 도덕성은 남성 시각에서는 장식적으로 덧붙여진 분장(扮裝)에 불과하다.

로 분출하고 있다. 때문에 같은 귀신이지만 애경과 위방화는 남성들이 두려워할 존재가 아니며, 오히려 남성들이 윤리적 승자가 될 수 있는 손쉬운 파트너가 되어 버린다.

수많은 동아시아 고전소설 속에서 여성은 남성 파트너의 인정에 의해서만 정상적인 인간으로 존재할 수 있었다. 이를 상징하는 윤리적 사건이 죽은 여성과의 만남인데, 이때 죽은 여성을 대하는 남성의 자비를 통해 작품 속 사랑이 완성되곤 했다.

그런데 악으로 전화할 위험성을 내포한 위험한 열정이나 욕망의 초도덕적 분출 과정 없는 사랑이란 하나의 의례적 관계로서 죽음에 가깝다. 그런 죽음 속에서 욕망을 잃은 여성과 전형적인 부부생활을 하려는 남성은, 은유적으로 표현하면, 시간(屍姦)을 하려는 자다.

「모단등기」는 성적 충동은 지녔지만 열정은 없는 무능한 남성이 강렬한 욕망의 주이상스를 실천하는 악귀로부터 진정한 사랑의 세례를 받는 이야기다. 이렇게 전도된 사랑이 아름답고 일견 숭고한 것은 여주인공 부여경이 보여준 놀라운 삶이 윤리의 본질에 매우 가깝게 접근했기 때문이다. 따라서 통속적 사랑에 안주하려는 우리는 그녀보다 더 도덕적일 수 있을지는 몰라도 더 윤리적이지는 않다.

통속적 이웃의 탄생

1. 이상한 사람들

사마천이 『사기』의 열전을 기록할 때부터 전(傳)이란 보통과 다른 특이한 삶을 산 인물을 대상으로 했다. 당연히 평범한 인물이 입전되는 경우는 거의 없었다. 따라서 전이 소설화 경향을 취할수록 입전 대상의 독특한 개성이나 비범성이 더욱 강조되기 마련이다.[1] 이를 이인(異人)이라 정의할 수 있다.

이런 이상한 사람들의 비범성이 신화적 원형 그대로 노출되면 신이담이나 영웅담의 형식을 띠게 될 것인데[2] 이 문제는 우리 논의의 주요 주제가 아니다. 위진(魏晉) 시대 지인류(志人類)에 흔히 등장하던 그저 이상하기만 한 인물들 역시 우리 관심사가 아니다.[3]

1   박희병, 『조선후기 傳의 소설적 성향 연구』(대동문화연구총서 XII), 성균관대출판부, 1993.
2   '영웅의 일생' 구조가 그렇다. 이 서사구조가 보편적인 인류 심리가 드러난 현상임은 애초 이 개념이 프로이트 학파 정신분석가인 오토 랑크에 의해 제시됐음을 상기하는 것만으로도 충분하다. 오토 랑크가 문화 분석가로서 지닌 위상은 다음을 참고하라. 피터 게이, '10장 여성과 정신분석', 『프로이트 II』, 교양인, 2011, 207~250쪽.
3   「노옹화구(老翁化狗)」같은 작품에 나오는 개가 된 늙은이가 대표적이라 할 수 있다.

우리가 다룰 인물들은 이상함 속에 세상을 변화시킬 권능을 소유했지만 이를 실현할 수는 없도록 설계된 이인들, 영웅적 소질을 지녔으면서도 일상세계에 잔류하며 세상이란 판화 속의 기이한 음영으로만 남는 이인들이다.

영웅적 인물 중에는 국가를 창업하는 개국 영웅이나 나라를 구하는 전쟁 영웅 등 소위 성공한 영웅들이 있는가 하면, 끝내 비극적 최후를 맞이하는 좌절한 영웅들도 있다. 이들 모두는 자신의 비범함을 실현하기 위해 세상과 투쟁했다는 점에선 서로 닮아 있다.

그런데 허균 시대를 변곡점으로 하여 이러한 비범한 영웅성을 지닌 이인들이 사산된 상태로 묘사되기 시작한다. 말하자면 세상과 격렬히 불화하다 패배하는 영웅이 아니라, 영웅성이 거세된 채 평범하게 속화(俗化)되는 존재들이 등장하기 시작한다.[4] 이건 어떤 의미일까?

필자는 「남궁선생전」이 『홍길동전』의 혁명성을 예비했으면서도 주인공의 영웅성이 제대로 발현되지 못한 지점에서 멈춘 서사로 분석한 바 있다.[5] 물론 제대로 힘도 써 보지 못하고 세상에서 은퇴한다는 점에서 당(唐)전기(傳奇)인 「규염객전(虯髥客傳)」을 떠올릴 수도 있다.

그러나 규염객은 끝내 부여의 왕이 되는 것으로 설정된 데다 당 태종 이

---

4   필자는 허균 전에 등장하는 인물들을 이인설화 전통에서만 해명하는 관점이 지닌 한계를 지적한 바 있다. 특히 이들을 비범하지만 이를 스스로 훼손하거나 엉뚱한 일에 소비하면서 소멸해간 자나 당대의 의미세계에 등재되기를 포기하거나 등재 자체를 무시하면서 산 사람들이라고 규정하여 '불온성'에 연결시켰다. 윤채근, 「허균 전에 나타난 불온한 인간상의 문제」, 『한문학논집』 제28집, 근역한문학회, 2009, 50쪽.
5   윤채근, 「남궁선생전에 나타난 도가적 고독」, 『한문학논집』 제37집, 근역한문학회, 2013, 56~74쪽.

세민과 기를 겨뤄 보는 호전성을 지닌 인물로 나타난다. 사산된 영웅이라기보다 좌절한 영웅에 가깝다. 결국 남궁두처럼 영웅성을 지니고 태어났지만 이를 펼쳐볼 기회조차 갖지 못하고 범속한 삶을 살다 생을 마치는 인물들에겐 그저 이인으로 규정하고 말기엔 석연찮은 점들이 많다.

여기서 '좌절됨'과 '사산됨'의 본질적 차이는 무엇일까? 좌절된 인물이 어쨌든 한 번 이상의 도전 기회를 가지는 반면 사산된 인물은 그럴 기회조차 박탈된다는 점이다. 따라서 영웅으로서 좌절된 인물은 자신의 비범성을 모조리 산화시키고 사라짐으로써 자기 삶에 어떤 미련도 남기지 않게 된다.

반면에 애초 자신의 비범성을 시험해보지도 못하고 사라지는 사산된 영웅은 기껏해야 이상한 인물로 기억될 뿐이다. 그럼에도 그의 이상함은 그저 괴팍함에만 머물지는 않는데, 그 특성이 세상을 요동시킬 잠재력을 지녔다는 점에서 정치적 의미를 띠기 때문이다. 이러한 이유로 이인과 영웅 사이에서 모호하게 존재하는 이런 인물들에겐 역사적으로 충분히 해석되지 못한 의미의 잉여가 숨어 있다.

필자는 이처럼 사산된 상태로 등장하는 이상한 인물들에 관한 서사가 단순히 영웅 서사의 세속화 형태[6]거나 정치적 금기로 인한 왜곡[7]이라고만

---

6 '탕구르(단군)'가 '단골'이 되는 사례가 그러하다. 신화적 영웅이 세속의 무당, 즉 단골 무가 되는 과정은 종교적 사유의 세속화 과정이라 보아도 무방하다.
7 조선 후기 전국적으로 분포됐던 광포 설화인 '아기 장수' 설화 사례가 그러하다. 김동리의 「황토기」에 영감을 준 이 플롯은 민중 영웅의 등장이 초래할 위험에 대한 자기 검열의 소산으로 볼 수 있는데, 이는 영웅은 곧 역적이라는 정치적 불안감을 반영한다. 김흥규, '전설', 『한국문학의 이해』, 민음사, 1986, 69~73쪽.

보지 않는다. 물론 그러한 측면도 존재하지만, 사산된 상태로만 영웅성을 지닌 이런 이인들은 신성성을 흔적 기관처럼 지닌 채 우리 주변에 은신해 있을 따름이며, 따라서 그들이 정치적으로 위협적인 인물이 될 수는 없다. 그들은 오히려 동정과 연민의 대상이다.

이들이 지닌 정치적 위험성은 다른 차원에서 수립된다. 즉, 그들이 일상의 의미체계 속에 완전히 기입될 수 없는 사회적 잉여라는 사실이다. 다시 말해 우리 주변 평범한 이웃의 모습을 하고 있으면서도 그들이 여전히 일상에 잠재적 불안으로 작동할 불편한 존재라는 사실이다. 그들은 결국 사회라는 의미세계에 하나의 공백으로 기능하게 되는데, 바로 이 지점이 우리가 집중적으로 논의해야 할 부분이다.

2. 불편한 과잉

영웅성이 사산되거나 거세된 이인들은 그 거세 과정이 아니라 그 결과 그들이 얻게 될 위치, 즉 불편한 이웃으로서 그들이 획득하게 될 독특한 사회적 위치에 주목할 때 그 의미가 새롭게 부각된다. 그것은 불편한 과잉으로서 그들이 갖는 존재론적 위상과 관계된다.

내면에 제대로 열매 맺지 못한 비범함을 지녔으면서도 그저 평범하게 살아가는 이인은 모종의 과도함을 지닌 자다. 무슨 뜻인가? 그들은 그들의 진부한 운명과 어울리지 않을 재능을 과도하게 부여받은 자로서 명과 실이 어그러진 존재라고 할 수 있다. 그런 관점에선 어떤 능력이 과도하게 모자란 자, 이를테면 바보와 상통하는 인물이기도 하다. 결국 바보와

이인 모두는 일상세계의 균형을 깨트린다는 점에서 동일한 어떤 과잉을 상징하게 된다.[8]

또한 사산된 영웅으로서 이인들은 지나친 과잉으로 인해 사회적으로 부적합한 자가 됐다는 측면에서는 지나친 결핍으로 인해 그렇게 된 불구자나 범죄자와도 연결된다. 이들 모두는 스스로 자기 정체를 감추거나 사회에 의해 감춰져야만 하는 존재라는 점에서 서로 유사하다. 또한 그런 견지에서 그들은 정상성의 세계로부터 추방된 자들이라고도 할 수 있다.

결국 영웅성을 지닌 이인들을 규정했던 특징인 '영웅성'은 마침내 정상사회를 불편하게 만드는 '외부성'과 유사해진다. 이 사안은 우리 논의에 매우 중요하므로 소상히 다뤄보도록 하겠다.

사회의 정상성을 유지하기 위해 권력에 의해 배제되는 존재를 최초로 문제 삼았던 건 미셸 푸코다.[9] 그에 의하면 권력은 사회를 정상적으로 운영하기 위해 다양한 배제 운동을 통해 비정상성을 창조해야 한다. 이를테면 광인이나 백치 같은 존재들이다. 이렇게 광인이나 백치는 사회 밖으로 버려지거나 특수 시설에 감금됨으로써 '있으면서 동시에 없는 존재'로 화하며, 끝내 사회의 '구성적 외부'로 기능하게 된다.

조르조 아감벤은 한발 더 나아가 주권 권력을 표시하는 존재로서 사회로부터 추방된 자인 호모 사케르를 강조했다.[10] 호모 사케르는 누구나 그

---

8   때문에 바보와 왕, 바보와 영웅은 한 켤레의 쌍으로 등장하곤 한다. 이를테면 4월의 바보왕(April King)이나 바보 온달이 그러하다.

9   대표작 『광기의 역사』를 비롯하여 푸코 평생의 작업들 대부분이 사회를 정상으로 가동시키기 위한 권력의 배치 운동과 그에 대한 주체의 반성으로 구성되어 있다.

10 조르조 아감벤, '2. 호모 사케르', 『호모 사케르』, 새물결, 2008, 155~182쪽.

를 죽일 수는 있으나 종교적 희생양으로 봉헌될 수는 없는 존재, 이른바 생명정치의 도구로 벌거벗겨진 자를 뜻한다. 이들은 문명과 자연의 경계를 구성하는 중간 지대의 존재들로서 결코 인간이 될 수 없다는 점에서 '인간'을 구성해주는 외부, 즉 문명의 테두리가 된다.[11]

그런데 우리가 다루고 있는 사산된 영웅 유형의 이인들은 푸코가 언급한 권력의 배제나 아감벤이 주목한 사법적 추방의 대상은 아니다. 그들은 배제와 추방의 위험 앞에 잠재적으로 놓여 있을 뿐, 아직은 사회에 포착되지 않은 채 일상 속에 잘 은신하고 있는 인물들이다.

그런 점에서 그들이 지닌 '이인성'은 정상 사회의 내부로 교묘하게 접혀진 외부라고 할 수 있다. 말하자면 '구성적 외부'가 아니라 '비구성적 내부'라는 뜻이다. 구성적 외부가 정상적 사회를 사회 밖에서 지탱해주고 사라지는 존재를 의미한다면, 비구성적 내부는 그와 반대로 정상적 사회 공간 안에 잘 자리 잡고는 있으나 사회의 의미 체계를 구성하는 데 전혀 기여하지 않거나 교묘히 훼방하는 잉여적 존재를 의미한다.

이렇게 사회 내부에 머물면서도 그 구성 과정에서 이탈한 이인들은 평범한 이웃의 얼굴을 하고 있지만, 사회에 쉽게 흡수될 수 없는 존재들이기에 치안과 검열의 대상이 된다. 한마디로 그들은 잠재적인 범죄자거나 위험한 낙오자다.

그런데 그들이 띠고 있는 이 존재의 돌출성, 사회의 정상성을 교란시킬 수 있는 강밀한 타자성이야말로 내밀한 내부적 실존에만 갇혀 있던 개인

---

11 나치에 의해 발가벗겨져 수용소에 갇힌 유대인들은 나치에 의해 창조된 '건전한 인류 사회'를 부정적으로 증명해 주는 구성적 외부라는 점에서 호모 사케르이다.

을 공동체로 소환해내는 동기, 바로 세속적 이웃을 구성하는 것이다.[12] 보통 이웃이라고 하면 함께 사회를 구성하는 익명의 동료 일반을 의미할 텐데, 어째서 이런 예외적 내부자들이 이웃을 상징할 수 있을까?

소위 익명의 타자들로서 이웃이란 어떤 존재인가? 익명화된 타자들은 주체와 동일시된 존재로서 주체와 어떤 차이도 발생시키지 않음으로써 비존재에 머문다. 그들은 집단 속에 고정된 채 비활성 상태로 응결돼 있다. 따라서 이 익명의 타자가 고유한 주체로 활성화되는 건 그들이 무언가의 과잉으로 주체 앞에 출현할 때뿐이다.

모두가 한 몸이 되어 율법에 속박되어 있을 때, 익명의 타자로서 이웃은 비주체 상태의 죽음을 의미할 따름이다. 하지만 그 가운데 누군가가 자신을 존재 사건으로 등록시키게 되면, 비로소 그/그녀는 존재론적으로 활성화된 진짜 타자가 된다. 그리고 근대 이전에 이 진짜 타자는 그저 평범한 이웃이 아니라 존재 사건의 등록자라는 점에서 매우 특권적 존재였다.[13]

이처럼 주체에게 의미 있는 타자로서의 최초의 이웃은 무언가 과잉으로 현존하는 외부의 불편한 개입이었을 텐데, 구체적으로는 주체 내부로 비집고 들어와 공동체의 질서를 선포하는 지배자였다. 결국 정치적, 종교적 통치자야말로 최초의 이웃이었으며 그 끝에는 신이 자리 잡고 있었던

---

12 케네스 레이너드 외, '기적은 일어난다(에릭 L. 셴트너)', 『이웃』, 도서출판b, 2010, 121~211쪽.

13 근대 이전에 자신의 존재를 누군가에 대해 사건으로 등록시킬 수 있는 특권을 지녔던 자가 바로 귀족이었다. 이들은 한때 신성성의 육화로서 고대의 왕이자 영웅으로 군림했었다. 이렇게 철학적 의미에서 '타자'란 주체가 감당할 수 없는 외부의 과잉으로 현전하게 되는데, 신은 그 최종 지점으로서 절대타자의 지위를 점한다.

셈이다.

이렇게 정치-종교적 통치자는 주체를 신에게 연결시켜 주는 고귀한 이웃이며 세속의 세계를 신성한 세계로 연결시켜 주는 유일한 소통 창구였다. 이들이 권위를 유지하는 한 세속 세계 안에 존재 사건으로 스스로를 등록할 수 있는 별도의 의미 있는 타자는 존재할 수 없었다. 다시 말해 주체와 동일시된 익명의 타자 이외에 진짜 이웃은 아직 세속에 등장하지 않았던 것이다.

진정한 세속적 이웃은 신성성 또는 초월적 권위와 연루되면서도 그런 권능을 상실했거나 발현시키지 못한 존재가 세속에 나타났을 때 비로소 출현하게 된다. 다시 말해 주체는 존재의 과잉으로 우리 앞에 낯설게 현현하는 타자, 고귀했지만 지금은 자기처럼 비루한 타자를 만나고 나서야 그 존재와 더불어 익명에서 벗어난다. 즉 주체로서 세상에 호명된다.[14]

결국 주체가, 신이나 초월적 권위의 도움 없이, 세속 한가운데에서 보편과 조우하도록 해주는 매개자가 바로 이웃이다.[15] 그리고 이 이웃을 신의 제단이 아닌 세속 공간에서 발견하고 그들과 연대하며 나아가 그들을 사

---

14 다시 말해 사회적 존재가 된다. 주체가 신에 의해 호명되어 주체로 정립되던 시대를 벗어나면 곧바로 사회계약이라는 루소적 계약의 시대가 찾아온다. 주변의 군중(demos)들이 각각 계약의 주체로서 독립될 때, 즉 신을 건너뛰고 이웃으로서 서로 연맹을 맺을 때, 이른바 세속 권력은 민주정(democracy)의 형식을 띤다. 따라서 민주주의는 신성성을 배제한 통속 권력의 최초 형식이며 명목상 평범한 이웃이 영웅만큼이나 '값비싼' 존재로 전화하는 체제다. 서양 근대가 교단조직의 중개를 배제한 신에의 독대(개신교)로부터, 그리고 동양 근대가 리(理)에서 그것의 사적 양상인 심(心)으로 중심점이 이동하면서부터 도래한 건 모두 이 때문이다.
15 알랭 바디우, '1. 바울, 우리의 동시대인', 『사도 바울』, 새물결, 2008, 22~23쪽.

랑할 수 있을 때, 주체는 근대적 의미에서 보편 주체로 자기를 성찰할 수 있게 된다.[16]

당연히 이런 보편 주체를 가능케 할 이웃의 탄생 과정은 신적 영역의 세속화 과정과 대응된다. 즉 개별자들을 의미로 묶어줄 초월적 존재가 더 이상 불필요해졌을 때, 그러한 신 없는 진공을 의미로 채워줄 존재는 그동안 평범한 비의미로 버려져 있던 이웃이다. 이 이웃은 신처럼 절대 타자는 아니지만, 역시 초월적[17] 존재로서 개인을 주체로 구성해 줄 타자라는 점에서 신과 등가성을 가진다.

결국 이웃은 신이나 신적 영웅의 위치로부터 주변의 일상적 삶으로 하강해 속화된 존재로서, 어찌 보면 호모 사케르의 거울상 또는 그 역투사인 셈이다.[18]

3. 이인으로서 이웃의 등장

이웃이 호모 사케르처럼 배제되어 추방된 자일 뿐이거나[19] 반대로 주체

---

16 알랭 바디우, '8. 보편적 힘으로서의 사랑', 같은 책, 165~177쪽.

17 자아의 오성적 인식 외부에 불가지적 객관성으로 실재한다는 점에서 '초월론적'이라 할 수 있다. 칸트와 라캉은 이를 '물자체'나 '사물'로 불렀다.

18 때문에 거지나 천민과 같은 불우한 이웃은 현존의 과잉으로서 이웃의 대표적 상징이 되며, 나아가 사랑의 대상이 된다. 그런 견지에서 사산된 영웅 형식으로 등장하는 이인-이웃은 호모 사케르가 사회 내부로 귀환한 여러 모습, 즉 불우 이웃, 장애인, 범죄자 등과 같은 계열일 수 있다.

19 이를테면 '오랑캐' 개념이 그러하다.

를 사회에 통합시켜 주는 동일화 작용으로만 멈춰있을 때, 그들은 진정한 타자가 아니다. 타자란 일방적인 적이나 동지가 아니면서 주체를 불편하게 만드는 실존의 과잉일 때만 성립된다.

따라서 호모 사케르가 사회 안으로 복귀해 비구성적 존재로 등재될 경우 비로소 타자가 등장했다고 할 수 있다. 그런 점에서 근대란 현실 너머 [신] 또는 현실 밖[호모 사케르]에 있던 존재가 사회 안에서 우리의 현실을 구성하면서도, 동시에 낯선 사물, 즉 '비구성적 존재'로 자기를 주장하는 과정[20]을 의미한다. 그 단초가 바로 이인-이웃의 등장이다.

전형적 영웅은 호모 사케르처럼 사회로부터 버려지거나 추방되었다가 극적인 과정을 거쳐 다시 사회로 귀환하고, 나아가 새로운 질서를 선포하는 자다. 소위 '영웅의 일생' 구조가 이를 대표한다.

그런데 이런 영웅이 호모 사케르처럼 사회로부터 배제당하지도 않고, 보통의 영웅처럼 극적인 귀환과 성공도 겪지 않으면서 그저 우리 옆에 머물고만 있다고 상상해 보자. 그들은 자신의 비범함을 모르거나, 안다고 하더라도 그 비범성이 오히려 자신에게 불리하게 작동할 것이기에 이를 감춰야만 하는 자다. 그들은 다양한 모습으로 현실 속에 화신하는데, 예컨대 범죄자나 은자 또는 비밀조직의 단원이나 신원을 속여야 하는 이방인 등이다.

---

20 이 과정이 이른바 근대의 통속화 과정이다. 신[영웅]과 창녀[호모 사케르]가 평범한 얼굴로 우리 일상에 살며 이웃이 될 때, 그들은 사회의 구성적 내부로 귀환한 특이한 비구성적 존재가 된다. 그리고 그들을 의미 있는 타자로 받아들인 주체 역시 분할 불가능한 특이점인 근대적 개인(individual)이 된다. 신의 공동체에서 인간의 공동체로, 합일의 공동체에서 분열의 공동체로 이동하는 이 운동이 근대적 통속화다.

이처럼 사산된 영웅인 이인-이웃을 최초로 소설적 대상으로 포착했던 인물은 허균이다. 허균은 초월적 영웅이나 귀신 또는 신선[21]에 대해 거론하는 대신 일상 속을 떠도는 기이한 이웃들을 집요하게 등장시킨다. 그 대표작이 앞서 거론한 「남궁선생전」이다.[22]

이 작품에서 남궁두는 실패한 신선으로 등장하지만 범죄를 저지르고 도피 중인 범법자이자 현실과 초월계의 중간지대에 걸쳐 있는 경계인이다. 이 때 남궁두가 추구한 신선술보다는 그러한 이술(異術)을 추구할 수밖에 없었던 '내부 속 타자'로서 그가 지닌 경계적 위상이 중요하다. 말하자면 남궁두와 그의 스승은 현실 안에 존재하긴 하지만 현실이 모두 수용할 수 없는 이질성을 지닌 자들로서, 이른바 존재의 과잉이다.

> 아아! 정녕 기이하구나! 우리나라는 바다 밖 궁벽진 곳에 있어 중국의 희문이나 안기와 같은 유명한 신선이 없다고들 하지만, 바위 벼랑 사이에 이러한 이인들이 수천 년 동안 존재해 오다가 마침내 남궁 선생이 만날 수 있게 되었으니 누가 우리나라가 좁아 그런 특이한 사람이 없다고 이르랴?[23]

---

21 통속적 이웃이 등장하기 이전에 현실을 구성해주던 존재들이 귀신, 신선, 도깨비 등이다. 이런 괴물적 존재들은 반문명을 대표함으로써 그 반대항인 문명세계를 부정적으로 유지시켜 주는 기능을 한다.

22 허균, 「남궁선생전」, 『성소부부고』 권8(『한국문집총간』 74), 206~211쪽.

23 다음을 저본으로 따랐다. 박희병, 「남궁선생전」, 『한국한문소설 교합구해』, 2005, 소명출판, 418쪽.

「남궁선생전」을 마치며 허균이 남긴 위의 글은 언뜻 신선과 같은 탁월한 존재가 우리나라에서도 나올 수 있다는 평범한 발언으로 보인다. 하지만 「호민론(豪民論)」에 담긴 허균의 민중주의적 사상을 참조하면 이 글의 또 다른 의미가 드러난다.

허균은 남궁두의 삶을 통해 속세에는 현실의 잣대로는 포착할 수 없는 잉여적 존재들이 암약하고 있음을 강조하고 싶었던 것으로 보인다. 이들은 암혈 사이에 은둔해 있거나 산야에 피신해 있지만, 언젠가 세속으로 되돌아오면 사회의 불안 요소로 화하게 된다. 게다가 현실의 주변부에 잠복해 있던 이 이인들이 정치적 발화점을 만나기라도 한다면, 이들은 즉시 홍길동과 같은 호민으로 돌변할 수 있다.[24]

이처럼 「남궁선생전」은 영웅성이 거세된 이인들이 기이한 과잉의 형태로 우리 주변에 늘 존재한다는 사실을 그리고 있다. 그런데 「장생전」과 「장산인전」을 함께 고려해 보면 허균의 의도가 단지 정치적 차원에만 머물러 있지 않음을 깨닫게 된다. 허균의 사유는 그보다 폭이 훨씬 넓다.

예컨대 「장산인전」을 살펴보자.[25] 장한웅은 조부 때부터 의업에 종사한 집안의 아들로서 아버지를 따라 도술을 익혀 귀신을 부릴 수 있게 된다. 여기까지만 보면 남궁두와 유사한 사례로 보이지만, 그의 삶은 그보다 더 현실 속으로 밀착해 있다. 그는 다양한 여항 속 캐릭터로 변신해 가며 사회 안에 잠입한다.

우선 그는 호랑이를 다룰 줄 아는 지괴적(志怪的) 인물이었다가 흉가의

---

24 윤채근(2013), 앞의 논문, 참고.
25 허균, 「장산인전」, 『성소부부고』 권8(『한국문집총간』74), 205~206쪽.

귀물을 물리치는 민간 퇴마사 역할을 떠맡기도 한다. 나아가 장산인은 죽은 동물을 되살리는 주술사였다가 미래를 예지하는 점쟁이로 둔갑한다. 마침내 임진왜란을 예측한 그는 스스로 죽음을 맞이하는데, 죽고 나서도 강화도의 친구인 정붕 앞에 현신하기도 한다. 그런데 매우 비현실적인 이 에피소드들은 사실적인 연대기적 시간 기술과 기이하게 결합되어 있다.

> 사십 살에 출가하여 지리산에 들어갔다가 이인을 만났다.[26]
> 산에서 십육 년 살다 돌아와 한양 홍인문 밖에 터 잡았다.[27]
> 임진왜란이 일어나던 날로 그가 칠십 사세였을 때[28]
> 그 해 구월산인이 강화도 정붕의 집에 당도하니….[29]

장산인의 삶의 어떤 부분은 종교적 이적(異蹟)에 가까우며 따라서 신이한 영웅의 모습을 띠고 있다. 하지만 부활하는 존재인 이 기적적 인물은 촘촘한 연대기적 시간에 갇혀 있으며, 결국 생활인으로서 평범성을 극복하지 못한다. 말하자면 그는 세상에 놀라운 이적을 시현해 보이지만 자신을 알아주지 않는 세상과 불화를 빚는 인물은 아니다.

따라서 장산인의 삶은 남궁두의 삶보다 비정치적이다. 그의 비범한 재능은 세속의 에피소드들에 낭비되고 있으며 미래를 예측하는 능력은 사적 삶을 정리하는 데에만 소진되고 있다. 심지어 장산인에겐 남궁두처럼

---

26 허균, 앞의 글, '四十, 出家入智異山, 甞逢異人.'
27 허균, 앞의 글, '住山十六年而回, 至洛于興仁門外.'
28 허균, 앞의 글, '壬辰亂日, 山人年七十四.'
29 허균, 앞의 글, '是年九月, 山人江華鄭霸家.' 참고로 정붕은 실존 인물이다.

무언가를 이뤄보려는 목표의식마저 보이지 않는다. 그렇다면 허균은 왜 이런 인물을 입전한 것일까?

장산인을 이해하기 위해선 「장생전」을 참조해야 한다. 장생은 장산인에 비해 이적을 일으키는 초능력은 부족한 인물이다. 한마디로 그는 가족 없이 떠도는 비렁뱅이인데, 여항에서의 생존에 필요한 잡기, 즉 노래나 사람 흉내 등 잡다한 재주를 갖춘 인물이다. 또한 그는 한양 거지들을 끌고 다님으로써 도시 잉여 인간들의 수장이 되기도 한다.

장산인의 세속화 판본처럼 보이는 이 인물에게 딱 한번 비범한 기운이 느껴지는 대목이 있다. 바로 이 작품의 후반부, 작품의 주제를 실현하고 있는 도둑 에피소드 부분이다. 귀한 장식을 소매치기 당한 사대부집 시녀를 돕기 위해 경복궁 비밀 아지트를 방문하여 의문의 젊은이들을 만나는 이 장면은 매우 흥미롭다.

> 두 아우는 행동거지를 신중히 하여 세상 사람들이 우리 자취를 눈치 채지 못하도록 하시게.[30]

시녀로부터 귀한 장식을 절취한 의문의 경복궁 젊은이들에게 장생이 남긴 말이다. 그렇다면 장생은 거지로 위장한 비밀조직의 수장이고, 이 조직은 무슨 일인가를 꾸미려 불법적 수단으로 재물을 모으는 중인 셈이다. 그런데 매우 정치적일 것 같던 이 에피소드는 다른 중요 사건과 결합

---

30 '二弟愼行止, 毋使世人瞰吾蹤也.', 허균, 「장생전」, 『성소부부고』 권8(『한국문집총간』 74), 212쪽.

되지 못한 채 종료된다. 이 뒤를 잇는 나머지 두 에피소드, 즉 장생의 시해(尸解) 장면과 죽은 장생이 되살아나 무인 홍세희에게 미래를 알려주는 장면은 또다시 「장산인전」과 흡사한 이적담(異蹟談)으로 귀결될 뿐이다. 과연 장생은 어떤 인물일까?

허균의 의도가 혁명가나 정치적 불순세력을 직접 묘사하는 데에 있지 않았음은 분명해 보인다. 그는 세상이 잊은 영웅적 이인들을 민중의 일상 속에 집어넣고 그들이 살아가는 다양한 양상을 드러내고 싶었던 듯하다. 때문에 이런 이인들은 신이한 영웅성과 비속한 시정성(市井性)을 모순적으로 겸비하고 있다.

장생 같은 인물은 주류 세계 입장에선 그동안 세상에 없는 존재, 즉 비존재였다. 그런데 이들이 모종의 미스터리한 삶을 사는 존재로 묘사되자마자 그동안 흐릿했던 비주류의 세계가 새삼 의미로 충전되기 시작한다. 공식 사상인 유가가 이단으로 누락시킨 도가, 관치의 지배로부터 이탈한 지하조직, 생계와 직업을 포기한 걸인, 정상적 죽음을 넘어서는 비현실적 초인 등은 비주류 세계인 여항이 더 이상 아무 의미 없는 공백지대가 아님을 주장한다.

결국 장생의 삶은 평민들의 세계가 다양한 사건들로 심각하게 들끓는 장소임을 표지해준다. 다시 말해 이제 통속 공간은 그렇고 그런 민(民)들의 장소나 권력에 의해 다듬어져 매끈한 표면이 아니게 된다. 그곳은 경복궁으로 상징되는 권부를 능가할 예측 불가능한 힘들이 회집하는 가능성의 공간이자 권력이 통제가 먹히지 않는 울퉁불퉁한 입체적 공간으로 변모한다.

결국 허균은 『홍길동전』에 도달하기 위해 이인전을 썼던 것이 아니며,

그가 묘사한 이인들의 삶 속에 이미 홍길동이 가능성의 형태로 잠재되어 있었던 것이다. 여기서 핵심은 허균이 묘사한 이인들이 독자적 의미를 형성하기 위해 강렬한 기표 운동을 하고 있다는 점, 또 그것을 존재의 과잉으로 전개하기 위해 영웅적 이인 캐릭터가 활용되고 있다는 점이다. 이들이 바로 이인-이웃의 원형을 구성한다.

이처럼 자신의 영웅성을 비속한 현실에서 소비하며 평범하게 생을 마감하는 허균의 이인들은 비록 영웅성을 흔적기관으로만 지녔을지라도 차츰 사회적으로 중요한 기능을 담당하게 된다. 바로 '누구나 알 만한 가치를 지녔지만 평범하게 숨은 이웃'으로서 그들이 갖는 사회구성 기능이다. 비구성적 내부였던 그들이 어떻게 구성적 기능을 담당하게 되는 것일까?

해답은 박지원의 「광문자전」에 있다.[31] 거지 광문은 장생이 한 단계 더 통속화된 인물 유형으로서 완벽하게 현실 안에 스며든 독특한 이인-이웃이다. 그는 일개 거지임에도 특이한 이력과 출중한 재능으로 여항의 유명 인사가 되며, 나아가 사대부들 사이에서 선망의 대상이 돼 매우 특별한' 인생을 산다. 광문이야말로 사산된 영웅성을 통속의 방식으로 되풀이한 대표적 사례라 할 수 있다.

중세 사회는 신성한 영웅담을 공동 생산하며 하나의 공동체로 응집되어 왔고 현재에도 그런 신화는 여전히 생성 복제되고 있다. 하지만 그러한 신성한 중세 영웅이 우리 옆에 은신한 평범한 이웃으로 변화하게 되자 상황은 크게 바뀌게 된다. 거세된 영웅성을 대표하던 이인-이웃은 이제 광문이처럼 만인의 호기심의 대상으로서 인기인이 되는 것이다.

---

31 박지원, 「광문자전」, 『연암집2』 권8, 계명문화사, 1986, 16~18쪽.

광문이는 대중적 동경과 담론의 대상이라 할 수 있는데, 사람들은 이런 인기인들을 창조하고 그들에 대해 끝없이 담론함으로써 예전 영웅담을 공유하며 획득했던 존재의 안정을 도모할 수 있다.[32] 이것이 바로 근대의 통속적 영웅이다.

이렇게 이웃과 이웃에 대해 이야기하며 현실을 새롭게 구성하고 이를 통해 삶을 안정시키는 전형적 과정을 보여주는 작품이 「민옹전」이다.[33] 빼어난 달변으로 불면증에 걸린 연암을 치유해준 이 여항의 이야기꾼은 이인-이웃이 해학적으로 변용된 형상을 하고 있다. 예를 들어 괴짜처럼 보이는 이 노인은 애초 다음과 같은 면모를 지녔던 인물이다.

> 민옹은 어려서부터 총명했으니 유독 옛사람들 가운데 탁월한 절개를 지녔거나 위대한 자취를 남긴 자들을 사모하여 비분강개하며 의분을 삭이지 못하곤 하였는데, 매번 그들에 관한 전기라도 읽을라치면 눈물 흘리며 탄식하지 않은 적이 없을 정도였다.[34]

민옹이야말로 이적(異蹟)의 능력을 상실한 장산인의 새로운 변형이 아닌가? 그는 비록 영웅적인 인물이 될 수는 없었지만 그러한 인물들을 과도하게 애호함으로써 '특별한' 존재, 즉 이야기꾼이 된다. 그는 세속의 지혜로써 근엄한 사대부의 고정관념을 부수며 유쾌한 재담으로 상식을 비

---

32 그 극치가 통속적으로 회자되는 우상, 바로 이돌라(idola)이며 현대의 아이돌 스타이다.
33 박지원, 앞의 책, 10~15쪽.
34 박지원, 앞의 책, 10쪽. '翁幼警悟聰給, 獨慕古人奇節偉跡, 慷慨發憤, 每讀其一傳, 未嘗不歡息泣下.'

틀어 버린다. 따라서 민옹은 그저 기이한 여항의 인물에 그치지 않고, 세상에 유통되는 담론의 생산자 또는 그 자신이 담론의 주제 자체가 되는 것이다.

민옹 같은 이웃이 여항에 존재한다는 것은 여항의 민중이 더 이상 신성한 영웅 이야기를 수동적으로 들으며 공동체의 일원으로 귀성되기만 하지 않고, 저 스스로 신성한 자의 위치를 점유하거나 신성한 자를 대변하는 위치에 설 수 있음을 의미한다.[35] 이렇게 가난한 거지 광문이와 괴짜 이야기꾼 민옹은 대중의 이야기꺼리가 되거나 스스로 이야기꾼이 되어 인구에 회자됨으로써 새로운 공동체[이웃]의 공간을 창출하고 있다.

그렇다면 홍길동처럼 불온한 영웅으로 응집될 수도 있었던 이인-이웃, 하지만 영웅성이 거세된 채 사회의 비구성적 내부 속으로 몸을 감췄던 존재들은 모두 어디로 사라졌을까? 통속적 이웃으로 사회에 복귀하지 못한 그들의 행방을 「검승전」에서 찾아볼 수 있다.[36]

18세기에 등장한 검승이란 존재는 우선 임진왜란의 부산물로서 전쟁의 후유증을 상징한다. 하지만 왜군 특수부대 출신의 일본인이 무명의 조선 검객의 제자가 되었다가 평생 승려 신분으로 몸을 감추며 살아왔다는 이 이야기는 그저 전쟁의 참상을 위무하거나 합리화하려는 소급 기억[37]의 역

---

35 민옹이 신분에 맞지 않게 획득한 과도한 인격적 개성 그리고 관찰 대상으로서 그가 차지한 독특한 지위를 연암은 다음과 같이 찬탄하고 있다. 박지원, 앞의 글, "余誅閔翁曰, 嗚呼! 閔翁可怪可奇, 可驚可愕, 可喜可怒, 而又可憎!" 여기서 민옹을 기이하고도 가증스러운 모순적 존재로 묘사하고 있음에 주목해야 한다.

36 박희병(2005), 위의 책, 652~654쪽.

37 자신에게 큰 상처를 준 사건을 거듭 회고하고 복기하며 이를 합리적으로 재해석함으로써 마침내 상처 자체를 말소시키려 하는 행위를 지칭한다.

할만 하는 것은 아니다.

왜군 정예병들이 신들린 검술을 지닌 미지의 조선 검객에게 몰살당했다거나, 그 가운데 생존한 한 명이 자신들을 도륙한 검객을 스승으로 모시다가 끝까지 예를 지켰다는 이야기는 왜군에게 굴복했던 조선인들을 위로하기엔 부적합해 보인다.

우선 주인공인 검승보다 이 작품의 주제를 더 강렬히 시현하고 있는 존재가 그의 스승이라는 사실에 주목해야 한다. 스승 사후의 검승의 삶이 오직 스승의 부재에 대한 죄의식으로 점철되어 있기 때문이다.[38] 그런데 이름 없이 떠돌다 우연히 왜군 부대를 살육했던 이 조선 검객은 그 정체가 끝내 밝혀지지 않는다. 그는 철저히 은신하며 자기를 감추며 사는데, 그가 모종의 격한 분노를 품고 살아왔음을 암시하는 대목이 한 차례 나온다.

> 깊은 가을에 달이 밝으면 간혹 산꼭대기에 오르서서 온몸이 땀범벅이 될 때까지 오래도록 칼춤을 추곤 하셨는데, 바위를 끊고 높은 소나무를 베어내 노여움이 풀려서야 멈추셨습니다. 그러나 성명은 말씀하지 않으셨지요.[39]

임진왜란 이후 등장한 검협전(劍俠傳)에는 어떤 방식으로건 전쟁을 유리하게 기억해 복원하려는 소망이 잠재되어 있다. 하지만 「검승전」에 등

---

38 검승의 정체가 밝혀지는 빌미가 된 것 역시 스승에 대한 그의 과도한 애도였다.
39 박희병(2005), 위의 책, 〈劍僧傳〉, '秋深月盛, 或登絶頂, 舞劍器淋漓移時, 擊石斷高松, 怒洩乃止. 然姓名不肯言.'

장하는 스승은 압도적인 존재감에도 불구하고 그 구체적 신원이 미상인 채 방치된다. 이는 이 인물이 특정 역사 사건을 합리화하려는 정치적 무의식의 산물이라기보다 우리가 주목해 온 사산된 영웅으로서의 이인-이웃에 가까움을 증명해준다. 단적으로 검승의 조선인 스승은 그 등장 이유가 선명하지 않은 데 비해 존재감은 너무나도 강렬하며, 일본 검술에 대한 조선 검술의 우위를 상징한다고 보기엔 그 최후가 몹시 초라하다.[40]

그렇다면 이 기이한 조선 검객과 그의 제자 검승은 이인-이웃으로서 어떤 의미를 지니는가? 우리는 전쟁이라는 상황에서 해답을 구할 수 있다. 전쟁이란 일상의 의미체계가 폭발하는 지점이며 타자들이 주체에게 그 존재감을 극도로 증폭시키는 지점이기도 하다. 말하자면 현실이 과잉되어 폭발하는 지점인 전쟁 상황에서 적대적이거나 우호적인 이웃은 기이한 사물이 된다. 그들은 평범했던 일상 속에서 갑자기 돌출해 강렬한 개성을 지닌 존재들로 화하여 주체 안으로 침입한다.

실존이 붕괴되는 전쟁 상황이 갖는 위급성을 기회삼아 세속의 범인(凡人)은 영웅적이거나 악마적인 형상을 한 이인이 된다. 그들은 현실이 소실된 카니발적 아노미 상황에서 끔찍한 삶의 무게로 주체 앞에 현전한다. 결국 검승과 그의 스승은 전쟁이라는 특수 상황이 우연히 노출시킨 우리 이웃의 실체이며 상징계에 의해 은폐됐던 실재의 섬광 같은 발현이다.

신성한 영웅만이 등장하는 고전적인 전쟁의 세계에는 이인이 출현할

---

[40] 강렬한 존재감을 지니지만 이를 현실 속에선 구현하지 못하며 결국 비범한 재능을 낭비하거나 속절없이 상실한다는 견지에서 이인-이웃과 병치된다. 예컨대 검승의 스승은 자신이 살려준 또 다른 일본군 출신 제자에 의해 어이없이 살해되고 있다.

여지가 거의 없다. 영웅담 속의 신화적 인물들은 성패를 떠나서 적어도 자신의 존재 의의만큼은 남김없이 소진하고 퇴장한다. 반면 전쟁이 아니었다면 일상 속 비의미로 묻혀버렸을 이인들은 삶의 의미를 제대로 실현하지 못한 채 신원이 모호한 상태로 점멸될 뿐이다.

이렇게 일상성에 잠복해 있다 그 일상성이 무너진 빈틈[41]에 현실 밖으로 정체를 드러낸 존재들, 이 이인들이야말로 민(民)으로 구성된 평범한 세속세계가 실제로는 의미들로 끓어 넘치고 있었다는 산 증거다. 그것이 정치적 작용이든 아니든, 세상엔 기존 체계의 균형을 깰 불안한 과잉들이 존재하며, 이 과잉들은 전쟁이란 상황 속에서 기이한 방식으로 자신을 드러내는 것이다.

검술 고수인 검객과 왜병 출신의 검승이 평범한 이웃의 모습으로 우리 주변 어딘가 살고 있다면, 이 불편한 과잉들이 암약하고 있는 세계는 더 이상 공식 역사에서 쉬이 젖혀질 비의미가 아니며 그 자체 별도의 자족적 의미 세계로 등재된다. 이곳이 바로 근대적 통속 공간이다.

이번엔 전쟁 상황과 무관하게 사회의 비구성적 내부로 잔류한 다른 이인-이웃을 살펴보자. 이옥의 「부목한전」이 그 사례다. 부목한은 충북 진천에 거주하는 한 상좌승의 친구인데, 소설은 이 두 사람 사이의 기묘한 인연을 어린 사미승의 눈으로 기록하고 있다.

정체불명의 부목한은 상좌승이 담은 술이 익을 때면 어김없이 나타나는 정체불명의 이인이다. 그는 상좌승이 호랑이에게 살해될 시점을 정확히 예언하는데, 상좌승 역시 그 사실을 알면서도 운명을 달게 받아들인

---

41 전쟁이나 기근 또는 폭동이나 재난 상황을 의미한다.

다. 말하자면 상좌승과 부목한은 예지능력을 지녔으면서도 다가올 불행을 숙명으로 담담히 받아들이는 비범한 존재들이다. 마침내 상좌승은 호랑이에게 죽임을 당하게 된다. 어린 사미승은 스승의 다비식에 불쑥 나타난 부목한을 새로운 스승으로 삼고자 뒤를 따라나선다. 하지만 부목한은 사미승의 목숨이 얼마 남지 않았음을 알려주고 욕망에 따라 마음대로 살다 죽을 것을 권한다.

훗날 시장바닥을 떠돌던 사미승마저 부목한이 예고한 날에 어김없이 죽게 되므로 부목한과 상좌승의 예언은 모두 실현된 셈이다. 여기서 상좌승과 부목한은 산중에 숨은 은자들로서 엄청난 초능력이 있으면서도 이를 감춘 채 숨어사는 자들이란 점에서 허균의 전에 등장했던 인물들과 유사하다. 그들은 장생이나 장산인과 같은 여항 속 이인이 불교 공간으로 이동한 형국을 보여준다.

만약 부목한이 자기 능력을 온전히 세상에 발휘했다면, 그는 길흉화복을 예언하는 점술가나 심지어 종교적 선지자 역할도 해낼 수 있었을 것이다. 실제 통속화된 일부 승려들은 영험한 부적을 써주거나 미래를 예언하여 유명해지곤 했다. 그들은 민중 속에서 치유자나 퇴마사의 모습으로 돈벌이하며 살아감으로써 종교의 신성성을 버렸다.

그런데 「부목한전」의 이인들은 그런 통속적 종교인들과 달리 자신의 비범한 능력을 세상에 팔지 않음으로써 과거 이적(異蹟)을 행하던 신화적 영웅의 신성성을 일부 보존하고 있다. 결국 세상 곳곳에 비범한 능력을 지닌 기이한 자들이 숨어 살고 있다는 것이 이 작품의 주제가 된다. 그리고 그들이 은신한 곳은 세속의 저잣거리나 산 속의 절, 즉 비주류들이 사는 통속 공간들이다.

이상의 관점에서 「부목한전」의 주제는 「남궁선생전」의 그것과 흡사해 진다. 우리 주변 이웃들 속에는 이인들이 숨어있으며 그들은 비의미였던 세속 공간을 의미로 끓어 넘치게 할 수도 있다. 다만 그들은 감쪽같이 정체를 숨긴 채 세상을 놀라게 할 어떤 행동도 하지 않고 있을 뿐이다. 그렇다면 이제 어느 누구도 여항의 통속 공간을 함부로 볼 수 없게 되는 것이며, 그 안에 사는 필부필부들 역시 눈여겨봐야만 할 가치[42]를 획득하게 되는 것이다.

이처럼 세상 모든 필부필부가 이인일 수 있는 가능성을 지녔다고 한다면, 우리는 그저 평범하게만 보였던 여항의 백성들까지 기억할만한 가치가 있는 존재로 역사에 새롭게 등재시켜야만 한다. 결국 오랜 세월 소외되어 왔던 민중들이 역사적 존재로 화하는 것이며, 그들의 삶은 '기록되고 읽혀질' 가치가 있는 이야기가 되는 것이다.

이 지점에서 「가자송실솔전」[43]을 보자. 이 작품은 저잣거리 예인들의 일상이 주요한 글쓰기 소재가 되는 상황을 보여주고 있다. 말하자면 민중들의 일상, 그들의 통속적 삶이 소설 소재로 주목받게 되는 근대적 상황이 출현하는 것이다. 끝으로 「남궁선생전」의 마지막 부분을 발전시킨 담론처럼 보이는 「부목한전」 마지막 부분을 인용한다.[44]

---

42 이를 개성의 획득으로 해석할 수 있다.
43 이옥/실시학사 고전문학연구회 역주, 「가자송실솔전(歌者宋蟋蟀傳)」, 『역주 이옥전집3』, 소명출판, 2001, 208~209쪽.
44 그런 관점에서 「부목한전」 마지막 부분에서 한 매화외사의 이 발언은 조선의 주체성이나 민족주의 정신을 드러낸 것이라기보다 민중들의 통속 공간이 지닌 자율성과 가능성을 암시한 것으로 보는 게 타당할 듯하다.

세상 속담에 '같은 동네에 명창 없고 친구들 가운데 문장가가 없다.'고들 한다. 우리나라 사람들은 평소 스스로를 낮추니, 까닭에 '월 땅에선 신선이 났고 촉 땅에선 부처가 났다.'고 하면 믿지만, '신선과 부처가 우리나라 어느 산에서 났다.'고 하면 믿지 않는다. 저들이 어찌 우리나라 어느 산을 촉 땅이나 월 땅 사람들 입장에선 우리가 촉 땅이나 월 땅 보듯 신비롭게 느낄 것이란 사실을 알 것인가? 또 이인이 세상에 자신을 드러내기 전엔 먼지와 빛이 그러하듯 세속 무리 속에 뒤섞여 있으니 화두타(부목한) 같은 사람의 행적도 직접 그의 능력을 겪어보지 못한 사람이라면 아마 알아볼 수 없을 것이다. 밭두둑 사이의 아낙이 백의관음이 아니라고 어찌 확신하며, 호숫가를 지나는 나그네가 여빈동 같은 신선이 아니라고 어찌 장담하랴![45]

4. 열정적 사랑 또는 통속적 이웃의 탄생

사산된 영웅에서 이인-이웃으로 그리고 주목할 만한 가치가 있는 특별한 이웃으로 전개된 통속적 이웃의 탄생 과정은 평범한 사람은 감히 시도하지 못할 삶을 산 타자들에 주목하면서 근대적 이웃을 구성하게 된다. 그리고 누구나 두려워하거나 기피하는 상황에 빠진 이웃들, 남모를 비밀

---

45 박희병(2005), 앞의 책,「浮穆漢傳」, "俗諺曰, '洞內無名倡, 同接無文章', 我國人, 素自輕, 故言, '越有仙人, 蜀有佛', 則信, 言, '仙佛在我國某山', 則不信. 彼安知我之某山, 亦蜀越之蜀越也? 且異人之未出世也, 塵光相混, 若火頭陀之爲, 則亦未知當面, 而幾錯過矣. 田間之女, 未必非白衣觀音也, 湖上過客, 安知不宮無上也?"

을 감춘 이웃들의 삶을 엿보며 근대 주체는 실존적으로 안정된다. 즉, 이웃으로서 기구한 운명에 빠진 타자들의 삶은 우리 삶이 스캔들이 될 위험성을 선제적으로 실현해버림으로써 우리의 실존에 안전 펜스를 쳐주는 것이다.

이처럼 타인의 비밀을 공론화하는 행위는 우리 조상들이 비범한 시련과 고통을 겪는 영웅들에 대해 이야기하면서 공유했던 집단적 일체감과 존재론적 카타르시스를 반복하는 일이다.

타인의 특별한 사생활을 엿보려는 서사적 호기심이 사회 문제로 전화되면 범죄소설이나 탐정소설이 된다. 그런데 평범한 이웃의 삶을 범죄나 탐정 이야기의 소재로 소환하는 가장 대중적 방식이 치정담이다. 치정담은 평범했던 이웃의 삶을 기이한 과잉, 즉 욕망으로 휘발시켜 고요했던 일상을 전복시킨다.

열정적 사랑보다 일상을 더 극적으로 전복시키는 상황은 없다. 사랑에 탐닉한 자는 누구나 욕망했지만 가닿을 수 없었던 실존의 극한점으로 우리를 인도한다. 그 순간 그저 주변의 얼룩에 불과했던 이웃은 비로소 진정한 서사적 향유의 대상으로, 우리에게 결핍되었거나 이미 상실된 충동의 실천가로 작동하게 된다.

결국 통속성이란 타인의 삶에 대한 향유를 통해 자신의 결핍을 위무하는 것이다.[46] 이러한 통속적 위무는 주체를 불활성 상태로 묶어놓는 부정적 기능을 담당하기도 하지만, 우리의 세속적 실존을 가능케 하는 구성적 기능을 담당하기도 한다. 현실을 일탈하려는 우리의 숨겨진 욕망은 초월

---

46 그런 점에서 근대소설은 타자를 향유하는 다양한 방식으로부터 출현한 것이다.

적 윤리의 선포 없이 그저 통속적 자기 위로만을 통해서도 그럭저럭 해소되기 때문이다.

이렇듯 언뜻 평범해 보이지만 기이한 욕망으로 주체의 삶에 개입해 들어오는 낯선 이웃이야말로 진정 타자이며, 이런 타자가 주체에게 틈입해 불가항력적인 관계를 형성하는 양식이 바로 열정적 사랑이다.[47] 결국 열정적 사랑의 대상 또는 주체 내부로 자리 잡은 타자야말로 주체의 적막한 실존을 의미 있게 재구성해준다.

필자는 이 대목에서 「심생전」에 등장하는 치정이나 「절화기담」에 나타나는 욕망의 순환성을 언급하고 싶다. 하지만 사산된 영웅성을 사랑의 지평에서 재현하는 인물로는 「포의교집」의 여주인공 초옥만한 인물도 없을 것이다.[48]

초옥은 스스로를 윤리적 영웅으로 자임함으로써 불멸의 사랑을 시현하며 이를 통해 추문에 그칠 수도 있었을 이생과의 염문을 남녀의 대등한 초월적 교유, 즉 포의들의 교집(交集)으로 승화시킨다. 무엇보다 그녀는 자신의 불륜을 의리의 지평에서 해석하기 위해 상대인 이생을 다음과 같이 규정해버린다.

옛날에 초패왕은 오 년 동안 여후의 장막을 돌아보지 않았고 관운장은 두 형수가 있는 뜰에 새벽까지 불을 밝혔으니, 이들의 늠름하고도 큰 절개는

---

47 니클라스 루만, '06 열정-과도함의 수사학과 불안정성의 경험', 『열정으로서의 사랑』, 새물결, 2009, 93~118쪽.

48 윤채근, '제1장 〈포의교집〉에 나타난 근대적 욕망 구조', 『한문소설과 욕망의 구조』, 소명출판, 2008, 13~38쪽.

예로부터 지금까지 찾아보기 어려운 것입니다. 그런데 어찌 또 낭군에게서 그러한 절개를 볼 수 있으리라고 생각이나 했겠습니까? 여색에 대해서는 본래 영웅, 열사도 소용없다는 말이 진정 거짓임을 알겠습니다. 무릇 거백옥은 나라에 도가 없다고 하여 자기도 절개를 버리지는 않았고, 복자하는 아무리 예쁜 여자가 있어도 어진 이를 어질게 여기는 마음과 바꾸지 않았습니다. 이제 낭군께서는 제 얼굴을 사랑하시는 것이 아니라 저의 어짊을 사랑하신다는 것을 이로 미루어 알 수 있습니다. 제게 무슨 복이 있기에 이 세상에서 백옥이나 자하 같은 군자를 만날 수 있겠습니까? 진정으로 제가 바라는 것은 그대를 따라 사귀는 것입니다. 그런 뒤에야 천지에 부끄럽지 않고 신명에 부끄럽지 않으며 옛사람들에 부끄럽지 않을 것입니다.[49]

물론 이생의 실체를 모르고 한 오해였지만, 초옥은 이생과의 관계를 영웅적 행동에 비견하며 자신을 윤리적 주체로 정립하고 있다. 열정적 사랑을 열사의 의리에 비유한 초옥의 이 행동은 영웅적 이인이 이인-이웃으로 전화하는 과정의 궁극적 결말을 보여준다. 바로 통속적 사랑의 영웅의 등장이다.

---

49 김경미 조혜란 역주, 〈포의교집〉, 『19세기 서울이 사랑 절화기담, 포의교집』, 도서출판 여이연, 2003, p.152. '昔楚伯王五年, 不顧於呂后之帳, 關雲長明燭, 達曉於二嫂之庭, 凜凜大節, 亘古未有, 豈意今日又見郎君哉? 色界上元無英雄烈士之說, 信知虛言也. 夫籧伯玉不以冥冥閉節, 卜子夏能以賢賢易色, 今郎君不愛妾之色, 而能愛妾之賢, 推此可知. 妾何福能見伯玉子夏似之君子, 於今世之上乎? 眞妾之所願從遊也, 然后能無愧乎天地, 無愧乎神明, 亦無愧乎古今.' 장효현 외, 〈4 布衣交集〉, 『校勘本 韓國漢文小說 愛情世態小說』, 고려대학교 민족문화연구원, 2007, 694쪽.

가장 세속적이며 보편적인 영웅은 바로 사랑의 영웅인데, 이러한 영웅성의 향유를 통해 필부필부들은 저 스스로 의미로 충만한 사랑의 기표가 되거나, 열정적 사랑의 목격자가 됨으로써 그 기표를 모방한다. 이제 사랑은 이웃과 나눌 수 있는 최고의 영웅적 삶의 한 형식이 되는 것이며, 누구나 한번쯤 바래봄직한 환상의 형식이 되는 것이다. 이것이 통속의 본질이다.[50]

초옥은 우리 주변에서 쉽게 목격할 수 없는 영웅적 사랑의 이인이지만, 그녀가 지나치게 소유한 애정의 능력은 우리 누구나 가질 수 있고 또 한번쯤은 가져야만 하는 삶의 방식이기도 하다. 영웅 서사의 형식으로 완성된 초옥의 사랑을 범인(凡人)들은 흉내낼 수 없겠지만, 적어도 사랑에 빠진 자들은 잠시 영웅이 되어 그녀처럼 도취적인 삶을 산다.

통속적 사랑이란 초옥이 걸었던 영웅의 길을 똑같이 모방하며 언뜻 평범해 보이는 이웃들 속에서 또 다른 초옥과 이생을 찾아가는 여정이다. 귀족 중심의 중세 사회에서는 소수의 특권층에게만 허락되었던 이 열정적 사랑이 이렇게 여항 곳곳으로 전파되어 나가는 과정이야말로 시민 한

---

50 '통속적'에 해당하는 영어 단어를 구태여 찾자면 'popular'가 될 것이다. 하지만 영미권에서 사용하는 'popular'는 '대중적'이라는 의미에 가깝다. 통속이라는 단어에 더 근접한 단어는 'secular'인데 이는 '세속적인'이라는 뜻으로 종교적인 뉘앙스가 강하다. 따라서 종교적인 신성성이 세속성으로 수렴되는 양상을 뜻하는 통속성에 대한 적확한 영미권 번역어는 없다. '통속(通俗)'은 불교의 진리가 민중들이 이해하기 쉬운 차원으로 하강하는 것을 지칭한다. 불교내에서의 개념으로만 보자면 승의체(勝義諦)가 세속체(世俗諦)로 변환되는 대승(大乘) 운동이야말로 전형적인 통속화 과정을 대표한다. 하지만 현재 일반적으로 유통되는 통속 개념은 영미권의 'popular' 개념의 역어 형태가 대부분이다. 윤채근, 〈SUB TEXT〉, 『2014년도 근역한문학회 춘계대회 발표집』, 근역한문학회, 2014.

사람 한 사람이 개성적 이인으로 등록될 근대의 삶의 형식을 증상적으로 구현하고 있다.

5. 공동체

신이나 신적 영웅과의 관계가 아니라 우리 주변 이웃들과의 관계로부터 삶의 의미를 획득해가는 과정이 통속화 과정이라 할 때, 비존재의 무의미 속에 밋밋하게 존재하던 이웃-타자들이 그저 불편한 과잉에서 삶의 목적 그 자체로 재배치되는 순간은 근대의 공동체적 존재가 탄생하는 지점이기도 하다.

이처럼 공동체 속에서의 삶의 가치를 묻고 대답하는 근대인들은 삶의 신비를 이웃들로부터 발견한다. 따라서 이웃의 비밀을 엿보고 그 안에서 무한과 대면하는 통속적 삶은 이승의 일상으로부터 신성성을 재현하는 삶의 과정이다.

하지만 근대 이후의 삶은 진정한 공동체를 발견하고 있는가? 삶의 의미를 구성하는 존재인 타자를 공-존재로 받아들이고 이웃에 대해 관심을 기울이며 나아가 그들을 사랑해야 할 대상, 결국은 사랑의 대상으로 간주하는 것이 이웃 서사의 바람직한 최종 결론이라면, 우리의 대답은 '아니오'가 될 것이다.

그 원인은 타자를 발견하는 것과 더불어 찾아온 개인적 개성의 섬세한 분리가 결국 과포화된 주체성과 공동체의 와해로 귀결된 데에 있다. 다시 말해 타자가 나와 분리된 존재론적 기표로 등록되는 순간 이를 발견한 주

체에게도 그만큼의 분리의 과부하가 걸리게 되었던 것이다. 장-뤽 낭시는
이 비극적 과정을 개념으로 정리하며 이를 개인주의 혹은 원자론이라 불
렀다.

> 개인주의는, 원자의 문제가 세계의 문제라는 사실을 망각한 자가당착의
> 원자론이다. 바로 그렇기에 주체의 형이상학에서, 다시 말해 절대적 대
> 자의 형이상학에서 공동체에 대한 물음이 결정적으로 부재한다. … (중
> 략) … 그 분리된-유일한 자가 어떠한 관계도 없이 존재하는 한, 그 논리
> 는 언제나 같을 수밖에 없다. 그 논리는, 절대적으로 분리된 자가 분리 가
> 운데 단순히 분리된 것 그 이상을 가두어두고 있다는 사실을 함의하는 무
> 서운 논리이다. 즉 분리 그 자체가 다시 분리되어 폐쇄 가운데 있어야 하
> 며, 울타리는 하나의 영토 위로 둘러쳐져야 할 뿐만 아니라, 분리의 절대
> 성을 실현시키기 위해 울타리 자체에 둘러쳐져야만 한다. 절대는 스스로
> 존재하지 않을 것을 담보로 걸고라도 자기 고유의 절대성의 절대여야 한
> 다. 또는 절대적으로 혼자이기 위해 나는 혼자인 것만으로 충분하지 못
> 하고 유일하게 혼자여야만 한다.[51]

---

51 장-뤽 낭시, '1부 무위의 공동체', 『無爲의 공동체』, 인간사랑, 2010, 26쪽.

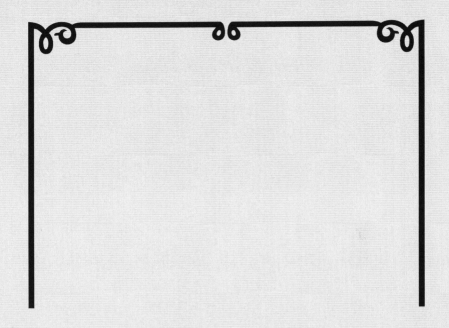

근대적 외로움의 탄생

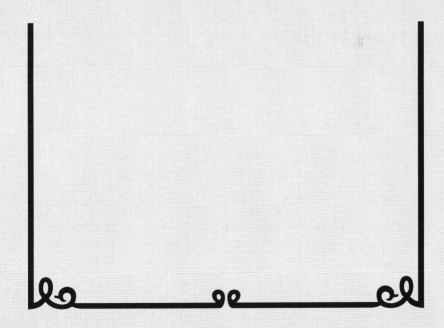

1. 서론

허균 소설의 대표작이 『홍길동전』이라는 사실에는 의심의 여지가 없다. 때문에 허균이 남긴 소설성 짙은 작품들은 흔히 『홍길동전』으로 전개될 서사의 논리적 발달 단계의 일부로 수렴되곤 했다.[1] 하지만 허균의 전 작품들을 단순히 실패한 소설이나 소설화의 준비 단계로 보는 것은 실상에 맞지 않는다.

소설성의 진전은 선조적으로 나아가는 직선 운동이 아니라 때론 역행적이고 모순적인 양식 운동의 파상적 결합 과정이다. 따라서 허균 전 작품들을 그 고유한 서사적 특이점을 통해 해석해주는 작업은 여전히 우리의 과제로 남아 있다.

허균의 전 작품들 가운데 「남궁선생전」에 담긴 탈세속적 도교성은 이상과 현실의 갈등을 체질화한 허균 인생 역정에 잘 부합하고[2] 허구적 완

---

1 심동복, 「허균의 도교사상에 대한 연구-홍길동전과 그의 한문소설을 중심으로-」, 『고소설연구』 4, 한국고소설학회, 1998, 171~202쪽.

2 이종찬, 「허균의 인간적 갈등과 남궁선생전」, 『한국한문학연구』 제1집, 한국한문학회, 1976, 45~64쪽.

성도 역시 상대적으로 탁월하기에[3] 특별히 주목을 받아왔다. 심지어 허균의 전 가운데 문학성을 유지한 유일 작품으로 「남궁선생전」만을 인정한 사례도 보일 정도다.[4]

「남궁선생전」이 서사물로서 지닌 이러한 특이한 가치는 박희병 교수에 의해 이인설화의 전통 속에 잘 해명된 바 있다.[5] 여기서는 이 작품이 지닌 서사학적 의의나 소설로서의 전화 과정에 대한 이상의 성과를 바탕으로 조금 다른 각도에서 이 작품의 문제의식을 되짚어보려 한다. 그것은 「남궁선생전」에 담긴 독특한 세계 해석으로서 고독이 지닌 지위에 관련한 것이다.

2. 「남궁선생전」의 고독

한문소설에서 고독의 문제는 보통 지우(知遇)의 문제[6]나 전기적 고독[7]의 문제로 이해된 바 있다. 전자는 사회적 교제에서 개인이 갖는 존재의 능력(puissance)이라는 차원에서 고독을 바라본 것인데, 이는 개인의 국면에선 히스테리적 실존 확인으로, 사회 국면에선 자아의 공적 영향력의 확인

3 신재홍, 「허균의 한문단편 연구」, 『선청어문』 14 · 15합집, 서울대국어교육과, 1986, 129쪽.
4 이동근, 「허균 전의 문학사적 일고찰」, 『관악어문연구』 13집, 서울대국어국문학과, 1988, 174쪽.
5 박희병, 「이인설화와 신선전」, 『한국고전인물전연구』, 한길사, 1992.
6 윤재민, 「전기소설의 인물성격」, 『민족문화연구』 28호, 고려대 민족문화연구소, 1995.
7 박희병, 『한국 전기소설의 미학』, 돌베개, 1997.

으로 구현될 것이다. 지우 혹은 지우를 입음에 대한 희구로서 소설 주인 공의 욕망을 해석하려는 이 관점은 궁극적으로 정치적 지평에서 완성될 것이다.

문제는 지우를 바라는 주인공의 은유된 정치적 욕망이 결국엔 귀족적 욕망이라는 사실이다. 즉, 지우를 향한 소망이란 지우 입을 가능성을 소유한 자의 소망이며, 따라서 타인의 인정을 성취할 모든 통로를 상실한 열외자의 외로움(loneliness)과는 근본적으로 다른 실존적 또는 낭만적 고독(solitude)일 것이기 때문이다.[8]

한나 아렌트는 자신의 실존 근거를 상실하여 존재의 의미를 발견하고자 부유하는 상태인 외로움과, 자기 자신을 관조하는 또 다른 자아를 구성함으로써 자기 자신과의 대화에 몰입하는 존재론적 고독을 구분한 바 있다.[9] 일반적으로 한문소설의 고독은 후자에 가깝다. 그런 점에서 지우를 바라는 인정 욕망과 이른바 전기적 고독은 서로 크게 다르지 않다.

남녀 주인공이 상호독점적인 관계를 맺는 전기적 사랑은 그 배후에 근원적 고독을 전제하고 있는데, 그때의 고독이란 자기 존재에 대한 내적 질문과 이에 대한 자기 반응이란 점에서 '독백적' 성격을 갖는다. 독백이란 말하는 자아와 듣는 자아의 분리를 전제한다. 이는 결국 자기와 나누는 대화이며 궁극적으론 반성적 사유의 한 형태다.

---

8   자기 현존과 자기 의식 사이의 불일치로 인한 내적 대화 상태로서 고립(isolation)과 고독(solitude)을 규정하고 이를 외로움과 구별한 사례로 다음을 참조하라. 한나 아렌트/김선욱 역, '소크라테스', 『정치의 약속』, 푸른숲, 2008, 29~69쪽.
9   이때 고독은 자아의 세계로부터의 (반성적) 분리를 전제한다. 소크라테스와 성 아우구스티누스가 그 상징적 사례인데, 후자는 아렌트의 박사학위 주제이기도 했다.

결과적으로 지우에 대한 욕망이나 전기적 고독은 자신을 둘로 분리해 대화하는 내적 사색을 거치게 되며[10] 결코 자기를 상실하거나 자아를 타자에 흡수당하는 상황으로 치닫지는 않는다. 당연히 그런 고독은 타자와의 만남이나 사랑을 통해 보상되거나 해소될 수 있으며 주인공들은 사회 안에서 윤리적 주체로 남는다.

「남궁선생전」의 고독은 한나 아렌트가 말한 '고독'과 '외로움'의 결합 형태지만, 궁극적으로는 외로움으로 귀결된다. 이 문제는 우리 논의에 결정적 중요성을 갖는다. 일반적으로 도선 취향을 지닌 소설에서 주인공들은 초세속적 초월계로 이동하는데, 이런 비약은 「남염부주지」의 차원 이동으로 나타나거나 「만복사저포기」나 「이생규장전」처럼 종교적 세계로의 초월로 나타나곤 한다. 하지만 두 경우 모두 초세속계로의 이동은 내적 깨달음의 은유적 표현이거나 지상 세계에서의 고립을 극복하는 완전한 자유의 실현으로 나타난다.

결국 차원의 변경과 이동은 결함 있는 현실 속의 자아가 그 결함을 보충하고 치유함으로써 세속적 삶을 승화시키는 최종적 결과물이다. 이는 완벽한 이상계를 통해 현실계의 결여와 불안을 잠재우려는 윤리적 시도와 연결돼 있다. 때문에 「남염부주지」의 박생이나 「이생규장전」의 이생은

---

10 이렇듯 주인공들이 자아 상실 상태에서 외부로부터 의미를 찾으려 하지 않고 자신의 자아를 확인하거나 봉합하기 위해 타자를 욕망한다는 점에서 이들의 고독은 대화적이며 동시에 독백적인 것이다. 예컨대 부처를 대화 상대자로 상정하는 조신(調信)이나 「만복사저포기」의 양생을 생각해 볼 수 있다. 이때 부처는 외화된 다른 자아 또는 세계에 투사된 자아의 소망 형상이라 볼 수 있다. 또 「하생기우전」에서 주인공은 점쟁이를 독백적 대화 상대자로 삼으며 「최치원」의 남성 주인공 역시 여성 파트너를 자신의 결여(缺)의 보상으로 이해한다.

비록 염부주의 지옥이나 윤회의 세계로 떠나가지만, 여전히 윤리적 존재로 남는다. 그들은 정치적 정의와 사랑의 진실을 끝까지 수호함으로써 세속의 가치를 모조리 부정하지는 않게 된다. 이것이 그들이 자신의 자아를 상실하지 않는 이유다.

이처럼 일반적인 종교적 초월은 자아를 잃고 무의미의 공백에 처하는 것이 아니라, 자아의 결함을 깨닫고 이를 개선하거나 더 큰 자아로 확장하는 형식을 갖게 된다. 이것이야말로 도선적(道仙的) 초월이 아무리 황당하고 비현실적이라 하더라도 끝내 현실의 윤리적 가치를 훼손하지 않는 이유이다. 소설가들이 신선의 세계를 아무리 미화하더라도 현실을 부정하는 반문명적 행위로 지목되지 않은 원인도 여기에 있다.

신선계가 현실의 존엄을 실제적으로 침해하는 정치적 허무주의[11]로 전화하지 않는 한 이는 낭만적 상상력으로 용납되며 현실 원칙과 절묘하게 공존할 수 있다. 이것이 초월계와 현실계의 모순적 상보성이다.

결국 현실의 불완전성을 보충하기 위해 설정된 초월계와 그러한 세계와 조우하는 고독한 주인공은 여전히 의미 세계 내부에 머물며, 그런 한에서 고독을 현실 반성을 위한 자료로 구사하고 있는 것이다. 이렇게 소설 주인공이 윤리적 주체로 남아 있는 한 고독은 현실에 대해 위험한 전복적 감정으로 전이되지는 않는다. 위험은 자기 삶을 관조할 수 있는 반성적 거리의 상실, 즉 자기와 대화할 수 있는 고독의 심리 공간이 무의미한 진공으로 변화하는 지점에서 발생한다. 이것이 아렌트적 의미의 외로

---

11 정치적으로는 아나키즘(무정부주의)으로 발현된다. 도교의 역사에서는 태평교도나 전진교 또는 백련교 등의 민중 폭동으로 구현되었다.

움이다.[12]

「남궁선생전」의 독특성은 초월적 고독의 외형을 띤 주인공을 등장시키고서도 실상은 그를 외로움의 상태 속에 방치한다는 점이다. 이런 유형으로는 이옥의 「부목한전」이 있다. 남궁두와 부목한은 속세로부터 이탈한 초월적 존재들임에도 끝내 속세를 벗어나지 못하고 그 주변을 어슬렁대는 낙오자들이다. 이들은 그 경위는 서로 다르지만 어쨌든 세속으로 복귀해야만 했다는 점에서 공통성을 지닌다. 그리고 이 과정에서 아렌트적 외로움에 근접해갈 독특한 고독의 의미가 발현된다. 다음 장에서 이 문제를 상세히 고찰하고자 한다.

3. 초월되지 못한 고독

「남궁선생전」 내부에 독백적인 초월적 고독과 자아가 세계 속에 무의미로 함몰되는 외로움이 혼재돼 있다고 했었다. 초월적 고독에 잠긴 자아는 스스로를 적어도 의미 세계의 일부로 이해하며, 마침내 자아 안으로부터 세계라는 더 큰 의미를 성립시킨다. 이를 주객합일(主客合一)이나 물아일체(物我一體) 등으로 표현할 수 있다.

---

12 아렌트의 '외로움'은 특히 18~19세기 '대중의 출현'과 연관돼 있다. 하지만 그것은 왕정 질서의 안정된 체계로부터 떨어져 나온 근대 대중이 직면해야 했던 세계의 무의미성을 강조하기 위한 것일 뿐이다. 비록 근대적 대중의 외로움이 근대적으로 특화된 정치 감정일지라도 그 근원인 소외 의식은 시공간적으로 보편적이다. 한나 아렌트/서유경 역, '제6장 문화의 위기', 『과거와 미래 사이』, 푸른숲, 2005, 268쪽.

이러한 내재적 초월을 잘 보여주는 책이 『장자』다. 『장자』의 기본 사유는 「제물론」에 나타난 바처럼 자아와 세계를 절대적, 고립적으로 파악함으로써 빚어지는 구속 상태를 논리적 상대주의로 해소함으로써 정신의 대자유를 획득하는 데 있다.[13]

문제는 장자적 자유가 정치적으로는 결코 위험하지 않으며 나아가 보수적 세계관과도 쉽게 연동된다는 사실이다. 왜 그런 일이 벌어질까? 장자가 시비진위(是非眞僞)의 차별 세계 전체를 부정하더라도, 이를 부정하는 자아만큼은 포기하지 않기 때문이다. 좌망(坐忘)의 경지에 돌입한 장자적 진인은 세속의 물욕을 끊고 물욕을 끊는다는 욕망마저 끊어버리지만, 그런 행위를 하는 자아 자체의 존재는 끊을 수 없다. 이 때문에 도가의 수양론은 자아를 부정하는 불교적 단멸(斷滅, niroda)과 성격을 달리하게 된다.[14] 또한 이로 인하여 도가의 자아는 종국엔 사회적 주체일 수밖에 없으며 타자를 포함한 사회관계를 떠날 수 없다.[15]

도가의 정신적 자유가 불교적 자아 부정을 닮았으면서도 끝내 현생의 고유한 가치를 포기하진 않음을 보여주는 대표적 사례가 윤회의 문제다.

---

13 이종성, 「장자의 참된 지식과 '밝음에 의거함'의 특질」, 『대동철학』 제35집, 대동철학회, 2006, 23~46쪽.

14 도교는 불교를 생명을 해치는 무리로 간주했고, 불교는 도교를 삶의 집착에서 벗어나지 못한 무리로 간주했다. 박찬영, '나. 도교와 불교의 갈등, 그리고 모자의 도교 선이해」, 「〈理惑論〉에서의 모자의 불교수용론에 대한 해석학적 성찰」, 『대동철학』 제35집, 대동철학회, 2006, 10~14쪽.

15 장자는 나비이거나 장자이거나 할 수는 있지만 무일 수는 없다. 여기서 도교 양생술로의 반전은 종이 한 장 차이일 뿐이다. 이재봉, 「장자와 양생수련」, 『대동철학』 제26집, 대동철학회, 2004, 19~41쪽.

주지하듯 불교에서 윤회는 업과 응보의 사슬로서 궁극의 깨달음을 가로막는 질곡일 뿐이다. 따라서 자아를 단멸하지 않고서는 해탈도 없다.

반면에 도가의 달관은 육체의 한계를 벗어난 영적 자유를 자연의 본질로 받아들여 이를 긍정하고 나아가 향유하려고 한다. 일종의 상대론적 쾌락주의를 구성하는 것이다. 이 관점에서는 죽음조차 즐거운 변화에 불과하므로 슬퍼할 일이 못 된다. 또한 그 안에는 윤리적 쾌락주의[16]가 숨어 있고 세속의 삶을 연장해 즐기려는 주체가 잠복돼 있다.

장자로 대표되는 도가의 사유가 자아를 세계와 낙천적으로 결합하려는 세속주의로부터 괴리돼 있지 않음을 상징적으로 구현한 철학자가 곽상(郭象)이다. 곽상은 『장자주(莊子注)』를 통해 철저히 개별적이고 자립적인 존재가 지닌 무기원성을 주장했다. 그에 따르면 자연만물은 원인도 없고 관련성도 없이 그저 우발적으로 각자 생성됐을 뿐이다.[17] 라이프니츠의 모나드처럼 분화되어 창이 없는 이런 개별자들은 각자 고립(isolated)되어 멋대로 변화되어 갈 뿐이다.

장자가 여러 차례 시초에서부터 무라고 말한 이유는 무엇인가? 시초란 생이 아직 생을 얻지 못한 단계다. 생을 얻는다는 (사실을 파악하는) 어려움이란 위로는 무에서부터 얻는 것도 아니고 아래로는 앎에 기대는 것도 아

---

16 에피쿠로스와 그의 계승자 루크레티우스를 참고할 수 있다. 이들은 원자론적 자연주의를 통해 무신론에 입각한 영적 자유(아타락시아)와 도덕적 열락을 주장했다.

17 이를 無待(무대, 기댄 것 없음)와 自生自化(자생자화)로 표현했다. 권광호 외, 「자아의 욕망을 어떻게 해석할 것인가?-곽상의 욕망관을 중심으로」, 『대동철학』 제48집, 대동철학회, 2009, 1~21쪽.

닌, 갑작스럽게 저절로 생을 얻을 뿐이라는 사실이다.[18]

곽상이 무라고 말한 존재는 현실적 생산 능력을 결여한 한갓 개념일 뿐이다. 당연히 무는 유를 창조하는 실체나 만물의 기원이 아니며 그저 만물이 저절로 만들어지는 과정을 지칭할 뿐이다. 이 과정 일체를 독화(獨化)라 부른다.

> (만물이 서로서로) 의지하는 바를 추궁하고 그 말미암은 바를 끝까지 캔다
> 면 그 추궁하고 캐는 최종 지점에 이르러서 (만물이) 의지해 있지 않음을
> (깨닫는 데에) 이르게 되리라. 그러니 홀로 변화하는 이치가 자명한 것이
> 다.[19]

이처럼 독화란 개별자들의 무기원성과 무관계성을 설명하는 용어다. 문제는 완벽한 우연성에 의해 움직이는 우주가 하나의 숙명처럼 이해된다는 점이다. 서로 고립된 존재들은 서로에게 책임이 없다. 각자 자기 운명을 짊어지고 살아가는 개별자들은 의도나 목적 없는 삶을 그저 주어진 것으로 받아들일 수 있을 뿐이다.

이런 자생자화(自生自化)한 삶에 대한 깨달음은 끝내 개인들 간의 운명적 화해로 귀결된다. 즉, 각자는 불현듯 주어진 자기 생의 궤도를 묵묵히

---

18 '然莊子之所以屢稱無於初者, 何哉? 初者, 未生而得生, 得生之難, 而猶上不資於無, 下無待於知, 突然而自得此生矣.', 郭象, 「天地篇」『莊子注』(『莊子集釋』, 中華書局, 1988)
19 '若責其所待, 而尋其所由, 則尋責之極, 而至於無待, 而獨化之理, 明矣.', 郭象, 「齊物論篇」『莊子注』, 위의 책.

따라갈 뿐 서로 간섭하지 않는다. 그들은 우발성의 체계 속에 그저 '자연스럽게' 귀속돼 있다. 이런 초월적 조화로움 속엔 혁명도 저항도 존재할 리 없다. 바로 이 상태가 아렌트가 고독(solitude)이라 불렀던 지점이다.[20]

결국 고독한 존재는 독화하는 존재다. 그/그녀는 생을 초월한 자기만의 궤도에서 고립되어 자기와 대화할 수 있을 따름이다.[21] 이런 우주 속에서는 누군가 타인의 삶에 간여하여 제도를 만들거나, 나아가 다스리려 하면 할수록 세상은 더 나빠진다. 우주는 창조주의 의도에 따라 건설된 것이 아니므로 회복되어야 할 모범을 지니고 있지도 않다. 각자는 각자의 자유를 최대치로 실현하려는 선에서 적당히 협조하기만 하면 된다.[22]

「남궁선생전」에서 남궁두가 우발적으로 직면한 삶이 바로 이러한 길, 즉 자신의 자유의 최대치만을 실현하려는 고독한 삶[23]을 의미한다. 다음에선 치정에 얽혀 살인범이 된 남궁두가 수련하는 모습에 관해 자세히 살펴보자.

「남궁선생전」 초반부는 주인공이 우연히 살인을 저지르고 쫓기는 신세가 된 경위를 설명하고 있다. 후에 신선을 추구할 수행자가 살인범이었다

---

20 물론 아렌트는 이를 긍정적 개념으로 구사했다. 필자는 그런 점에서 아렌트와 관점을 다소 달리한다. 이 문제는 폭민(mob) 문제를 다룰 다음 장에서 다시 논의된다.

21 존재 고립에 대한 이러한 이해를 토대로 고독의 감정이 태동하며 이를 통한 내재적 초월로서 신선을 동경하는 게 가능해진다.

22 라이프니츠의 '최선우주론'과도 닮아있다. 만들어질 수 있는 최선의 상태가 현재의 우주, 즉 신의 피조물이라면 신의 질서에 편입되는 방법 이외의 저항의 길은 봉쇄된다. 이 경우 신은 만물의 기원을 주관하는 주체로서 창조주라기보다 기원의 무기원성을 상징하는 언어도단의 존재, 비존재의 존재 다시 말해 무(nihilo)라고 할 수 있다.

23 사회적으로는 무책임한 삶이다. 이때 이런 삶의 특징인 고립성(isolation)은 사회성(sociality)의 반대항을 의미하게 된다.

는 이런 설정은 신선담으로서 이 작품이 지닌 불완전성을 드러낸다. 남궁두는 더 고귀한 삶을 성취하려 입산한 인물이 아니라 세속의 법망을 피하기 위한 궁여지책으로 삭발한 자다. 따라서 그의 수행은 피동적이고 의타적이다.

말하자면 남궁두는 현실에 의해 반강제적으로 고독한 자유를 선택하고 있다. 바로 이 특성이 「남궁선생전」이 취할 수도 있었을 도가적 주제에 불안한 복선을 구성하고 있다.[24] 물론 그가 겪는 도가적 체험은 자신에게 부여된 내적 가능성(운명)을 극한으로 실현해보려는 신선 수행의 일반적 과정을 보여주기는 한다.

그런데 남궁두의 수행에는 특이한 점이 또 있다. 그의 스승도 그러하지만 신선 수행을 주로 육체적 섭생 수준으로 이해하고 있다는 사실이다. 물론 「남궁선생전」에서 설명하고 있는 내단(內丹) 수련은 외단(外丹)의 약물 복용을 혼합한 북송 장백단(張伯端) 식 운기수행 절차를 따르고 있다.[25] 이는 수명(修命)보다는 수성(修性)을 추구하던 내단 전통에 수명 중심의 외단 사상을 결합한 형태다. 그럼에도 남궁두를 지도하는 스승은 남궁두가 추구하리라 예견되는 정신의 자유나 초월에의 욕망을 무시한 채 철저히 육체적 자기 극복만을 강조하고 있다.

장로가 물끄러미 바라보더니 웃으며 말하기를, "그대는 잘 견디는 사람

---

24 신선으로부터 일거에 무의미의 나락으로 떨어질 수 있는 불안한 존재라는 뜻이다.

25 이재봉, 「장백단의 내단사상에 관한 연구」, 『대동철학』 제20집, 대동철학회, 2003, 1~29쪽.

이다. 거친 성품이라 다른 방기를 가르칠 수 없겠고 오직 죽지 않는 기술만은 가르칠 수 있겠다."[26]

스승이 남궁두를 제자로 받아들이는 장면이다. 스승인 장로는 남궁두의 정신적 자질을 무시하고 오직 그의 타고난 성향과 체질을 들어 불사의 기술을 전수하려 한다. 이후 전개되는 수행 역시 수면 욕구를 제어하는 육체적 단련이다. 이처럼 육체의 체질적 측면을 강조하고 수련 과정에서 비결(秘訣)에 의존하려는 경향은 세속화된 민간 도교의 특징이기도 하다.

하지만 스승과 남궁두는 정통 도가가 추구해온 영적 자유와 우주와의 화해라는 초월적 해방을 완전히 포기하고 있지도 않다. 남궁두가 등선(登仙)에 실패하기 바로 직전 해이자 수행 이후 육 년째 되던 어느 날, 스승은 제자에게 이렇게 말하고 있다.

> 육년이 되자 장로가 말했다. "그대는 도골이 있어 응당 신선이 되어 날아오를 것이고 그 아래라 하더라도 왕자교나 전갱의 수준만큼은 해낼게야. 욕망의 마음이 일더라도 그저 꾹 참게. 무릇 욕념이 식욕이나 색욕까진 아니라 해도 온갖 망령된 생각들은 모조리 참된 경지에 해를 끼치거든. 그대 안의 모든 있음을 다 비워내고 고요함으로 마음을 단련하게."[27]

---

26 '長老熟視之, 笑曰, 君, 忍人也. 椎朴不可訓他技, 唯可以不死敎之.' 박희병 선주, 『한국한문소설』, 한샘, 1995, 205쪽.

26 '長老熟視之, 笑曰, 君, 忍人也. 椎朴不可訓他技, 唯可以不死敎之.' 박희병 선주, 『한국한문소설』, 한샘, 1995, 205쪽.

27 '居六年, 長老曰, 君有道骨, 法當上昇, 下此則不失爲喬鏗矣. 慾念雖動, 地忍之. 凡念雖非食色, 一切妄想, 俱害於眞. 須空諸有, 靜以煉之.' 앞의 책, 207쪽.

장로는 욕념을 비우는 수성(修性)의 요령과 불교 영향을 받은 만법제공(萬法諸空)의 사상을 설파하며 남궁두에게 마지막 고비를 넘기도록 명하고 있다. 하지만 남궁두는 조급증으로 인해 등선에 실패하는데, 이를 받아들이는 스승의 태도는 가히 운명론적이다.[28] 이 운명론의 배후에는 도교적 수양법이 지닌 체질적 운명론, 즉 타고난 근기의 제한성이라는 관념이 전제되어 있다.

이를 욕념을 경계하던 위 인용문의 취지와 비교해 보면 양자 사이의 간극이 분명히 드러난다. 즉, 내단 수련이 정신적 자유를 향한 초월 운동이라면 이는 생리학적 운명과는 무관한 종교적 깨달음[29]을 의미해야 한다. 그리고 그것은 결국 육체적 고립의 최종 극복으로 귀결되어야 할 것이다.

그런데 남궁두의 수련 과정은 내단 사상의 정신적 경지를 추구하기는 하지만, 단도(丹道) 실패의 원인을 조급증, 즉 체질적 성향으로 해석함으로써 있음(有)을 극복하라고 했던 말에 담긴 깊은 의미를 포기하고 있다.[30]

앞에서 장로가 비워내라고 한 있음(有)이란 무엇인가? 존재의 고립성이다. 존재자들은 각자의 존재성에 고립되어 스스로 통제할 수 없는 사물 세계의 우발성에 구속된다. 이때 있음(有)의 한계를 절감하여 이를 초월하려 할 때 겪는 존재론적 고통이 고독감이다.

---

28 '曠世逢人, 敎非不盡, 而業障未除, 遂致顚敗, 君之命也, 吾何力焉.' 앞의 책, 208쪽.

29 때문에 장백단의 대표 저서 이름이 『오진편(悟眞篇)』이다.

30 물론 이를 이 작품이 딛고 서 있는 통속 도교에 기인한 당연한 결과로 간주할 수도 있다. 그러나 남궁두가 정신적 초월과 육체적 초월 사이의 경계에 애매하게 서 있다는 점, 수련이 현실로부터 벗어날 탈주로로 선택되고 있다는 점, 따라서 이 작품이 단순히 도교의 수행 비결을 전하려는 목적을 추구하지는 않는다는 점 등을 두루 고려해야 한다.

장자의 자유란 유 내부에 유를 극복할 초월적 요소가 이미 내재해 있었음을 발견함으로써, 즉 유 자체가 진즉 무이며, 나아가 유와 무가 무차별함을 확인함으로써 달성된다. 다시 말해 고독이 자연의 독화(獨化) 과정의 일부임을 깨달아, 고독을 발생시키는 근원인 육체의 고립성[31]으로부터 벗어나는 순간, 곽상이 상상한 주체와 타자, 유와 무, 세속과 초월 사이의 행복한 화해가 구현된다.

그런데 남궁두는 영적 미숙함이 아닌 그저 사소한 조바심 탓에 수련에 실패한다. 그리고 그는 그것을 마치 차원의 공간적 이동에서 저지른 사소한 헛걸음인 것처럼 해석하고 있다.[32] 결국 남궁두가 이렇게 그려짐으로써 그는 자신이 직면한 존재의 고립성을 심각하게 문제 삼지 못하는 인물로 머문다. 그는 고작 선망하던 초월 세계 문턱까지 접근했다 실패한 자, 그래서 원하던 곳으로부터 공간적으로 소외된 자에 지나지 않는다.

그렇다면 남궁두의 관점에선 신선계 역시 또 하나의 유(有)인 셈인데, 그건 도가적 초월계를 공간화, 시각화해 보여주는 장로도 예외는 아니다.[33] 결국 장로와 남궁두는 불완전한 현실계를 대체할 대안으로 시공간적 도피처를 설계한 셈이다. 하지만 이렇게 세속과 초세속이 토포스적[지형적]으로만 구분되는 한 유(有)는 제대로 극복되지 않은 채 소외의 원인

---

31 결국 이것이 욕망의 원인이다. 육체가 고립됐기에 다른 것들을 '먹어야' 하며, 고립을 시간적으로 연장하기 위해 자식을 '생산해야' 한다. 환언하면 존재론적 고독의 대중적, 물리적 탈피가 욕망의 출발점이다.
32 그래서 재시도가 불가능하다. 환언하면 한 차례 열리는 문 안에 들어서기 직전 실족한 것이다.
33 「남궁선생전」 후반부는 스승 장로가 사방의 신선들로부터 조회 받는 웅장한 묘사로 이뤄지고 있다.

으로 남게 된다. 그리고 정신적으로 승화되지 못한 고독은 무의미의 세계 속으로 방치돼 버리게 될 것이다.

일견 통속 도교의 내단 수련이 정신적 대자유에 이르지 못하는 건 당연해 보인다. 「남궁선생전」은 그 실패 과정을 집요하게 묘사함으로써 이 사건을 특별히 포착하고 있다. 무엇보다 탈주범이었던 주인공이 되돌아갈 현실 자체를 상실한 자라는 점에서 그의 실패는 그가 현실 속 막다른 골목에 이르렀음을 암시한다.[34]

이제 초월계를 엿보았기에 속세에 대한 미련마저 증발된 남궁두는 세속과 선계 사이에 어정쩡하게 있는 잉여 존재가 된다. 즉, 남궁두는 의미가 붕괴된 위험한 중간세계에 처한 것이면서, 동시에 현실계의 윤리 질서에 편입되지 못함으로써 정치적으로 위험한 존재로 화한 것이다. 정치소설로서 「남궁선생전」이 지닌 잠재적 급진성이 바로 여기에 숨어 있다.

도가의 고독은 그것이 정신적 화해의 지평으로 초월해 가는 한 위험하지 않다. 유교 왕국에서 『장자』가 특히 애호된 원인도 장자 철학이 지닌 이러한 은밀한 보수성 때문이다. 하지만 존재의 현실적 고립을 끝없이 반성하면서 세상 어디에도 뿌리를 내리지 못하는 통속 도교의 고독은 마침내 반역적 아나키즘으로 전화할 위험성을 갖는다.

남궁두는 우발적 살인 때문에 사회적 고립을 자초했고 이를 입선(入仙)을 통해 극복해내려 했었다는 점에서 도가적 고독에 휩싸인 인물임이 분명하다. 하지만 이 고독이 다분히 타율적이었다는 점, 그가 마주한 초월

---

34 남궁두가 직면한 막다른 골목이란 선진국으로의 이주에 실패한 난민의 상황과 흡사하다.

계가 정신적 화해를 이뤄줄 수 없는 또 다른 유(有)의 세계라는 점 그리고 무엇보다 남궁두가 그 세계로부터도 입장이 거절당해 철저히 소외된 존재로 타락한다는 점에서 「남궁선생전」 속의 고독은 아렌트의 '외로움'에 근접해 간다.

4. 동질적이고 공허한 시간

남궁두가 만약 최종적으로 신선이 되어 버렸다면 「남궁선생전」 초반에 조성된 긴장, 즉 주인공이 살인을 저지른 탈주범이며 그가 수행을 선택한 것이 그저 우연에 따른 것이라는 사실은 줄거리 속에 희석되거나 묻힐 수 있었을 것이다. 하지만 그가 신선이 되는 데에 실패하자 이 모든 불안의 가능성은 복선 효과가 되어 돌아온다.

즉, 애초 남궁두의 수련은 자살 시도의 다른 모습일 수 있었으며, 그가 자신을 말살하려는 현실에 반윤리적으로 보복함으로써 벌어질 폭주를 막아주는 비현실적 방편에 불과했었다는 사실 말이다.

정신적으로 초월된 도가의 자유 속에서 현실계와 초월계는 동등하게 의미의 세계다. 초월계는 현실을 부정하지 않으며 현실은 초월계 내부로 부드럽게 포함된다. 따라서 존재의 고립성에서 출현한 고독감은 '스스로 그러한'(自然) 조화 속에 자연스럽게 수긍되고, 심지어 미학적 향유 대상으로 전화하기도 한다. 말하자면 고독은 존재론적 독화의 당연한 귀결로 이해된다.

그러나 도가적 고독이 있음(有)에 집착할 때 이 화해는 붕괴된다. 실재계로 가정된 신선세계는 이상화되면 될수록 현실계의 결함을 더욱 절실하게 부각하기 때문이다. 이처럼 선계를 물리적 공간으로 이해하려는 태도는 미구에 현실계를 부정하는 화약고로 변모하게 된다.

내가 처음에 신선이 되어 날아가려 했지만 그만 너무 서두르다 이루지 못했어. 내 스승께선 내가 지상선쯤은 될 거라 하시며 몸을 잘만 닦으면 팔백 년까지도 살 수 있다 하셨지. 요즘 산속 생활이 쓸쓸하여 인간 세상에 나와 봤더니 알 만한 사람은 씨가 말랐고 온통 나이 어린 것들이 이 늙은 이를 무시하지 않았겠나. 세상 살 재미가 싹 사라졌지. 사람이 오래 살려 하는 건 즐거운 일 때문일 텐데 내겐 그런 즐거움이 조금도 없어. 무엇하려 오래 살겠나? 그래서 세속의 음식을 먹고 자손들이나 거두면서 남은 수명이나 잘 지낸 뒤 천명에 따라 떠나가려 하네.[35]

말년에 허균을 만나 남궁두가 남긴 말이다. 그는 사후 세계를 애매하게 표현하고는 있지만, 현실보다 더 좋거나 적어도 더 나쁠 게 없는 곳으로 전제하고 있다. 무엇보다 중요한 점은 그가 현실을 무료하고 재미없는 곳으로 이해한다는 사실이다.

신선의 경지가 정신적으로 성취될 수 없는 별세계의 일이라면, 이제 남궁두에게 남은 일이란 팔백 년의 긴 세월을 견디며 살아내는 것뿐이다.

---

35 '吾初擬飛昇, 而欲速不果成. 吾師旣許以地上仙, 勤修則八百年可期矣. 近日, 山中頗苦閑寂, 下就人寰, 則无一個親知, 到處年少輩, 輕其老醜. 了无人間興味. 人之欲久視者, 原爲樂事, 而悄然无樂, 吾何用久爲. 以是, 不禁煙火, 抱子弄孫, 以度餘年, 乘化歸盡, 以順天所賦也.' 박희병, 같은 책, 217쪽.

이 지루한 지속은 무의미하기에 외로움('閑寂')을 낳고, 그는 외로움이 이끄는 대로 하산하여 인간세계로 돌아온다. 그러나 이미 초월계를 엿본 그에게 인간계는 지상선을 존중할 줄 모르는 곳, 그저 따분하고 지루한 곳일 뿐이다.

게다가 그는 보통 사람들과 다른 시간 사이클을 살아내야만 한다. 팔백년이라는 긴 시간 속에서는 운명을 함께 할 동지를 만들 수 없다. 때문에 그는 긴 수명을 포기한 채 결혼하고 화식을 하며 평범하게 살다 죽기로 결심한다.

언뜻 남궁두의 말년은 평화로워 보인다. 하지만 그가 마침내 직면한 현실이 의미가 파괴된 세계임을 염두에 두면, 「남궁선생전」이 그 배후에 전혀 다른 의도를 감추고 있음을 깨닫게 된다. 말하자면 팔백 년을 지루하게 살아야 할 남궁두의 운명은 초월 세계로부터 소외된 '외로운' 자들 일반의 삶을 상징하고 있다.

남궁두 같은 부류가 이처럼 외로운 것은 더 이상 현실에서 의미를 발견할 수 없기 때문인데, 의미가 붕괴된 세상은 곧 욕망의 죽음을 뜻하기도 한다. 그리고 무의미의 세계에서 욕망의 죽음을 맞이한 주체는 세계 안에 윤리를 수립할 수도 없다. 즉, 남궁두는 비록 평화롭고 나른하게 죽음을 맞이했겠지만, 결코 윤리적 삶을 사는 것은 아니다.

말년의 남궁두의 삶은 자포자기와 오만함이 뒤섞여 연출된 '현실에의 무관심'에 가깝다. 이런 무관심은 겉으론 평범을 가장하지만 결국 제멋대로 사는 방임적 쾌락주의로 귀결되고 있다. 이는 정신적 초월을 경유하여 획득될 윤리적 쾌락주의와 일견 유사하지만 질적으로 상이한 것이다.

세계가 무의미로 시들어 타락하게 되면 윤리는 실종되며 반드시 지켜야 할 현실 규범들이 조롱의 대상으로 화할 수 있다. 고독한 존재가 의미의 세계를 상실하며 겪는 이 비윤리적 도착[36]은 폭동이나 혁명의 잠재적 에너지원이 된다.

만약 남궁두가 사건 없는 지루한 일상에 지쳐 자신의 외로운 운명을 전복적 에너지로 점화시켰다면, 다시 말해 어차피 도달 불가능한 신선계를 현실계에 직접 건설해보고자 결심했다면 그는 곧바로 민중 폭동의 지도자가 되어 버리는 것이다.

여기서 남궁두가 직면한 '외로움'의 특성을 새삼 살펴봐야 한다. 고독의 시간이 외로움의 시간으로 전화되면, '현실 윤리가 파탄나는' 혁명의 시간이 가능해지기 때문이다. 이 혁명의 시간은 붕괴된 의미 세계에 전혀 다른 의미를 구축하는 시간이기도 하다. 우리는 이러한 보편적 혁명의 시간이 정치적으로 도래한 시점을 '근대'라 부르고 있다.

근대의 민중 중심의 공화정은 전근대의 화해의 시간을 무너뜨리고 세계에 새 의미를 기입하려는 새로운 계급들에 의해 완수됐다. 그런 견지에서 전근대의 폭동 에너지는 비록 근대 개인주의[37]로 열매 맺지는 못했으나 나름 그 징후적 에너지원들이었다.[38]

고독의 시간과 외로움의 시간을 가장 잘 묘사한 사람은 발터 벤야민이

---

36 도착의 구조가 '타자의 욕망을 내가 알고 있다'는 전지적 확신에서 기인하며, 결국 도착자가 타인의 행복의 도구로 자신을 사용[포기]한다는 점은 정신분석학계의 공인된 학설이다. 이로 인해 도착은 혁명의 구조이기도 하다.

37 결국 이 개인주의가 대중들에게 보편적 외로움을 발생시키고 폭증시킨 원인이다.

38 중세가 제공해오던 종교적인 '공통의미의 세계'를 상실해 뿔뿔이 흩어진 개인들은 대중이 되어 결사체와 회사, 나아가 민족(nation) 주변으로 응집되어 간다.

다. 벤야민은 전자를 '구세주적 시간(Messianic time)'이라 부르고 후자를 '동질적이고 공허한 시간(homogeneous empty time)'이라고 불렀다.[39] 구세주적 시간에서 개인은 미래를 현재의 연쇄로 이해하며 의미의 최종 달성 지점으로 확신한다. 따라서 개인은 고독하지만, 자신의 삶에 의미가 있음을 믿는다.

중세인들은 신이 부재하여 고독하더라도 자신을 신의 눈으로 관조하며 적어도 '둘이 되어' 자신과 대화할 수 있는 존재들이다. 이러한 자기반성은 자기 주변을 의미로 충만하게 만들며 고독은 마침내 신과의 합일로 해소되고 지상의 초라함은 신의 은총이 실현되는 과정임을 이해하게 된다. 이는 앞에서 소개한 곽상의 독화론적 우주와 거의 유사하다. 결국 구세주적 시간은 윤리적 시간이며 혁명을 원천 봉쇄하는 달관의 시간이다.

하지만 동질적이고 공허한 시간은 개인들을 묶어줄 아무 의미도 없이 지루하게 반복되는 동시성의 시간일 뿐이다. 이를테면 아무 연관 없이 모인 사건들이 그저 동시간대에 발생했다는 이유만으로 같은 평면에 배치되는 '신문의 시간'인 것이다. 이런 시간 속에 떠도는 존재들은 자기 의미를 확증해 줄 하등의 기표도 발견할 수 없기에 세계를 의미로 고정시켜 줄 장치들을 찾아 헤맨다. 벤야민은 이들 속에서 혁명의 인자를 발견했고 아렌트는 나치즘으로 전화될 폭민(mob)[40]을 발견했다. 동일한 사태를 벤야민은 혁명의 가능성으로, 아렌트는 불안하게 잠복된 야만성[41]으로 간주

---

39 베네딕트 앤더슨/윤형숙 역, '2장 문화의 기원', 『상상의 공동체』, 나남, 2002, 48쪽.
40 한나 아렌트/이진우 외 역, '3. 폭민과 자본의 동맹', 『전체주의의 기원1』, 한길사, 2006, 301~317쪽.
41 한나 아렌트/이진우 외 역, 〈제10장 계급없는 사회〉, 『전체주의의 기원2』, 한길사,

했던 것이다.

팔백 년의 삶을 지루하게 반복해야 할 좌절한 신선 남궁두의 운명은 혁명의 길과 폭민의 길 모두에게로 열려 있었다. 말하자면 그는 폭동 지도자로서의 홍길동과 새 세계 율도국의 건설자로서의 홍길동이라는 두 모습[42]을 잠재적으로 모두 간직한 인물이다. 그럼에도 허균이 남궁두를 폭민 지도자나 혁명가로 그리지 않은 이유는 대략 두 가지다.

첫째, 남궁두가 실존 인물이어서 그 실존성에 과도한 허구를 덧입히지 못한 듯하다. 둘째, 「남궁선생전」을 소설로서보다는 산문문장으로 이해했던 듯하다.[43] 따라서 이 작품에서 폭민의 모습을 지닌 남궁두를 기대하는 것은 과도한 기대일 수도 있다. 그러나 실패한 지상선으로서 남궁두가 보인 무의미로의 함몰과 욕망의 죽음은 세계의 의미를 상실하고 원자화된 채 의미화되기를 기다리는 폭민의 모습을 잠재적으로 구현하고 있다.

남궁두가 폭민 지도자일 수 있는 가능성은 허균의 「호민론(豪民論)」을 통해 유추해 볼 수 있다. 허균이 가장 위험한 백성이라고 지목한 호민이란 진(秦)의 진승(陳勝)과 오광(吳廣), 한(漢)의 황건적, 당(唐)의 왕선지(王仙芝) 등과 같은 민중 폭동의 지도자들이다.[44] 이들은 무명의 농민이나 상인 가운데 출현하여 정치 지도자와 종교 지도자의 모습을 하고 민중 봉기를

2006, 31~35쪽.

42 유병환, 「〈홍길동전〉의 형성 배경-허균의 행적과 혁명의식을 중심으로」, 『고소설연구』20, 한국고소설학회, 2005, 37~58쪽.

43 〈尺牘 下〉, 『惺所覆瓿藁』卷21, 『韓國文集叢刊』74, p.318 하단. 여기서 허균은 스승 이달에게 자신의 시문 일부를 인편으로 보내며 품평을 부탁하고 있다. 序, 論, 傳 등의 산문과 賦 가운데 가려 뽑고 있다.

44 「豪民論」, 『惺所覆瓿藁』卷11, 『韓國文集叢刊』74, 234쪽.

일으켰다.

이후 이들을 모범으로 삼은 수다한 민중 폭동이 발생하게 되는데 그 가운데 대다수가 도교적 이념에 기반하고 있음은 주지의 사실이다. 이는 도교가 민중을 하나로 모아들일 수 있는 구체적인 대안적 이상세계를 제시했기 때문이다. 도교적 이상향이 현실에 실현될 수 있다는 소망은 비록 불확실하지만 가치 있는 환상이었기에 그 환상은 실재 이상의 힘을 발휘할 수 있었다.

민중의 무의미하고 외로운 삶을 의미로 치장하고 집단적 결속과 유대로 재조직하는 민중 종교의 역할은 폭민을 정치화하는 초기 단계에 집중된다. 남궁두는 그 직전 단계에서 거세된 도교적 영웅인데, 그가 하지 못한 이 역할을 암시적으로 보여주는 이가 바로 스승 장로다. 당연히 「남궁선생전」은 스승 장로의 묘사에 비상한 공을 들이고 있는데, 이 작품의 클라이맥스 역시 장로가 천하의 신과 신장들로부터 조회를 받는 장면으로 설정돼 있다.

말하자면 남궁두가 지닐 뻔했던, 또는 소유할 뻔했던 신비한 권능을 장로가 대신 시연해 보여줌으로써 남궁두와 같은 인물이 얼마나 위협적인 영웅일 수 있었는지를 도드라지게 제시해 주고 있는 것이다.

따라서 조회 받는 장로의 이미지가 정치 지도자의 그것이라는 점에 주목해야 한다. 비록 작품의 표면 내용은 도교적 상상력을 통해 전개되고 있지만, 그 내부엔 현실 정치에 대한 관심이 짙게 드러나 있다. 특히 조선 백성의 타락에 대한 징치로서 상제에 의해 빚어질 임진왜란을 예견하는 장면이 그러하다. 이때 장로는 옥황상제의 초월적 권력을 지상계에 중계하지만, 그 흐름을 좌지우지할 수는 없는 제후왕 정도로 묘사되고 있다. 결국 그는 속세에 정체를 드러낼 수 없어 은둔한 숨은 권세가 이미지를 갖게 된다. 이 이미지는 남궁두에게도 얼마든지 전이될 수 있는 이미지였다.

이상의 논의를 토대로 아래의 인용문을 분석해 보자. 세 명의 진인이 상계에서 엿들은 임진년 전쟁 관련 내용을 장로에게 보고하는 장면이다.

> 어제 봉래산 치수대감이 자하원군 댁에서 돌아가다 신선 홍영산에게 다음과 같이 말했다 합니다. "여러 진인들이 구광전에서 상제님을 모시고 있었는데 삼도제군에게 이렇게 말씀하시더이다. '인간세상의 저 삼한 땅 백성들이 영악하고 간사하며 거짓되고 잔인하여 복을 아끼지 않고 하늘을 두려워 않는다. 불효불충한데다 귀신까지 모독하니 구림동의 이리 얼굴을 한 마귀들과 붉은 땅의 병사들을 동원하여 공격하라. 전쟁은 칠년이 갈 것이니 나라는 겨우 보존해주더라도 삼도 백성들 열에 대여섯은 죽여 꾸짖도록 하라.'"[45]

상제는 타락한 인간세상의 삼한 땅의 백성을 질책하기 위해 마귀들과 일본 병사들을 사용하려 하고 있다. 말하자면 인간계의 윤리적 타락을 무력을 통해 교정하려는 것인데, 본문에는 '국(國)'이라는 표현으로만 암시되어 있지만 이는 분명 국정의 주체, 즉 왕에 대한 징벌 형식을 띠고 있다. 이때 일본군을 의미하는 '적토병(赤土兵)'을 장로의 신병(神兵)이나 남궁두

---

45 '昨者, 蓬萊治水大監, 自紫霞元君所, 來過紅映山言, 衆眞在九光殿上, 侍上帝, 有三島帝君道, 閻浮提三韓之民, 機巧姦騙, 誑惑暴殄, 不惜福, 不畏天, 不孝不忠, 嫚神瀆鬼, 故借句林洞狸面大魔, 捲赤土之兵, 往勦之. 連兵七年, 國幸不亡, 三方之民, 十奪其五六, 以警之.' 박희병, 앞의 책, 214~215쪽.

가 이끄는 민병으로 교체한다면, 이 작품이 은밀히 상정하고 있는 폭민의 형상이 분명해진다.

이러한 폭민의 등장은 지상에 초월계의 이상을 구현하려 했던 폭동 지도자들의 탄생 과정을 반복하고 있다. 이를테면 세속 현실로부터의 고립, 존재 의문으로서의 고독감, 초월적 이상에의 투신, 형이상학적 화해를 거부하고 현실에 이상을 적용하려는 의거 등이 그러하다. 다만 「남궁선생전」에는 마지막 고리 하나만이 빠져 있다.

'신들이 그 말을 전해 듣고 도한 모두 두려웠으나 큰 운세가 달린 문제라 어찌 감히 간여할 수 있겠습니까?' (그 말을 듣고 나서) 장로도 또한 탄식해 마지않았다.[46]

장로는 사태에 개입할 수 없는 무기력을 드러내 보임으로써 왕국 전체가 도탄에 빠지는 상황을 외면하고 있다. 이처럼 그는 현실에 개입하는 것이 금지됐거나 아직 그런 권한을 부여받지 못한 인물로 나온다. 환언하면 작가 허균은 장로의 폭민화 가능성을 예언자적 지위에서 멈추도록 하고, 남궁두의 무의미한 외로움은 지상선의 권태로 묵살해 버린 것이다. 결국 전국에 분포했던 아기장수 설화처럼 스승 장로에서 제자 남궁두로 이어지는 폭민의 에너지는 은둔과 실종의 서사로 포장돼 사산되어 있다.

---

46 '臣等聞之, 亦皆心怵, 而大運所關, 何敢容力乎! 長老亦嗟吁不已.' 앞의 책, 215쪽.

5. 폭민

「남궁선생전」은 『홍길동전』과 결이 많이 다르며, 호협물로 전화될 가능성마저 보여준다. 그런 견지에서 이 작품은 도가적 초월계로 건너가버림으로써 지상계에서의 비극을 극복하려 했던 한 탈주자의 낭만적 생을 그린 작품으로 보이기도 한다.

하지만 주인공의 사회적 고립이 정신적 차원이 아니라 쫓기는 자의 절망적 선택이었다는 점, 초월세계로의 비약에 실패한다는 점, 실패 이후의 삶이 나른하고 권태로운 무의미의 반복이라는 점 그리고 이 모든 요인들로 인해 남궁두의 삶이 반성적 고독을 상실한 외로움 또는 의미세계의 붕괴를 구현하고 있다는 점에서 이 작품은 폭민의 등장을 여러모로 암시하고 있다.

폭민으로서 남궁두에게 부족한 것은 세계의 무의미에 새로운 의미를 제공할 수 있는 힘이 자기에게 있을 수 있다는 확신이다. 심리학적으로 말해 보자면 타자들의 욕망의 대상을 자신이 알고 있다는 도착적 믿음, 또 그 믿음을 욕망의 대상을 획득하기 위한 도구로 삼으려는 실천력이다. 그런데 남궁두의 이 사산된 폭민적 가능성은 그의 스승인 장로로부터 연원한 것이기도 하다.

장로는 조선 반도에서 미구에 벌어질 전쟁과 그 전쟁 발발의 근본 원인을 알게 되지만, 이를 자신의 사명 밖의 일로 간주하는 인물이다. 따라서 그는 사방의 신들로부터 조회 받는 권능의 소유자에서 돌연 무기력한 산중의 은자로 전락하고 있다. 즉, 장로는 자신이 몸담고 있던 조선의 역사 현실을 바라보기만 할 뿐 그 안으로 개입하는 것은 포기하는 인물이다.

결국 그는 자신의 지위를 남용하지 않음으로써 제자 남궁두가 신병(神兵)의 후원을 받을 민중 지도자로 성장하는 것도 근본적으로 막고 있다. 이렇게 스승과 제자는 역사적 현장에 개입해 들어가 의미를 발견하거나 만들 수 없는 존재들이므로 숨어 지내거나 속세에 잠복한 시은(市隱)으로 멈춰있다. 이들이야말로 정신적 초월을 획득하지도 못하고 그렇다고 역사라는 의미 세계에 자신을 기록할 수도 없는 잉여적 고독, 먼 훗날 근대적 시민사회에서 익명의 고독이라 불릴 저 외로운 '근대적 삶'을 상징하고 있는 것이다.

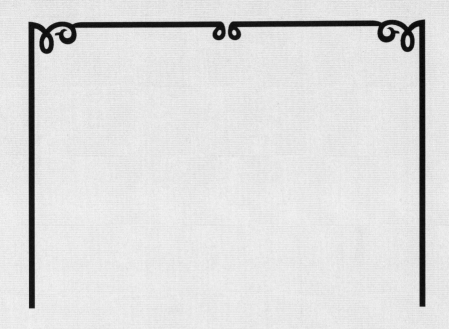

성적인 정의와 타자

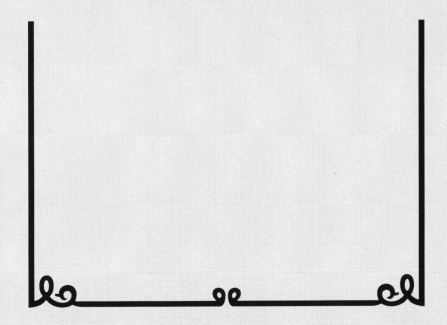

1. 어느 가족

고레에다 히로카즈 감독의 「어느 가족」엔 혈연과 무관한 기이한 대안 가족이 등장한다. 그들은 살인 전과가 있는 좀도둑과 그의 동거녀, 그들이 우연히 둥지를 튼 집의 노파, 좀도둑 커플이 길에서 데려온 아이들 등이다. 이들은 상습적으로 도둑질을 하고 집주인 노파가 죽자 그녀를 안방 바닥에 매장한 채 집을 차지해 살기까지 한다.

그런데 좀도둑 커플이 체포돼 이들 전체가 공권력에 노출되자마자 매우 엉성하고 반사회적으로 느껴지던 그들이야말로 윤리적 가족으로 보이고, 차가운 법과 정의의 논리만을 들이대는 공권력이 폭력적 집단으로 비치기 시작한다. 과연 어느 측이 진짜 정의로운 걸까?[1]

사마천은 「백이숙제열전」에서 선과 악이 그에 합당한 보상과 징벌에 처해지지 않는 불의한 현실을 애석해하며 윤리의 근저라 할 천도에 대해 다음과 같이 개탄한다.

---

1   송화선 기자(2018), 〈아주 사적인 인터뷰-하지현 정신과 전문의가 본 영화 '어느 가족'〉, 『신동아』 9월호.

나는 이 문제가 몹시 의심스럽나니 혹시 천도라고 하는 게 옳은 것인가,
그른 것인가?[2]

천도가 그릇되었거나 아예 존재하지조차 않는다면 윤리의 근거가 무너
지는 셈인데, 그렇다면 인류는 무엇으로 정의를 세울 수 있을까? 사마천
의 대답은 역사가의 포폄을 통한 기억의 보상 또는 보복인데, 과연 역사
가 개인의 윤리적 판단이 항상 정의로울 수 있을까?

정의 개념의 정체가 회의에 부쳐지고 간혹 공리적 기준을 통해 그 위상
이 후퇴되는 데에는 이 개념 자체가 떠안고 있는 근원적 모호성이 놓여
있다. 즉 정의란 사회적 합의를 전제하므로 동시대 역사 환경에 따라 기
준이 변경될 수 있으며, 권력의 소유 주체가 누구냐에 따라 함의가 변질
될 우려 또한 있다. 때문에 정의는 사법 제도를 통해 법률로 구체화되어
고정되기 마련이다.

문제는 사법적 정의로 상징될 객관적 정의의 원리가 다양한 윤리적 딜
레마들을 모두 소화할 수 없다는 점이다. 「어느 가족」을 비롯해 고레에다
월드에 출현하는 인물들의 윤리적 고민이 정의의 관점에선 결코 해소시
킬 수 없는 것들이란 점, 부정의한 세계에 침묵하는 천도를 대신해 사마
천이 빼든 '청사(青史)'라는 칼이 복잡한 인류 갈등에서 빚어지는 윤리적
난제들을 해결할 수 없다는 점 등을 감안해 볼 필요가 있다.

윤리란 '인간이란 무엇인가?'에 대한 대답이며 인간이 인간이기 위해 요
구되는 본질적인 구성 요건에 대한 탐색의 결과다. 따라서 정의에 위배된

---

2 '余甚惑焉, 儻所謂天道, 是邪非邪?' 司馬遷, 『史記』.

죄는 속죄 가능하지만, 윤리를 저버린 반인륜 범죄는 속죄가 불가능하다. 이 지점이 자연과 문명 사이의 크리티컬한 경계점을 상징하기 때문이다.

그렇다면 자연(야생)에서 문명(사회)으로 넘어가는 문턱인 윤리의 차원에서 새로운 갈등이 빚어질 때마다, 그로부터 논리적 자양분을 얻어 성립된 사법적 정의의 영역에도 혼란이 발생한다고 보는 건 어떨까?

일견 변경 불가능해 보이는 윤리의 철칙들이 순간적으로 요동치면 정의의 영역이 이를 받아 순발력 있게 반응해야 하지만, 실제 사회는 그런 변화에 둔감하여 윤리 영역과 정의 영역 사이에 괴리가 빚어지게 된다.

예컨대 좀도둑질 외에는 달리 생계를 유지할 수단이 없는 소외된 아웃사이더들이 구성한 대안가족은 혈연이라는 인륜에 대해 새로운 해석을 요구하지만, 사법 제도로 상징될 정의 영역은 이 새로운 딜레마를 부정하거나 먼 미래의 문제로 유예한다. 이러한 양 영역의 시간 지체 현상은 무수한 정의 논쟁을 불러일으키게 되는데 그 배경엔 결국 윤리적 딜레마가 놓여 있다.

윤리적 딜레마의 본질은 무엇일까? 욕망(자연)을 문명화하는 과정이 윤리화 과정이라면, 이 과정은 인간의 탄생 과정 자체이기도 할 텐데, 이는 결국 욕망을 문명으로 해석해 들이는 작업에 변경이 발생하면 '인간' 개념에도 변화가 생긴다는 것을 의미하기도 한다. 이런 변경은 왜 지속적으로 발생할까? 인간의 욕망이 문명에 의해 완전히 해석되어 극복되지 못하기 때문이다.

예를 들어 근원적 욕망인 성욕은 완벽히 문명화되어 윤리 범주로 포섭되지 못하고 인류를 끝없이 자연의 영역, 또는 본능의 영역으로 회귀시킨다. 이 피드백 작용 탓에 욕망은 반복적으로 재해석되어야 하고 그 과정에서 다양한 새로운 딜레마들을 만들어내는 것이다. 이 딜레마가 정의의 영역과 충돌하는 현상이야말로 개인과 사회, 문명, 윤리와 법이 끝없이 갈등을 빚게 되는 원인이다.

여기서 우리 주제인 성의 문제로 논의를 좁혀 보자. 자연의 번식 본능에서 유래한 성욕은 윤리화되면서 문명 안으로 수렴된다. 이런 성의 윤리화 과정이 사랑이라는 현상의 본질이다. 하지만 성욕은 윤리 세계 안으로 주기적으로 회귀하며 문명을 교란시키는데, 이에 따라 성욕에 대한 재윤리화 작업도 요구되고 당연히 '인간이란 무엇인가?'와 같은 윤리적 질문 역시 다시 던져지게 된다.

그렇다면 사랑이 문제시될 때마다 인간도 문제시되는 것이다. 그리고 이는 결국 동시대 정의의 영역에 동요를 일으킴으로써 '주체의 사랑의 윤리 대 사회의 사법적 정의' 사이의 모순과 갈등을 부추긴다. 이것이 대부분의 소설 속 사랑의 서사가 드러내는 갈등의 핵심을 상징하는데, 소설의 윤리적 기능과 역할 역시 이로부터 발생하는 것이다.

2. 윤리와 정의

갑골문에 나타나는 '義(의)' 자는 아름다운 장식물을 단 의장용 창을 상형하고 있다.[3] 밖으로 표현된 위엄과 권위를 뜻하던 이 글자가 어느 순간 사람의 덕성이나 그에 기반한 적절한 행동을 지칭하게 됐는지는 분명치

---

3 許進雄, '제6절 문자의 창의', 『中國文字學講義』, 고려대학교출판부, 2013, 300쪽.

않다.[4] 하지만 『서경』이나 『효경』을 보면 적어도 진한(秦漢) 이전에 이미 그러한 뜻으로 정착되어 있었음을 확인할 수 있다.

> 왕이 말했다. "너는 이 법을 준수하여 일해야 하나니 모든 형벌을 은나라 법에 따라라. (죄지은 백성들에게) 바른 형과 바른 죽음을 내리되 너 봉 마음대로 하지 말라."[5]

성왕(成王)이 강숙(康叔)에게 분봉하면서 은나라 법률을 존중하여 형벌을 바르게 시행하라고 당부하는 대목이다. 형벌의 자의적 집행이 초래할 민심 이반을 우려한 이 담화의 '의(義)'는 '의(宜)'의 뜻을 담고 있으며, 따라서 법률제도와 같은 객관화된 준칙을 염두에 둔 표현임이 분명하다. 이는 주체 내면의 윤리성을 전제하지만, 그것을 사회 제도로 제한하려 한다는 점에서 사법적 권위를 획득하며, 성왕이 강숙에게 제시한 언명의 정치적 의도 또한 그 점에 포커스를 맞추고 있다.

그런데 주체의 윤리성을 상징할 '선(善)' 자는 그 본래 창의 과정과 무관하게 후한 무렵이면 '의(義)'와 '미(美)' 자와 밀접히 연관되며 서로 가족유사성을 띠게 된 것 같다.[6] 물론 실제 이 세 글자의 창의 과정은 전혀 다르다.

---

4 '義, 己之威儀也.' 『說文』. 여기에 대한 단옥재 주는 '威儀出於己, 故從我'인데 아래의 성부 '我' 자의 의미를 살린 것으로 정확한 문자학적 해석은 아니다(『大漢華辭典』九, 75쪽). 불명료한 창의를 형성 원리로 풀려한 허신(許愼)의 의도를 논리적으로 보충한 것으로 보인다.

5 '王曰, 汝陳時臬事, 罰蔽殷彝. 用其義刑義殺, 勿庸以次汝封.' 康誥〈尙書〉(『十三經注疏』一), 學古房, p. 0203

6 '善'의 창의는 羊과 두 개의 言(관악기 모양의 상형)인데 『說文解字』에서는 '義와 美와

예컨대 갑골문자 '美(미)'는 어른의 머리에 한 아름다운 머리 장식을 뜻했다.[7] 그럼에도 '羊(양)'을 매개로 한 세 글자의 형상적 공통성 덕분에 우연한 의미론적 상호결합이 발생한 듯하다. 문제는 이 현상이 비록 문자학적으로는 오류이지만, 개념의 발전 과정에선 분명한 계보적 친연성을 구성한다는 점이다.

결국 '의로움'이란 윤리적 선이 밖으로 바르게 드러난 아름다운 행동이라고 말할 수 있다. 이는 윤리의 차원과 사법의 차원, 주체의 내면과 사회라는 공공 영역이 모순 없이 일치함을 전제한 셈이다. 상식적으로 당연해 보이는 이 전제는 그러나 역사 현실 속에선 모순을 피할 수 없고 모든 윤리적 난제의 원인이 된다. 개인의 윤리적 판단이 반드시 사회적, 사법적 영역에서도 바르기만 할 수는 없기 때문이다. 따라서 윤리의 영역과 정의의 영역을 섬세하게 구별하는 것이 필요하다.

> 공자께서 말씀하셨다. "저 효란 하늘의 항상됨이요 땅이 만물을 이롭게 함이니라."[8]

『효경』의 이 부분에 대한 주석에서 '의(義)'를 '이물(利物)'로 해석했다는 점은 '의(義)' 개념이 지닌 타자와의 관계성을 예리하게 드러낸다. 윤리적

같은 뜻(此與義美同意))'이라고 쓰고 있다. 허진웅(2013), 같은 책, 435쪽.

7 허진웅(2013), 위의 책, 453쪽. 물론 허신은 여기서도 '美와 善은 같은 의미(美與善同意)'라고 강조하고 있다.

8 '子曰, 夫孝, 天之經也, 地之義也.' '三才' 〈孝經〉(『十三經注疏』八), p.0028. 주에는 '經常也, 利物爲義'라고 되어 있다.

선함은 주체 내면의 자기 결단이지만, 공공적 실천과 결부된 정의는 반드시 타자('物')와의 관계 그리고 그 관계가 빚을 결과('利')에 연루될 수밖에 없다. 그렇다면 윤리적으로 선한 의도로 한 행동이 정의롭지 못한 결과를 초래할 수 있으며, 반대로 윤리적 동기 없는 행동이 사회에 정의를 실현할 수도 있는 것이다.

이것이 윤리와 정의의 상대성이 빚는 모순이며 모든 윤리적, 사법적 딜레마의 원인이기도 하다. 여기서 『육신전』의 사례를 살펴보자.

> 충성스런 분노는 흰 해를 꿰뚫고 의로운 기상은 가을서리보다 차가왔나니 먼 후대의 신하들로 하여금 한결같은 마음으로 주군을 모시는 의로써 천금 같은 생명을 깃털처럼 여겨 인을 이루고 의를 취했음을 알게 했다.[9]

남효온의 윤리적 관점은 사육신의 정치적 행동에 대한 이념적 동일화에 근거하는데, 그로 인해 그는 반정 모의를 인(仁)하며 동시에 의(義)하다고 단언했다. 달리 말하면 세조와 그의 협력자들은 불인(不仁)하며 불의(不義)하다는 뜻도 된다. 하지만 왜 단종은 되고 수양은 안 되는 것일까? 세종의 둘째 아들인 수양이 통치함으로써 과연 세상에 불의가 초래됐던 것일까? 그의 찬위가 윤리적으로 불인할 수는 있을지언정 역사적으로 의롭지 못하다고 단언할 근거는 무엇인가? 그렇게 보자면 인류 역사 전체가

---

9 '忠憤貫乎白日, 義氣凜乎秋霜, 使百世之爲人臣者, 知所以一心事君之義, 千金一毛, 成仁取義.' 南孝溫, 『六臣傳』.

불의의 역사이며 네안데르탈인을 멸종시킨 호모 사피엔스 종 자체가 불의의 산물이 아닐까?

남효온이 사육신이 의로웠다는 근거로 내세운 것은 한결같은 마음으로 주군을 모셨다는 점인데, 이런 충의(忠義) 논리는 역사적으로 무수히 악용되고 왜곡된 통속적 의리 관념과 논리적으로 구분되기 어렵다. 따라서 정의란 그때그때 역사적 상황에 따라 사회적으로 합의되는 공공 준칙에 가까운 것이며 궁극적으로 공익 증진('利物')의 차원에서 논의되어야 한다. 하지만 윤리는 이와 달라서 역사적 상황 논리를 초월한 인간의 가치를 문제 삼음으로써 공공의 이익이라는 현실적, 공리적 이해관계를 넘어선다.

우리는 여기서 윤리의 절대성과 정의의 상대성이라는 문제와 마주하게 된다. 양자 모두 인류 문명의 합의 과정에서 도출된 사회적 준칙이지만 정의가 윤리의 토대 위에 수립된 사후적 제도화의 산물인 반면, 윤리는 그 근거가 그것 자체인 불가역적 명제로, 다시 말해 선험적 전제조건으로 제시된다.

예컨대 칸트의 도덕론이 그러했듯이 윤리적 명제는 종종 종교적 선포라는 반증이 불가능한 신탁 형식으로 언명된다. 이것이 윤리적 판단이 밑도 끝도 없는 종교적 신념이나 정치적 열정과 결부되는 이유다.

모세의 십계명이나 마르크스주의자들의 혁명론은 공리적 판단에 입각한 단순한 정의의 논리가 아니라 윤리적 열정에 의해 추동되었다. 이 윤리적 열정은 인간이라면 반드시 이렇게 행동해야 한다는 신념에 기반하여 기성의 정의 관념을 파괴하고 새로운 정의의 기준을 창조하려 한다. 이처럼 윤리의 근거가 새롭게 문제시된다는 것은 새로운 혁명적 상황이 도래했음을 뜻한다. 그리고 해당 윤리적 변화가 정의의 양상마저 수정하

고 사회에 의해 추인되면 완전히 다른 정의의 기준을 지닌 다른 세계가
개시되는 것이다.

이상과 같은 윤리적 판단의 절대성은 윤리의 기준이 정의의 경우처럼
사법적으로 고정되지 못하기에 매우 위험한 것이기도 하다. 욕망과 문화
의 경계 위에 위태롭게 자리 잡은 윤리 영역은 인간성의 한계가 시험되는
'무른' 지역이기에 '인간이란 무엇인가?'라는 질문이 치열하게 제기되는
전위적 지역이며, 동시에 문명의 외피 속에 감춰진 연약한 인간성의 진상
이 발가벗겨지고 취조되는 위태로운 지역이기도 하기 때문이다.

3. 「김현감호(金現感虎)」 : 성의 윤리화와 정의의 불가능성

사랑이 욕망의 윤리화, 혹은 자연의 문화화 과정임을 명백히 보여주는
대표적 사례가 「김현감호」다. 후대의 애정 소설들이 세련된 문학적 장치
속에 감추게 될 이 문제가 이 소박한 작품 안에서는 우의를 통해 고스란
히 노출되어 있다.

우선 주인공 남녀가 만나 성관계를 맺기 직전의 상황을 보자.

> 김현이라는 젊은이가 홀로 밤 깊도록 쉼 없이 탑을 돌았는데, 한 처녀가
> 염불하며 따라 돌다 둘이 눈이 맞았다. 탑돌이를 마친 김현은 그녀를 으
> 슥한 곳으로 끌고 가 통교했다.[10]

---

10 '有郞君金現者, 夜深獨遶不息, 有一處女, 念佛隨遶, 相感而目送之. 遶畢, 引入屛處, 通

이 작품의 설화적 한계로도 볼 수 있을 이 간결한 상황 묘사는 김현과 처녀 사이의 관계가 우발적 통정에서 시작됐음을 불필요한 사랑의 수사 없이 보여준다.[11] 둘은 탑돌이라는 종교적 행사와 전혀 무관하게 그저 눈이 맞아 절에서 육체관계를 맺는다. 또한 두 남녀의 만남 배후에 종교적 가호나 필연으로서의 전정(前定)이 있으리라 짐작되도록 배치된 표현이 일체 없다.[12] 그러므로 둘을 엮어준 매개는 불교에서 가장 비속하게 여기는 한낱 성욕이다.

오직 우발적 욕망으로만 얽힌 둘의 관계를 상징하는 것이 성교 이후 여자의 행동이다. 그녀는 김현과 더 이상의 인연을 맺기를 거부하며 따라오려는 상대를 계속 뿌리친다.[13] 왜 그럴까? 김현의 존재가 그녀에겐 잠재적 재앙이며 그녀 역시 그에게 그러할 가능성이 높기 때문이다. 이 모순 관계는 그녀의 할머니의 발언을 통해 상징적으로 언명된다.

비록 좋은 일이지만 없느니만 못했구나. 허나 이미 지난 일을 이제 어쩌

焉.' 장효현 외(2007), 「金現感虎」, 『校勘本 韓國漢文小說 傳奇小說』, 고려대학교 민족문화연구원, 20쪽.

11 이 작품보다 압축적인 「조신(調信)」조차 '屢就洛山大悲前, 潛祈得幸, 方數年間'에서 보듯 남녀의 욕망이 인륜적 사랑으로 움터가는 시간적 진행 과정을 세밀히 설정하고 있는 것과 대조된다. 장효현 외(2007), 13쪽.

12 그러한 짐작은 이 작품의 전승에 기여한 『삼국유사』라는 책의 종교적 배경을 고려할 때에야 비로소 가능해진다. 하지만 이 작품은 비록 실전됐을망정 『수이전(殊異傳)』에 일차 귀속되어야 하며 그 사후적 재배열로부터 발생한 추가적 의미는 다른 차원에서 논의할 사항이다.

13 '女將還, 現從之, 女辭拒而强隨之.' 이 표현 때문에 둘의 만남이 호녀가 한 기도, 즉 배필을 원하는 탑돌이에 대한 부처의 즉각적 응보일 것이라는 추정이 봉쇄된다.

겠느냐?[14]

　남녀가 욕망을 해소했으니 좋은 일이지만 종이 다른 존재들끼리의 통교는 윤리의 선을 넘은 위험한 일이므로 없었어야 할 일이었다는 뜻이다. 이런 윤리 의식은 김현의 발언을 통해 이후 재차 언급되고 있다.

　　사람이 사람과 사귀는 것은 인륜의 당연한 일이지만 종을 달리해 사귀는 것은 통상의 일은 아닐 듯하다.[15]

　윤리적으로 통상적이지 않은 일, 또는 윤리를 벗어난 행동이란 이종 사이의 성교, 김현 입장에서는 바로 수간(獸姦)이다. 수간은 인류가 자연을 벗어나 윤리화되며 극복했던 문명 이전의 야만 행위인데, 이와 유사한 야만적 욕망에는 근친상간에 대한 욕망도 있다. 근친상간은 수간과 양상은 다르나 짐승처럼 하는 성관계이기에 수간처럼 윤리 영역에서 배제됐다.
　하지만 인류 가운데 고귀한 혈통은 순혈 계보를 유지하기 위해 더러 근친혼을 추구하며 이를 통해 일반인들과 자신들을 특권적으로 분리시킨다. 이는 직계 사이의 수직적 성관계만 아니라면 근친상간이 선별적으로 문명 세계 안으로 포섭됐다는 명확한 증거이며, 나아가 직계 가족 사이의 수직적 성관계가 인류 문명의 최종단계까지 유지된 '마지막 야만'이었다는 간접 증거이기도 하다.

---

14 '雖好事不如無也, 然遂事不可諫也.'
15 '人交人, 彝倫之道, 異類而交, 盖非常也.'

결국 수간은 근친상간에 비할 수 없을 정도로 문명에 대한 근원적 위반 행위이며 그런 견지에선 동종살해에 맞먹는 비윤리적 행동임을 확인할 수 있다. 그렇다면 이제 김현과 호녀가 저지른 비윤리적 행동에 대해서 그에 마땅한 처벌이 뒤따라야 할 것이다. 그것이 다음과 같은 하늘의 외침이 등장하는 이유이다.

> 너희들이 생물들의 생명 해치기를 좋아함이 심하니 마땅히 한 마리를 죽여 징벌하리라.[16]

하늘의 외침은 마치 서라벌에서 벌어진 호환(虎患)에 대한 당연한 징벌인 양 겉모습을 취하고 있지만, 그 서사적 등장 시점을 고려하면 이 징벌은 오히려 호녀를 겨냥하고 있다. 하늘의 음성이 호녀가 죽음을 선택할 수밖에 없는 절묘한 기회를 부여하는 역할을 떠맡고 있기 때문이다. 이에 대한 호녀의 선택은 전형적인 희생양 의식(儀式)을 보여준다.

> 지금 첩이 일찍 죽는 것은 아마도 천명일 것이지만, 또한 저의 소원이며 낭군님껜 경사이고 우리 족속에겐 복이며 서라벌 사람들에겐 기쁨일 겁니다. 하나가 죽어 다섯 이익이 갖춰집니다.[17]

---

16 '爾輩嗜害物命尤多, 宜誅一以懲惡.'
17 '今妾之壽夭, 盖天命也, 亦吾願也, 郎君之慶也, 予族之福也, 國人之喜也, 一死而五利備.'

호녀가 위와 같은 희생을 결심한 배후엔 김현과의 금지된 통교가 있다. 그녀의 죽음으로 인해 발생할 이익 가운데 두 번째와 세 번째가 죽음이야 말로 '자신의 소원'이었다는 것과 '낭군이 벼슬을 얻는 경사'를 만나게 될 것이었다는 사실을 통해 볼 때 이는 분명하다.[18] 즉 그녀는 자신과 김현이 저지른 비윤리의 죄를 홀로 떠안는 대신 그 희생의 의식을 거쳐 인류의 반열에, 또는 윤리적인 호랑이로서 적어도 유사 인류의 위치에는 올라서 게 되는 것이다.

천명을 깨달아 죽음을 선택하는 존재, 남자의 성공을 위해 자신을 헌신 하는 존재야말로 문명 세계에서 가장 인간적인 여성 존재다. 그렇다면 이 이야기는 야만적 존재가 인간이 되기 위해 치르는 통과제의로서의 속성 을 띤다. 이러한 의미는 그녀가 자신의 성행위를 한낱 욕망의 해소가 아 니라 그것의 인류화, 즉 인간적 사랑으로서 혼인에 견주는 장면에서 명확 히 드러난다.

> 낭군님에게 있어 천첩은 비록 속한 종은 다르다 하겠지만 하룻밤의 즐거 움을 함께 나눴으니 그 의리는 부부만큼이나 소중합니다.[19]

호녀는 자신을 희생하는 죽음의 통과의례를 거치면서야 스스로를 윤 리적 존재로 주장할 수 있게 되며, 김현과 맺었던 짐승으로서의 성관계도 문명적 행위로서 재규정할 수 있게 된다. 그리고 그 순간에 도달해서야

---

18 나머지는 그녀의 숭고한 희생이 낳을 부대 이익에 가깝다.

19 '賤妾之於郎君, 雖曰非類, 得借一夕之歡, 義重結褵之好.'

자신의 윤리적 속죄를 통해 상대에게 '의리'를 요구할 수도 있게 된다.

그렇다면 그녀가 소원하던 바대로 상대와의 부부의 의리 또는 문명적 존재로서 그녀가 누려 마땅할 윤리적 위상은 완성됐을까? 그녀가 김현에게 인간에 버금가는 윤리적 존재로 인정받는다는 점에선 그러하다. 예컨대 김현은 호녀가 자신을 위해 죽음을 선택하려 하자 이렇게 말한다.

> 이전에 그대와 다정한 관계를 맺은 것은 정녕 하늘이 준 큰 행운이었는데 어찌 차마 짝의 죽음을 팔아 한 생에서나 누릴 작록을 바랄 수 있으랴?[20]

물론 이렇게 멋진 말을 한 김현은 결국엔 호녀의 부탁을 묵묵히 수행함으로써 임금이 내려주는 작록을 차지하게 된다. 그가 호녀를 인간화된 존재로 존중해 베푼 보답은 그녀를 위한 사찰을 지어 명복을 빌어주고 생의 마지막에 그녀의 기억을 소환해 기록으로 남겨줬다는 사실이다. 그런데 이 모든 게 가능했던 건 그녀가 기꺼이 김현의 삶으로부터 소멸했기 때문일 것이다.

그렇다면 자연의 어두운 욕망을 상징했던 호랑이 처녀는 김현의 삶에서 사라짐으로써 김현의 수치스러운 기억, 즉 성공 뒤에 은폐된 기이한 과거인 수간을 윤리적 미담으로 윤색해 스스로 제거해 준 셈이다.

윤리로 포장되지 않은 성은 길들여지지 않은 야생이며 결국엔 문명의 근거를 위협하는 현상으로 간주된다. 따라서 성은 윤리적으로 흡수되어 인간화되어야만 하는데, 그럼에도 여전히 잔류하게 될 야생적 욕망의 흔

---

20 '既得從容, 固多天幸, 何可忍賣於伉儷之死, 僥倖一世之爵祿乎?'

적들은 반드시 은폐되어야 한다. 호녀는 바로 이 은폐된 자연의 욕망을 상징한다.

그런데 이런 문명의 딜레마가 어디 김현과 호랑이 처녀 사이에서만 발생하는 문제이겠는가? 평범한 남녀 역시 각자 자연적 욕망을 해결하는 과정에서 서로의 야만성을 회피할 수 없으며 그것에 정면으로 직면해 문명의 은유로 변조해내야 한다. 그로 인해 성교는 배변처럼 인간의 실존 근거이면서도 마치 없는 일인 것처럼 가려져야 한다.

호녀는 욕망이 윤리화되는 과정에서 거세된 자연적 욕망을 상징하는데 이는 욕망의 거세 없이는 인간적 사랑이 유지될 수 없음을 의미한다. 그렇다면 이 작품은 인간이 만들어낸 사랑의 윤리가 인간 자신의 불안정한 욕망을 어딘가에 몰래 배설해 그 책임을 전가하고서야 유지된다는 사실을 은밀히 전달하고 있는 건 아닐까?

그런 의미에서 이 이야기의 다른 가능성을 생각해 보자. 즉, 남성 주인공이 자신의 윤리적 결핍을 자기보다 더 결핍된 존재를 희생양으로 삼아 극복하고, 더 나아가 그 존재를 문명의 대척점으로서 '가치 없는 자연'으로 다루려는 상황을 고려해 보자. 그럴 때 호녀는 창녀이며 위안부이고 유태인이며 노예이고 아기를 생산할 때만 쓸모 있는 거대한 자궁이 된다.

4. 「포의교집(布衣交集)」: 불가능한 사랑의 윤리

「김현감호」가 자연에 속한 욕망이 인간화, 윤리화되는 과정에서 발생하는 문명의 차별과 배제 작용, 즉 성적 정의의 불가능성[21]을 다뤘다면, 「포의교집」은 그 다음 과정, 즉 어엿한 문명 존재인 한 여성이 다른 존재인 남성과 대등해지려는 과정에서 초래되는 정의의 불가능성을 다루고 있다. 이 과정에 '사랑의 윤리'라는 개념을 적용해 보았다.[22]

현대 사회에서 불륜은 사법적 정의가 아닌 사적 윤리 영역에서 빚어지는 사건이다. 물론 중세 사회는 개인의 윤리적 일탈을 사법 제도 안에서 공적으로 다루기도 했다. 하지만 불륜은 정의 개념을 적용하기 어려운 개인의 내밀한 성적 생활에서 벌어지기에 사회가 간섭하기 힘들다. 더구나 이혼이 합법화된 마당에 사회가 사법적 제도를 통해 개인의 성생활을 감시하기란 불가능하다. 결국 불륜은 개인의 윤리적 선택과 결부된다.

언뜻 불륜에 휘말린 것처럼 보이는 여주인공 초옥은 오히려 매우 윤리적인 존재다. 그녀는 '나는 누구인가?'라는 질문을 세상에 던지는 과정에서 사랑에 빠지며 이를 윤리적으로 정당화하게 된다. 초옥이 사랑을 다루는 윤리적 방식을 극명하게 드러내는 장면이 그녀가 이생에게 꽃을 선물하며 자신의 행동에 담긴 의미를 설명하는 대목이다. 그녀는 이렇게 말하고 있다.

---

21 '利物'의 공정한 적용 또는 그 사법적 불능성(incapability)을 강조하기 위해 '불가능성'이라는 개념을 사용했다. 따라서 정의의 실현이 아예 논리적으로 불가능(impossible)하다는 의미는 아니다.

22 성(욕)의 윤리화가 사랑이었다면 사랑을 재윤리화하려는 과정이 현대문명의 긴 여정이었다고 할 수 있다. 「포의교집」의 줄거리는 다음을 참조하라. 김경미 외, 『19세기 서울의 사랑』, 여이연, 2003, 129~211쪽.

꽃이 궁궐에서 자라면 필경 공자나 왕손의 감상 대상이 될 것이며, 잘사는 동네에서 자라면 필시 이름난 벼슬아치들의 완상품이 될 것인데, 가난한 골목에서 피어난다면 반드시 촌아이들이나 목동들에게 베임을 당하겠지요. 똑같이 아름다운 꽃인데도 때론 귀한 사람들의 사랑을 받고 또 때론 시골 목동의 사랑을 받게 되니 이 어찌 자라난 땅이 달라서가 아니겠어요?[23]

초옥이 꽃을 꺾어 이생에게 내민 뜻은 꽃의 아름다움에 있지 않았다. 그건 인간의 운명에 대한 비유다. 꽃의 운명은 타고난 품격이 아니라 단지 그것이 어디에서 피었느냐에 따라 결정되는데, 이런 우연성은 세상 모든 불공정성의 원인을 상징한다. 그렇다면 꽃은 초옥 자신을, 꽃이 태어난 자리는 자신이 태어난 처지를 의미할 것이다. 초옥의 이 언급 이전에 이생이 꽃의 의미를 미리 짐작하는 대목을 보자.

(그대가 꽃을 준 의미를) 내 어찌 모를까? 이 꽃은 절묘하고 빼어난 아름다움을 품고 있으니 규방 가까이에 있으면서 아름다운 여인이 즐겨 감상하는 바가 되었었겠지. 그러나 아름다움은 오래 가지 못하니 가을바람에 시들 것이야. 어찌 가련하지 않을까?[24]

---

23 '生乎宮苑, 則必爲公子王孫之賞, 生乎戚里, 則必爲名公巨卿之娛, 生乎閭巷, 則必爲村童牧竪之折也. 同是芳香, 而或爲貴人之愛, 或爲村牧之愛, 豈非所生之地異耶?' 장효현 외(2003), 「布衣交集」, 『校勘本 韓國漢文小說 愛情世態小說』, 고려대학교 민족문화연구원, 689쪽.

24 '吾豈不知乎? 此花稟得精秀之妙, 近於閨閣, 爲佳人之所愛賞, 然不久, 爲秋風所零, 豈

초옥은 꽃을 주며 꽃이 가련하다고 말했는데, 이생의 위의 말은 그 가련함의 의미를 풀어내는 부분이다. 하지만 이생의 말은 목표점을 잘못 잡고 있다. 그는 꽃 자체가 아니라 꽃의 아름다움에 포커스를 맞췄는데, 이건 초옥이 한 말의 본래 뜻이 아니다. 초옥은 아름다움이 시들 것을 염려한 게 아니라, 아름다움이 아무에게도 알려지지 않은 채 스러지는 걸 염려하고 있기 때문이다.

어떤 존재가 자신이 태어난 의미를 다 실현하지 못한 채 사라지는 것, 그것은 한 인간이 무의미 상태로 삶을 마치는 것을 뜻할 것이다. 그렇다면 초옥은 아름다움으로 인정받아야 하는 꽃과 같은 여자의 운명, 나아가 그 아름다움으로 제대로 대접받기 어려운 자신의 운명을 이야기하고 있는 것인가?

초옥이 다른 것이 아닌 꽃을 비유의 대상으로 끌어들인 이상 꽃이 여자의 운명을 상징하지 않는다고는 할 수 없다. 하지만 초옥이 꽃을 비유로 끌어들인 것은 자신이 품은 존재론적 의문을 이생에게 쉽게 전달할 방법이 달리 없었기 때문이다. 그녀가 이생에게 가닿기를 바란 메시지의 핵심은 실은 남자와 여자를 초월해 있다. 이 부분은 중요하니 조금 길게 인용해 보겠다.

사람의 인생 역시 이와 같습니다. 서울 가까이에 잘사는 사람들은 필경 등과하여 높은 신분을 얻을 것이니 어찌 재주가 남보다 뛰어나서이겠습니까? 먼 시골에서 태어난 자는 필시 가난하고 어리석은 삶을 살 텐데 어

非可憐哉?'

찌 정성이 저들만 못해서이겠습니까? 여자들도 (그런 점에선 남자와) 마찬가지인 겁니다. 사대부 반가에서 태어나면 우아한 숙녀가 될 것이지만 필부의 집에서 태어나면 가난한 아낙네가 되고 마는 거지요. 이 어찌 용모와 재주가 저들만 못해서이겠습니까? 처한 환경이 그리 만드는 것이지요. 까닭에 첩은 이 아름다운 꽃을 보면서 낭군님의 (과거 공부하는) 정성을 애석해했고 낭군님의 정성을 애석해하며 동시에 (저를 포함한) 여자라는 천한 신분의 운명을 애석해했습니다. 그러므로 꽃이 애석할 만하다면 낭군님도 애석해할 만한 분인 것이며 첩 또한 애석해할 만한 존재인 겁니다. 그런데 첩은 스스로를 애석히 여길 겨를이 없었으니 그건 낭군님으로 하여금 자신도 (첩과 같은 여자처럼) 애석히 여길 만한 처지에 있음을 깨닫도록 하기 위해서였지요. 그러나 낭군님께서도 (제 남편을 포함한 다른 못난 남자들처럼) 자신이 애석해할 만한 존재임을 깨닫지 못하고 계시니 다시금 첩의 어찌할 수 없는 처지(같은 남자로서 충고해줄 수 없는 여자로서의 답답한 처지)를 애석히 여기게 됩니다. 그래서 꽃을 꺾어 바쳤습니다.[25]

언뜻 여자로서 자신의 신세를 한탄하는 듯한 초옥의 말은 실은 그 반대의 논리를 품고 있다. 그녀는 인간의 삶 전체의 불공정한 운명을 탄식하고 있는데, 그 불공정한 운명 속에 이생까지 끌어들여 애석해한다. 그런

25 '人之生亦類是也. 近於王都者, 必登科成貴, 豈才德之有勝哉? 生乎遐鄉者, 必貧賤迂闊, 豈精誠之不逮哉? 女子亦然, 生乎士夫宅者, 必爲閑雅之淑人, 生乎匹夫家者, 必爲糟糠之庸婦, 豈貌德之不相及哉? 使處地而然也. 是以妾看此花之美, 而惜郞君之誠, 惜郞君之誠, 而歎女子之賤也. 故花可惜, 而郞亦可惜, 妾亦可惜也. 妾不暇自惜, 而欲使郞君亦可自惜, 而郞君亦不可自惜, 兼惜妾之不得可也. 故折而獻之.'

데 서로의 운명이 각자의 방식으로 애석해할만한 처지임을 이생은 아직 깨닫지 못하고 있다. 그렇다면 관계에서 더 우월한 지위를 차지한 건 과연 누구인가? 결국 그건 초옥일 것이다.

그녀는 여자로서 자신의 처지를 사례로 들어 삶 자체가 불공평함을 설파함으로써 이생의 분발을 촉구하게 된다.[26] 신세 한탄의 수준을 훌쩍 뛰어넘은 초옥이 적극적으로 이생의 현실 자각을 주문한 셈이다. 더 나아가 그녀는 이생이 아직 발견하지 못한 저 자신의 미덕을 먼저 발견해주려 노력하기까지 한다. 이건 남자들의 우정을 닮아 있지 않은가?

결국 초옥이 해석해낸 남녀 사이의 사랑이란 동등한 우정이며, 그런 점에서 그녀는 혼인의 예속으로부터 초월해 있다. 혼인의 굴레에서 벗어났기에 그녀는 이생에게 먼저 접근해 포의로서의 대등한 사귐을 제안할 수 있게 된다.[27] 따라서 그녀에게 이생이란 존재는 불륜의 대상이 아니라 자신과 똑같은 불리한 처지[28]에서 입신해보려는, 또는 자신의 존재 의미를 발견하려 분투하는 동지에 가깝다.

그렇다면 초옥이 주장하는 사랑의 윤리란 성의 차이를 넘어선 인류애, 또는 동지적 의리였던 것이다. 하지만 서로가 서로를 이롭게 돕는('利物') 이러한 동료애를 이생은 마지막까지 이해하지 못한다.

---

26 초옥은 이생이 등과하여 자신의 능력을 공정하게 인정받기를 열망하며 남녀의 성관계는 매우 부차적인 것으로 취급하려 한다. '저의 마음에는 문장 잘 하는 선비를 만나 밤낮으로 이야기를 나누며 일생을 보내는 것이 소원이었어요. 그런데 일이 크게 잘못 되어 그렇게 하지 못하고, 비단을 만나려다 베를 만난 격이 되어 이렇게 영락하게 되었습니다.' 김경미 외(2003), 150쪽.

27 이 작품의 제목이기도 하다.

28 이생은 충청도 출신으로 서울에 올라와 과거를 준비하고 있는 소외된 한사다.

초옥이 말을 마쳤는데 이생은 이미 그녀의 미모에 빠져있었던지라 그녀의 말 역시 (그녀의 미모처럼) 어여쁘게만 들렸으니 자기도 모르게 기꺼이 수긍하며 말했다.

"아가씨는 과연 여염집의 평범한 아낙은 아니었어. 이제 이 꽃을 우리 사이의 매파로 삼고 싶은데 어떠한가?"[29]

위의 이생의 말 속엔 초옥의 말을 이해한 흔적이 전혀 보이지 않는다. 즉 초옥을 배려하는 듯한 그의 미사여구 배후엔 항상 성욕이 자리 잡고 있어서 둘 사이의 우정을 근원적으로 방해한다. 예컨대 남편이 집을 비운 틈을 타 초옥과 단둘이 만난 날, 끝내 육체관계를 맺지 못하고 헤어지게 되자 이생은 이렇게 생각한다.

오늘밤 그녀를 마주해 응당 친밀해지긴 했지만 아무 짓도 못하고 보내버렸군. 내가 소심해서 그런 것인데 그녀에게 불만의 기색이 없었는지 모르겠어.[30]

위의 이생의 염려는 성관계를 바라보는 남녀의 본질적 차이를 드러낸다. 즉 여성에게 성관계는 상대와 밀접한 인간적 교감을 시작하기 위한 수단인데 반해, 남자에게 그것은 최종 목표일 수 있다.

---

29 '言罷, 生旣美其色, 又美其言, 不覺欣然敬服曰, 娘果非閭巷匹婦也, 願娘從此始令此花作一媒婆, 何如?'

30 '今夜相對, 應有修好, 而卽虛送. 乃吾之拙, 而娘能無懷慍之色耶?'

초옥의 최대 관심사는 정의롭지 못한 현실을 바로잡으려는 의사(義士)들끼리의 우정이었는데, 이생은 초옥의 육체에만 탐닉한다.[31] 이 모순은 여성을 '포의의 사귐'의 대상으로 바라볼 수 없는 남자 이생의 근원적 무능성에 기인하고 있으며 이 작품이 슬픈 결말로 끝나게 되는 원인이 된다. 그럼에도 이생을 멋진 동지로 이해해보려는 초옥의 노력은 눈물겹기만 한데, 처음으로 잠자리를 허락하며 그녀는 이렇게 말한다.

> 첩이 이런 행동을 하게 된 것은 음란함을 탐하거나 재물을 원해서가 아니었고 낭군님 역시 주색이나 마구 밝히는 무리가 아니시지요. 뭐 꺼릴 게 있겠습니까? 원하옵건대 낭군님께서 마음속에서 하고 싶은 것들을 가슴 안에만 꽉꽉 담아 두지는 마셔요. 정욕을 풀지 못하면 필연코 병이 생길 것이고 병이라도 생기게 된다면 아예 만나지 않았던 것만 못하겠지요.[32]

혼인 관계가 매춘과 다른 것은 남녀가 경제적 이익을 초월해 신의를 유지한다는 점이다. 따라서 그것은 정의 차원에서 이뤄지는 것이 아니라 성

---

31 당연히 동등한 관계에서의 우정을 요구하는 초옥의 거듭되는 메시지를 성욕으로 오판한다. 예컨대 초옥이 보낸 편지에 있는 '낭군께서는 제 얼굴을 사랑하시는 것이 아니라 <u>저의 어짊을 사랑하신다는 것</u>을 이로 미루어 알 수 있습니다. 제게 무슨 복이 있기에 이 세상에서 백옥이나 자하 같은 군자를 만날 수 있겠습니까? 진정으로 제가 바라는 것은 <u>그대를 따라 사귀는 것</u>입니다.'라는 내용에 대해 이생은 '간밤을 그냥 지나보낸 것은 과연 용렬한 일이었구나.'라며 전혀 엉뚱하게 해석하고 만다. 김경미 외 (2003), 152~153쪽.

32 '妾之有此行, 非貪淫樂貨之類也, 郎君亦非酒色放浪之徒也. 有何嫌乎? 願郎君惟心所欲, 無使壅滯於胸臆也. 有情而難吐, 必然生病, 病一生, 則不如初不知也.'

욕을 윤리적 관계의 매개로 활용하며 이뤄진다. 부부로서의 정의는 그 다음 단계에 찾아오게 마련이다.

이런 윤리적 선택의 기회를 놓친 이생은 초옥이 왜 기꺼이 자신에게 육체를 허락하고 나아가 자기 목숨을 파괴하면서까지 자신과의 관계에 열중하는지 알아챌 수 없다.[33] 그녀에게 남편과의 부부관계는 성적 관계에 지나지 않았으며, 따라서 윤리적 선택일 수 없었고 당연히 서로 지켜야 할 도덕적 정의도 존재하지 않았다.[34] 반면에 이생과의 관계는 그녀 스스로 선택한 윤리적 관계였으며 성적 관계는 그것에 부수되는 이차적 관계 이상일 수 없었던 것이다.

이상의 이유 때문에 이생이 자신을 포의의 사귐의 대상으로 대우하지 않았음을 깨닫는 순간, 초옥은 미련 없이 그와의 이별을 결심하게 된다.[35] 그녀에게 이 이별은 남편과의 이별보다 더 가슴 아픈 일이었을 것이다.

---

33 '5.초옥의 수난', '8.초옥의 자살 기도', 김경미 외, 2003, pp.166~172, pp.181~189

34 초옥에 대한 성적 흥미가 차츰 시들어 무료해진 이생을 몰래 자신의 집으로까지 끌어들여 정사를 벌이던 초옥이 시아버지에게 발각나자 보이는 태도는 세속 윤리에 대한 그녀의 위배가 얼마나 격렬했는지 보여준다.
'어느 날 새벽 이생이 양파(초옥의 별명)를 찾아가니, 양파가 나와서 이생을 맞이하였다. 그런데 방으로 들어가 문을 닫자마자, 갑자기 양노인이 밖에서 문을 잡아 당겼다. 양파는 아무 생각 없이 대답했다.
"여기 이서방님이 와 계십니다."
양노인이 이에 문을 열어 잠깐 보고는 도로 문을 닫고 나가며,
"나는 다른 사람인 줄 알았다."
하고는 자기 방으로 돌아갔다.' 김경미 외(2003), 183쪽.

35 자신에게 다른 남성을 소개하는 듯한 이생의 실언을 듣자마자 초옥은 곧바로 이별을 선택한다. 생명을 버리면서까지 지키려 했던 이생과의 관계가 실은 그녀의 위태로운 윤리적 결의에 의해서만 유지된 것이었음이 밝혀지는 대목이다. '9.헤어짐', 김경미 외(2003), 189~194쪽.

그것은 남자와 여자가 윤리적으로 대등해질 수 없다는, 다시 말해 동등한 인류이기 어렵다는 진실을 드러낸다. 이 때문에 초옥은 세속의 윤리를 거부하고 자신만의 윤리를 주장하는 표독한 이단아로서 세상을 떠돌게 되는 것이다.

5. 윤리적 선택

현대 인문학에서 윤리의 개시란 알랭 바디우의 '사건'이나 칸트의 '선험적 판단'에서처럼 논리적 토대 없이 도래하는 진리의 계시를 닮아있다. 말하자면 인류는 아무 이유 없이, 마치 빅뱅의 순간처럼, 어느 순간 윤리적이기를 선택한다. 배후에 장기적으로 예견되는 유전자적 이득이 있었다거나 빙하기와 같은 혹독한 환경을 견디려는 자구책이었을 거라는 등의 논리는 이 문제에 대한 원인 설명으로 충분치 않다.

윤리적 선택이란 유전자 명령체계의 핵심인 생존 욕구를 정지시키고 타인의 이익을 먼저 배려하는 행동이며, 자신의 욕망을 통제하려는 가혹한 자기 억제 활동이다. 그러한 윤리적 선택들 가운데 사회 유지에 필수적인 것들을 조합해 법률이 만들어졌으며 이 토대 위에 사법적 정의가 수립되었다. 이 사법적 정의가 인류의 윤리적 난제들을 모두 해결할 수 있었다면, 욕망은 삶에서 더 이상 문제되지 않았을 것이다. 불행하게도 인류는 아직 윤리적 질문 앞으로 계속 소환되어야 할 시대를 통과 중이다.

윤리의 민낯은 인간의 얼굴을 한 짐승의 삶으로 구성된다. 인간은 성교로써 번식하지만, 번식 목적 이외의 쾌락을 얻기 위해 타자의 몸에 침투

하는 원시적 방식을 고수하고 있다. 이 방식이 인류의 문화 코드 속에서 지나치게 야생적이기에 사랑이라는 윤리 현상이 발생해야 했다. 따라서 사랑의 윤리란 '인간은 어느 지점부터 인간인가?'라는 질문에 대한 응답이 된다.

'누가 인간인가?'라는 질문을 사랑의 지평에서 던진다는 것은 상대를 먹을거리로 잡아먹거나 노동력으로 착취하지 않으면서 나와 동등한 존재로 존중한다는 것, 상대를 나와 다른 또 다른 타자로 간주하여 끝없이 탐색한다는 것, 즉 그/그녀에 대하여 존재론적으로 긴장해야 한다는 것을 뜻한다. 나와 상대 내부의 짐승을 발견하고도 그것에 인간의 정체성을 부여하려는 이 행위는 완전한 정의가 어느 미래엔가는 성취될 수 있으리란 희망의 작은 씨앗이다.

동아시아의 타자, 인도인 지공

1. 문화와 상품

동아시아 역사 문화가 대중적 콘텐츠로 소비되면서도 상업성에 압도되지 않을 방법이 있을까? 이 화두는 한나 아렌트가 경고한 대중문화의 상품화[1]에 저항하면서 대중 속으로 파고들어 그들을 인문학적으로 각성시킬 가능성에 대한 탐색과 연관된다.

결국은 상품일 수밖에 없을 문화 콘텐츠가 시장에 진열된 상품이기를 거부해야 하고, 독자를 계몽의 대상으로만 전락시켜서도 안 되며, 과시적 소비로 문화를 향유하려는 키치적 팬덤을 지향해서도 안 된다.

왜 단순한 상품이어선 안 되는가? 상품화된 문화는 일회적으로 소비되어 망각됨으로써 소비재로 규정되기 때문이다. 시장에 의해 호출되어 가공된 문화는 대부분 유통 가치로 전환되어 사회에 재배치된다. 이 과정에 기여하는 사람들은 자신의 의지와 무관하게 '문화도 상품'이라는 신호를 대중사회에 송출함으로써 문화 붕괴에 일조한다.[2]

1   한나 아렌트, '제6장 문화의 위기', 『과거와 미래 사이』, 푸른숲, 2010, 275~282쪽.
2   윤채근, '1장 자본주의와 문화·상품·콘텐츠', 『콘텐츠시대의 불안』, 동아시아,

따라서 상품과 비상품의 경계가 모호할지라도 특히 인문학자의 손에 의해 탄생할 문화 콘텐츠는 소비 상품이기를 부인하려는 자세를 상실해선 안 된다. 인문학자가 생산하는 콘텐츠는 상품을 가장하더라도 상품이 지닌 일회성을 거부함으로써 상품성을 반성하게 만드는 상품, 즉 메타 상품임을 주장할 수 있어야 한다.

왜 독자를 계몽의 대상으로 간주해선 안 되는가? 계몽의 수단으로 전락한 문화 콘텐츠와 상품 사이에는 긴밀한 유사성이 존재한다. 양자 모두 제작자의 숨은 의도를 관철시키려는 목적으로 무장돼 있다. 상품의 목적은 경제적 이익이며 계몽용 문화 콘텐츠의 목적은 정치적 이익이다. 이렇게 모종의 은폐된 이익을 추구하기에 양자는 공히 대중을 유혹하기 위한 선정성을 자기 속성으로 갖는다.

결국 수동적 경제 소비자로 정립됐던 문화 수신자들은 계몽의 의도에 포획된 수동적 대중으로 정치 시장에 다시 소환될 것이다. 아무리 선의로 무장한 계몽일지라도 대중으로부터 비판적 해석 능력을 빼앗으려는 모든 문화 작업은 반인문적이다.

왜 키치적 팬덤 현상에 의존해서는 안 되는가? 대중성을 기반으로 한 상업문화는 일회적 유흥성에 굴복한 자기 망각의 결과물이지만 대중 자체는 경멸의 대상이 아니다. 대중의 비판적 능력을 대중문화를 통해 실현해야 한다는 점에서 인문 콘텐츠 생산자는 대승불교의 봇디사티바에 가깝다. 그람시는 이를 시민사회의 대중들을 각성시킬 지식인의 소명으로

2013, 15~72쪽.

언명한 바 있다.[3]

따라서 대중과 자신을 문화적으로 구별함으로써 계급적 차별을 재확인하고, 더 나아가 문화를 과시적 소비 수단으로 오인하는 모든 키치적 시도는 기만적 상품화의 다른 얼굴에 지나지 않는다.[4] 이렇게 형성된 특권층의 문화는 예술과 문화를 가장하면 할수록 희소성 추구의 악순환에 빠지게 된다. 그리고 대중으로부터 떨어져 나와 자신의 특수한 지위만을 탐닉하려는 이 특권층 문화는 정상문화를 부인함으로써 문화적 도착증[5]으로 귀결된다.

이상의 이유로 인문학자에 의해 이뤄지는 문화 대중화 작업은 자기모순에 봉착할 위험에 처하게 된다. 이 글은 이런 어려움을 무릅쓰고서라도 고전 현대화 작업에 투신할 미래의 인문학자들에게 필자가 시도한 작업 기록을 사례로 남김으로써 시행착오를 줄이는 데에 기여하려는 의도로 기획되었다.

2. 고전 대중화와 불교

인문학 대중화 작업이 사회적 이슈가 된 것은 1997년 외환위기 이후였

3　안토니오 그람시, '해제-대중 문학의 열린 지평', 『대중문학론』, 책세상, 2003, 153쪽.

4　조중걸, '1장 키치란 무엇인가', 『키치, 우리들의 행복한 세계』, 프로네시스, 2007, 23~90쪽.

5　조엘 도르, '2부 도착적 과정의 구조적 논리', 『라깡과 정신분석 임상 : 구조와 도착증』, 아난케, 2005, 125~264쪽.

다. 인문학도 산업 생산 공정에 기여할 수 있다는 전제는 틀리지 않았고 그 실천 방식도 나무랄 바가 없다. 다만 대중화 방식이 유형화되어 정착된 뒤, 그 패턴이 반복되면서 창조적 활력이 소진돼버리자 결국 출판 마케팅 전략에 포획된 느낌마저 든다.

예컨대 경구에 가까운 교훈적 담론을 고전 문헌에서 인용하고 여기에 계몽적 담론을 결합시키는 글쓰기 방식이 그러하다. 이런 글쓰기는 대중적 소구력이란 면에서 강점을 지니지만 이른바 힐링을 모토로 삼는 자기계발서의 변형에 불과할 수 있다.

상품성을 계몽성과 결합시킴으로써 고전에 관심을 갖는 취미층을 광범위한 팬덤으로 끌어들이려는 것은 출판 산업의 훌륭한 고전적 전략이다. 이 전략의 특징은 독자들로 하여금 고민하는 대신 고민을 해소하도록 유도한다는 점이다. 결국 독자는 깊이 있는 인문 세계로 진입하는 대신 안이한 지식수준에 안주하고 만다. 때문에 일부 인문학 대중서가 불타나게 팔려도 인문학 자체에 대한 사회적 관심엔 변화가 없고 오히려 전문 인문학 분야가 불모화되는 기현상을 낳았다.

물론 우리는 고전으로부터 현실을 재해석할 수 있는 오래된 통찰을 획득할 수 있다. 하지만 그 통찰이 현실 속 실존에 대한 근본 의문으로 연결되지 않는다면 결국 있는 현실을 안정하는 데에만 기여할 것이다. 또한 언뜻 심오해 보이는 고전의 지혜는 실재계의 고뇌를 상상계의 추상적 향유로 대체해버리는 장치로 전락할 것이다.

독자들이 선조들의 윤리적 담론을 지적 향유의 대상으로만 여겨 이를 독서 문화 안에서만 유통시킬 때, 이때 발생할 향유는 실천을 배제한, 즉 현실의 불안을 잠재우는 자장가가 될 뿐이다. 동일한 이유로 양명학자 이

탁오는 역사 현실을 추상적 이기(理氣) 담론으로 치환시킨 주자학자들을 구체적 역사 비판을 통해 질타한 바 있다.[6]

요컨대 고전의 현대화는 과거의 사유를 그저 현대적으로 풀어내려는 것이라기보다 이를 오롯이 현재적 고민으로 옮겨옴으로써 동시대 실존 상황을 반성하도록 만드는 역사 활동이어야 한다.[7]

과거의 역사 자산을 현대화하는 작업에서 가장 지양해야 할 점은 회고적 감상주의와의 결별이다. 회고주의는 과거 자체를 가치 있는 것으로 전제하는 그릇된 태도를 낳으며, 감상주의는 자신이 속한 역사 문화를 객관화시킬 비판 능력을 봉쇄한다. 그 결과는 대중화된 국수주의다.

물론 가치 없는 것을 현대화할 이유가 없기에 '현대화'라는 개념에 이미 가치 개념이 전제되어 있다. 하지만 현대화는 과거 유산의 가치를 맹종하는 작업이 아니라 증명하는 작업이다. 증명에 실패한다면 현대화의 대상이 됐던 역사 유산이 애초 가치 없었다는 사실을 인정해야 할 것이다.

현대화의 대상이 될 동아시아 역사 자산을 크게 유가, 불가, 도가로 나눠보자. 필자는 이 가운데 불가를 선택했다. 유가의 역사 자산은 가장 방대한 양으로 남아있고 현실적 영향력에서도 다른 유파를 압도한다. 하지만 콘텐츠로 너무 많이 소비되다보니 더 이상 낯설지 않으며 대중의 지적 긴장을 유발시키는 데에도 한계가 있다. 무엇보다 유가 텍스트가 담고 있는 중세 윤리는 형이상학적으로 폐쇄된 자기 지시 체계를 갖는데, 이 체

---

6   엔리에산 외, '제3장 이단의 가시관을 쓰다', 『이탁오 평전』, 돌베개, 2005, 171~216쪽.
7   따라서 고전학자들의 대중화 작업이 현대적 비판의 대상에서 제외되는, 말하자면 지당한 말씀을 풀어놓은 것으로서 비평과 검증에서 예외로 취급되는 것은 부끄러운 일이다.

계에 따르면 세계는 정태적으로 안정된 도(道)의 생태계에 불과하다.

양명학이나 실학 계열 인물들의 텍스트, 또는 방외인 성향의 역사적 아웃사이더들의 텍스트의 경우는 다룰 주제가 중세/탈중세, 전근대/근대의 이항대립으로 쉽게 귀결될 우려가 있다. 이런 단순 대립 구조는 과연 탈중세나 근대가 무조건 올바른 가치인지 대답하지 않는다. 향후 이 구도를 깨트릴 다른 시도가 필요하다.

결국 불가와 도가 인물들의 텍스트가 흥미로운 현대화 대상으로 남았는데, 이 가운데 도가 관련 텍스트는 우리나라에서 불가에 비해 상대적으로 더 비주류 영역에 속해 왔고, 당연히 민속화된 상태로 전해진다는 결함이 있다. 도가 철학의 일부는 남송 심학가들에 수용되어 주자학 속으로 결집되지만 그 본령은 민속 신앙이나 양생술 또는 대안 종교 형태로 전화되었고 다종의 구비문학과 설화 속에 안착되었다.

물론 동진(東晉)시대 이후 당 제국에서 전성기를 누린 도가철학의 정수는 『도장(道藏)』의 형태로 수렴되어 특히 일본학자들에 의해 깊이 있는 연구대상이 되어 왔다. 하지만 동아시아 보편 역사 자산이라는 측면에서는 불가에 필적할 수 없다.

결국 필자는 불가에 관련된 문헌과 인물을 현대화 작업의 최종적인 대상으로 삼았다. 불가는 동아시아 전역을 포괄하는 대표성을 지니면서, 고려라는 왕조를 지탱한 지배 이념이었으며 현재까지 주류 문화의 일부로 정체성을 보존한 사유이기도 하다. 흔히 유·불·도 삼교의 정립을 얘기하지만 우리나라 문화는 주로 유가와 불가가 대립하고 화해하며 엮여 왔다고 할 수 있다.

동아시아 역사 자산으로서 불가를 현대화하는 데에는 대표적으로 두

가지 의의가 있다. 첫째, 불가의 역사는 인도와 중앙아시아, 티베트와 중국은 물론 중근동과 동남아시아를 통해 터키와 일부 유럽 문명을 포괄하는 광역성을 지닌다. 불가의 영고성쇠 과정엔 유라시아 전체 문명이 직간접적으로 연루돼 있는 것이다. 향후 한국 문명을 동아시아 권역, 나아가 유라시아 지평에서 포괄적으로 바라보아야 한다는 점에서 불가의 문화 콘텐츠화는 큰 의의를 갖는다.

둘째, 조선에 비해 신화화되거나 모호하게 방치되어온 고려 문화를 새롭게 이해할 계기가 된다. 우리는 자신의 중세를 주로 조선이란 틀에서 이해해 왔고 당연히 유가 패러다임의 틀에서 해석해 왔다. 이는 동아시아 불교문화를 꽃피운 고려를 기억에서 지우거나 방임하는 결과를 초래해 왔다. 우리는 고려에 대해 실제론 잘 알지 못하며, 자신이 잘 알지 못한다는 사실조차 잘 알지 못한다.[8]

결국 필자는 동아시아 문화를 관통하는 사상적 코드로는 불가를, 시대 배경으로 고려를 설정하여 이에 부합할 콘텐츠를 찾아야 했다. 무엇보다 동아시아 역사 현장과 결부될 국제적 인물이 필요했는데, 이에 해당할 고려 승려는 적지 않았지만 필자의 눈에 띈 것은 인도 출신의 지공(指空)이란 인물이었다. 지공은 동아시아와 고려 역사 모두에서 상징성을 가질 수 있는 종교 지도자였고 소설화가 가능한 '문제적 인물'이기도 했다.

---

8 백지원, '작가의 말', 『고려왕조실록』, 진영출판사, 2010, 4~17쪽.

3. 지공 선사와 그 문화적 의미

지공은 14세기에 원 제국을 거쳐 고려에 입국하여 조계종 발전에 지대한 영향을 끼친 고승이자, 당시 이미 몰락한 것으로 알려졌던 북인도 나란타 승원의 마지막 학생이며 붓다의 직계 후손으로 알려진 인물이다.[9]

그는 신라말 구산문 가운데 사굴산문(闍堀山門)의 중흥조 나옹혜근(懶翁惠勤)에게 계를 내린 스승이었으며 당연히 혜근의 직계인 환암혼수(幻庵混修)[10]와 무학자초(無學自超)에게도 강력한 영향을 주었다. 지공은 고려 기황후가 이끌던 캄발룩, 즉 대도(大都)의 고려계의 후원을 입었으며, 동시에 충선왕 이질부카를 통해 그의 아들 아라눌특실리 충숙왕과도 연결됐다. 무엇보다 지공을 계승한 고려말 혜근의 사굴산계는 원 제국과 교류하며 고려 불교를 국제화하는 데 지대한 공을 세우게 된다.[11]

---

9   허흥식,『高麗로 옮긴 印度의 등불-指空禪賢-』, 일조각, 1997.
10 이색(李穡)이 쓴「환암기(幻庵記)」의 주인공이 바로 환암혼수다. 환암은 혜근, 이색과 더불어 어린 시절 함께 수학한 절친이었다. 이들 세 사람의 우정은 고려 말기 정치 종교사적 변화에 있어 결정적 역할을 하게 된다. 이와 연관하여 다음 세 권의 책을 참고할 수 있다. 황인규,『고려말 조선전기 불교계와 고승 연구』, 혜안, 2005 ; 서윤길,『고려밀교사상사연구』, 불광출판사, 1993 ; 김효탄,『고려말 나옹의 선사상 연구』, 민족사, 1999.
11 불교의 밀교화를 용인하고 국제화를 마다하지 않은 사굴산계는 반원(反元) 정책을 추진한 공민왕과 연결됐다. 중국 남방의 임제종을 계승한 보수적 가지산문(迦智山門)과 그 대표자 태고보우(太古普愚)를 내치고 혜근을 선택한 공민왕의 의도는 모순적이지만 매우 정치적인 결단이었다. 즉, 수선결사(修禪結社) 운동을 통해 지방의 향촌 사족을 끌어안은 사굴산계야말로 가지산계에 비해 고려의 민족적 결속을 이루는 데 보다 유리했던 것이다. 공민왕의 의도와 달리 향촌 재지 사족과 밀착한 사굴산계 무학자초는 이후 이성계와 손을 잡고 조선을 건국하는 데에 일조한다.

지공의 이동 경로는 13세기부터 시작된 대여행의 시대에 걸맞게 매우 광대하다. 그는 14세기 초 북인도 나란타 승원에서 스승을 떠나 남인도 여러 나라를 거쳐 스리랑카에 이른다. 스리랑카 상좌부 고승으로부터 수계한 지공은 당시 밀교부의 양대 산맥이었던 벵골 오릿싸의 비클라마실라 승원과 스리랑카 남부 전통 밀교의 영향을 모두 받았던 것 같다. 양 계보는 공히 나가르주나(용수)라는 존재로 합쳐져 티베트 불교 성립에 기여하게 되는데, 이 때문에 스리랑카를 떠난 지공은 티베트를 향하게 됐던 것이다.[12]

지공이 불교의 흔적을 찾아 티베트로 향한 이유는 당시 인도 전역이 이슬람 세력에 의해 점령되거나 위협받고 있었기 때문이다.[13] 따라서 나란타 승원을 비롯한 북인도에서 상가는 대부분 붕괴돼 있었고[14] 지공은 정식 구족계를 받기 위해선 스리랑카 상좌부에 의존해야 했다. 따라서 포교를 위한 유랑의 방향 역시 동쪽으로 잡게 된 것이다.

고려에 남은 지공에 관한 전기 문헌들에 따르자면[15] 그는 이단에 배타적인 정통 상좌부 승려로 나타난다. 그러나 그가 고려에 가져왔다는 『무

---

12 밀교 성립 과정에 대해서는 이정수의 『大日經의 사상과 수행체계』(민족사, 2007)와 정성준의 『인도 후기밀교의 수행체계』(Eastward, 2008)를 참고

13 당시 노예 왕조를 이어 할지 왕조인 델리 술탄이 등극해 있었고 이슬람군은 북인도 승원들을 모조리 파괴한 뒤 남인도로 침입하려 하고 있었다. 이 남하 정책의 발목을 잡은 것이 서방정벌에 올랐던 칭기즈칸이었다.

14 지공이 구족계 성립을 위한 상가의 존재에 그토록 예민했던 이유는 원시불교의 상가 성립 과정과 율장에 대해 조금 알고 있어야 한다. 平川彰, '제1장 원시불교에 있어서 상가의 의의', 『원시불교의 연구』, 민족사, 2003, 19~112쪽.

15 목은이 쓴 지공화상 부도명과 병서가 대표적이다. 이 이외 관련 문헌은 허흥식(1997)에 자세하다.

생계경(無生戒經)』이나 그가 따랐던 포교 방식 그리고 한반도 곳곳에 남겨 놓은 가면(개성의 화장사)과 복장유물(경주의 기림사)들은 이 주장과 배치된다. 적어도 지공은 상좌부의 전통을 즉신성불(即身成佛) 중심의 대중 불교 전통과 뒤섞은 듯하며, 그런 점에서 스리랑카의 상좌부 스승들을 철저히 따른 것 같지 않다.[16]

어쨌든 지공은 중앙아시아 지역을 거쳐 티베트에 도착하여[17] 삼바라(샹그릴라) 계열의 밀경과 비밀집회 계열 밀경들을 다양하게 접하면서, 아울러 원 제국의 국교였던 금강승(라마교)도 배웠다.[18] 때문에 지공의 불교 행법 가운데 상당 부분은 바로 티베트 불교 금강승으로부터 연원한 것으로 보아도 좋다. 이후 지공은 계속 동진하여 대도인 캄발룩에 도착하지만 어떤 일에선지 다시 중앙아시아 호탄 부근까지 되돌아간다. 호탄에서 운남성을 거쳐 양쯔강 이남을 우회한 지공은 원 태정제 때인 1323년경 재차 캄발룩에 입성했다. 이 사이 벌어진 일들은 자세히 밝혀져 있지 않다. 분명한 것은 다시 대도에 입성한 지공이 제국으로부터 어느 정도 인정받는 위치로 올라설 수 있었다는 사실이다.

지공은 당시 캄발룩을 잠식하고 있던 삼대 세력, 즉 티베트 사꺄파(홍모파)가 주축이 된 금강승, 막북 세력의 후원을 받고 있던 이슬람교 그리고

---

16 D. J. 칼루파하나, '제2부 연속과 비연속', 『불교철학의 역사』, 운주사, 2008, 259~492쪽.

17 지공은 지금의 파키스탄과 아프가니스탄 지역을 따라 북상할 생각이었던 것 같다. 그렇게 되면 당나라 현장의 루트와 동일한 지역을 통과하게 되었을 것이다. 하지만 당시 원의 압력에 쫓겨 남하하고 있던 투르크계 유목민족(현재의 카자흐족)의 위험 때문에 결국 설산 남쪽 와칸 회랑을 따라 네팔 루트를 선택하게 된다.

18 티베트 밀교의 성격에 관해선 다음을 참조하라. 다나카 기미아키, 『티베트밀교개론』, 불광출판사, 2010 ; 베이징 지토편집부, 『1만년의 이야기 티베트』, 새물결, 2011.

네스토리우스파 기독교인 경교 세력[19]과 경쟁을 벌여야 했다. 특히 그는 금강승 라마들과 격렬히 갈등을 빚은 것으로 보이는데, 이는 그가 자신의 후원자로 선택한 세력이 원 황실의 안방을 차지하고 있던 고려계 귀족들이었다는 점이 증명한다.

고려계들 역시 티메트 라마 세력과 권력 다툼을 벌이기 위해 강력한 종교적 후광이 필요하던 터였기에 양자 사이의 화학적 결합은 신속하고도 은밀히 완수됐다. 그리고 그 결과 지공은 금강산 법기도량(法起道場)의 명분으로 1326년 태정제에 의해 고려로 파견된다.

1326년 고려에 도착한 지공은 활불로 명성을 얻으며 고려인들의 열렬한 신봉의 대상이 되었다. 그가 내린 무생계를 수계한 이들은 셀 수 없이 많았지만, 그 가운데 어린 소년 아원혜(牙元慧)도 있었다. 그가 바로 훗날 나옹혜근이라 불리며 고려 불교의 마지막 수호자가 될 인물이다.

이처럼 혜근과 지공의 만남은 매우 극적이었다. 한 명은 불법 포교를 위해 대륙을 건너온 마가다 왕족이었고, 다른 한 명은 궁중시복의 아들로 사굴산문의 회주가 될 운명을 타고난 소년이었다. 둘은 이때부터 사제의 연을 맺어 지공이 1361년 캄발룩의 법원사[20]에서 임종하던 순간까지 결별하지 않았다.

---

19 캄발룩엔 경교 예배당인 십자사(十字寺)가 다수 존재했다. 몽골족들은 북방 초원길을 따라 서역과 유럽 문화를 한족(漢族)들에 비해 매우 신속히 흡수하는 경향을 보였다. 특히 황실 일부는 독실한 기독교들이었다. 이는 13세기 이탈리아 수도사 지오반니 카르피니의 몽골 방문 기록으로 확인된다.
20 캄발룩의 고려계 귀족들이 지공을 위해 헌납한 사찰이다. 고려계는 이 법원사를 중심으로 똘똘 뭉쳤으며 그 사이를 코르타르처럼 매개한 존재들이 강금강(姜金剛)이나 교용보(高龍普) 같은 고려 출신 궁중 환관들이었다.

무신정권을 거친 고려 불교는 크게 두 세력으로 대립해 있었다. 우선 중국 임제선을 정통으로 받들며 포교에 있어 보수적인 색채를 띠고 있던 가지산문이 있었다. 따라서 가지산문을 대표하던 태고보우는 밀교와 거리를 뒀고 라마교로부터 선종 정체성을 지키기 위해 노력했다.[21] 이로 인해 민족 자립을 기치로 내걸었던 공민왕의 총애를 입기도 했지만 지나친 보수성과 친귀족 성향 탓에 사굴산문에게 밀리게 되었다.

한편 가지산문의 경쟁자였던 사굴산문은 지눌(知訥)과 혜심(慧諶) 때부터 수선사[22] 결사 운동을 통해 민중 및 향촌 사족들과 끈끈한 유대를 맺었고, 나아가 밀교화된 민중불교를 포용하기도 했다. 특히 혜심은 밀경 계보에서 중요한『금강정경(金剛頂經)』을 활용한 것으로도 알려져 있다. 나옹혜근은 이러한 산문 선배들의 화합 전통을 계승하는 한편, 인도 승려 지공을 자신의 스승으로 받들었다. 그는 훗날 원 유학길에 올라서 십여 년 동안 중국 남방의 임제종사(臨濟宗師)들을 만나 의발을 받는 등 통합주의적 면모를 보였다.

고려 공민왕 때 혜근은 보우를 밀어내고 국사(國師)가 되어 스승 지공이 고려의 나란타로 지명한 회암사를 증축하는 대역사를 벌이게 된다.[23] 그

---

21 이는 가지산문의 개조(開祖) 도의(道義)로부터 연원한 것이다. 도의 선사는 신라 말 광범위하게 퍼져있던 문수신앙을 밀교로 보아 부정했다. 반면 사굴산문의 개조인 범일(梵日)은 강원도 인근 문수신앙을 적극 활용함으로써 이미 토착화돼 있던 화엄종과 화해하는 정치적 수완을 보였다. 채상식, '제2장 一然의 출현과 迦智山門의 추이', 『高麗後期佛敎史硏究』, 일조각, 1991, 102~180쪽.

22 송광사의 옛 명칭이다. 송광사와 신륵사 그리고 회암사는 사굴산문의 중요 거점이 된 사찰들이었다. 신대현,『조계산 송광사』, 대한불교진흥원, 2010.

23 지금 경기도 양주시에 있는 회암사지가 그 터이다. 지공은 고려를 2년 넘게 방문했을

런데 회암사 1차 낙성식이 신흥사대부들의 탄핵 대상이 된다. 화엄종과 천태종 측은 암암리에 탄핵을 묵인했고, 같은 선종인 보우계조차 이를 묵과하자 유학자들은 마침내 혜근을 유배 보내는데 성공한다. 이는 유불교체의 상징적 사건이었고 혜근은 유배 가던 도중 신륵사에서 갑자기 서거하고 말았다.[24] 그리고 고려 사굴산문은 무학 대에서 단절되어 한국불교사에서 영원히 자취를 감추게 된다.

이상에서처럼 지공과 혜근은 인도와 중앙아시아 그리고 원 제국에 걸친 문명사의 대전환기와 고려의 역사적 운명을 하나의 플롯에 회집시킬 절묘한 모티프로 엮여 있다. 이들의 운명적 삶은 그 자체로 극적이어서 저절로 하나의 소설 줄거리를 형성하고 있는 것이다. 따라서 필자는 동아시아 14세기 문화를 소묘하면서 이를 고려사의 현장과 긴박하게 엇물려 놓을 기회를 잡은 것이었고, 이제 이를 소설로 구현할 방법론을 찾을 필요가 있었다.

당시 회암사를 둘러보고는 인도 나란타 승원과 동일한 기상이 있으니 제2의 나란타를 지으라고 제자들에게 수기하였다. 이를 '삼산양수지기(三山兩水之記)'라 부른다. 제자인 혜근과 백운경한(白雲景閑), 환암혼수 그리고 무학자초는 이 수기를 끝까지 지켜 고려 최대 사찰 회암사를 중축하게 된다. 이 작업은 혜근에 의해 시작되어 무학에 의해 완성되었다. 현재 회암사지 북쪽 능선에는 지공, 나옹, 무학의 부도비가 나란히 남아 있다.

24 이 때문에 독살설이 지금까지 전해오고 있다. 묘하게도 정도전에 의해 축출된 목은 이색이 유배 도중 돌연 사망한 곳도 바로 신륵사 인근이었다. 혜근과 목은은 모두 원 제국을 상징하는 구세력이었고 명을 등에 업은 이성계 일파에겐 눈엣가시에 불과했다. 한편 혜근의 제자 무학은 이 무렵 3년여 간 자취를 감췄다가 이성계 편이 되어 재기하게 된다.

4. 지공 서사의 소설 콘텐츠화

필자는 지공 관련 서사를 소설로 구현하기 위해 사실과 허구를 직조해 결합시켜야만 했다. 소설의 뼈대를 형성할 사실로는 조계종 법통설, 송광사 대화재와 중창 경위 그리고 지공과 사굴산문의 연결 관계가 있었다. 이 세 가지 사실들은 소설에 긴장을 불어넣을 원천으로서 탄탄하게 자료조사가 선행되어야 했다. 그리고 이것들이 허구와 맞물리면서는 독자들에게 강렬한 인상을 남길 수 있도록 충분히 강조되어야만 했다. 이제 그 내용에 대해 설명하도록 하겠다.

1) 조계종 법통설[25] : 대한불교조계종의 법통은 가지산문에 있는 것으로 알려져 있다. 종헌과 종규를 통해 이를 명시한 적도 있으며 설령 명시하지 않는다 해도 한국 조계종 승려 대부분은 자신을 가지산문 후예로 인식하고 있다.

하지만 이는 대대로 많은 비판에 직면해 왔다. 조계종단의 법통이 가지산문이 아니라 사굴산문이라는 이의제기는 여러 문헌 증거와 정황 증거에 의해 이루어져 왔는데, 그 핵심은 이러하다.

수선사를 중심으로 한 사굴산문 법맥은 나옹혜근을 거쳐 환암혼수로 이어지는데[26] 환암은 스승 나옹처럼 의문의 죽음을 맞게 된다. 나옹과 환

---

25 법통설 논쟁에 대한 경위 설명은 복잡한 학술적 검토가 필요하다. 필자는 다양한 경로로 여기에 접근했지만 독자들은 허흥식(1997)만으로도 전체 얼개를 이해할 수 있을 것이다.

26 그 증거로 나옹이 주최한 고려 마지막 승과의 합격자가 환암혼수였다는 사실이 제기

암이 떠난 자리는 마침 이성계를 등에 업은 무학이 잇게 되는데, 무학과 그의 법손들은 지공 - 나옹 - 무학의 계보를 선명히 하기 위해 환암을 법맥에서 제거해 버렸다.

한편, 조선왕조가 성립한 뒤 법난기를 무사히 견뎌낸 가지산문 쪽에서는 계보를 상실한 환암을 태고보우 뒷자리에 엮어 넣게 되었다.[27] 문제는 후대 조계종 법맥의 중심이 바로 환암계열을 통해 이어진다는 사실이다. 이렇게 보면 환암을 이은 후대 조계종 법손들은 실은 사굴산문이면서도 다른 산문에 편입된 채 스스로를 가지산문으로 알고 살았던 것이 된다.[28]

2) 송광사 대화재와 중창 경위 : 송광사는 현존하는 유일한 사굴산문 사찰이다.[29] 때문에 송광사 성보당에는 밀교의 불구(佛具)들이 남아 있고 유

<hr>

돼 있다. 둘은 친구 사이였지만 환암은 기꺼이 나옹의 계승자를 자임했다. 이 때문에 무학계열과 알력이 생겼고 나옹은 무학을 무마하기 위해 여러 조치를 취하게 된다. 하지만 무학은 끝내 스승 곁을 떠났고 결국 이성계 편에 서게 된다.

27 그 이유는 보우 사후 부도비를 세우던 가지산문 법손들이 환암을 건립자 명단 제일 앞에 기입한 데에 있다. 환암의 이름이 부도비 건립자 명단에 들게 된 것은 환암이 제자라서가 아니라 당시 고승을 추모하던 관례였을 가능성이 크다. 실제로 환암은 보우 밑에서 수행한 적이 없고 오히려 나옹과 깊은 교감을 나누고 있었다.

28 나옹-혜근 법통설은 허균의 「청허당집서」에서 언급이 됐고 후대 승려들 일부는 이를 굳게 믿고 있었음이 분명하다. 일례로 사굴산문의 중심사찰 송광사는 조선 숙종 때 「송광사사적비」를 세우면서야 비로소 자신들을 가지산문으로 선포하고 있다. 이는 숙종조 이전까지의 송광사가 사굴산문이었음을 암시한다. 마침내 17세기를 거치며 가지산문의 태고보우 법통설이 정설로 굳어지게 되는데, 월저도안(月渚道安) 같은 분이 결정적 역할을 하게 된다. 어쩌면 생존을 위해 노론 정권과 결합했던 가지산문이 종통을 쥐면서 사굴산문의 흔적을 지워간 것이 아닐까 추측된다. 반면 사굴산문은 밀교로 규정되어 대대적 탄압 대상으로 내몰리는데, 일례로 회암사는 문정왕후 사후 폐사됐고 신륵사는 불에 탔으며 지공과 나옹은 법맥에서 존재가 희미해져갔다.

29 신륵사는 폐사 이후 나옹의 흔적이 상실됐다. 오직 조사당에 보존된 삼화상(지공, 나옹, 무학) 초상화와 나옹을 다비했던 터에 남은 석탑 그리고 나옹의 호인 강월헌(江

명한 티베트법지가 보존돼 있다. 사굴산문이냐 가지산문이냐 하는 논쟁을 떠나서 사찰의 전통을 온전히 유지하고 있다는 점에서 나옹혜근과 지공의 흔적을 추적할 수 있는 독보적 지위를 갖는 절이다.

승가종찰(僧家宗刹)로 인정받는 이 절은 여러 차례 화재를 겪었고 지금은 그 원형을 거의 상실하고 있다. 하지만 티베트 금강승과의 연결 고리로서 원 제사(帝師)가 보낸 법지가 유실돼지 않은 채 보존된 점은 매우 흥미롭다. 이 법지는 제국의 정교 정책이 고려 불교와 어떤 관련성을 가졌었는지 해명할 중요 단서가 된다. 한편, 송광사는 대화재를 겪으며 여러 차례 중창을 맞게 되었는데 이 경위가 소상하게 기록되어 전해진다.

3) 지공과 사굴산문의 연결 관계 : 지공은 캄발룩 고려계와 연결되면서 비로소 독자적 종교 세력을 이룩할 수 있었다. 그는 티베트로 유배 보내졌다가[30] 처남인 태정제가 등극하자 캄발룩으로 복귀한 충선왕을 잘 알고 있었을 것이다. 충선왕은 아들 충숙왕과 원수 사이였지만 고려가 원의 다루가치의 간섭 없이 자치적으로 통치되도록 만든 장본인이기도 했다.

따라서 지공은 충선왕 부자의 협찬을 받으며 고려와 결합할 수 있었고 이를 통해 라마들과의 종교적 경쟁에 나설 수 있었다. 또한 캄발룩에 머물던 삼십여 년 동안 지공의 거처는 고려 유학승들의 성지순례 코스이기도 했다. 예컨대 사굴산문의 중심 인물들인 백운경한,[31] 환암혼수, 무학자

月軒)이라는 명칭이 남아있을 뿐이다.

30 충선왕은 원 무종 카이산을 황제로 옹립한 세력의 중심 인물이었다. 때문에 카이산계가 실세하면서 티베트로 내쳐졌었다. 그의 복귀는 원 영종이 역신 테시에 의해 암살되면서 얼떨결에 황제가 된 태정제의 배려로 이뤄졌다.

31 청주 흥덕사에서 『직지(直指)』를 찍어낸 인물로 유명하다.

초 등이 모두 지공을 친견함으로써 자신의 법맥을 확인받았다. 그리고 명에 의해 캄발룩이 함락되기 직전, 지공의 소상(塑像)[32]은 고려인들의 손에 의해 다비되어 개성으로 옮겨졌다.

이상의 사실들을 소설로 전환시키기 위해 필자는 몇 가지 허구를 창조해야 했다. 첫째, 사굴산문 법통설을 사실로 전제하고 산문의 후예들이 현존한다고 가정해 보았다. 그리고 이들이 결사조직을 통해 육십 년 주기로 활동한다는 상상 아래 산문의 역사를 새로 재편했다.

이에 따르면 밀교화한 사굴산파는 민중 속으로 파고들어 생존했으며 조선조 내내 불교를 보호하는 역할을 수행한 셈이다. 하지만 이들이 과격파와 온건파로 갈리면서 가지산문과 화합하여 법통을 수정하려는 움직임과 아예 법통을 되찾아 종단의 위치에 오르려는 움직임이 역사적으로 공존했음을 보여야 했다.

둘째, 이상의 허구를 사실처럼 보이도록 만들기 위해 티베트 법지와 송광사 중창 과정을 새롭게 해석했다. 송광사에 보존돼 있는 티베트 법지는 원나라 제사와 마지막 황제 순제[33]가 발송한 산문 보호 목적의 공문이라고 가정했고, 이는 중원에 변란이 발생할 시 캄발룩을 고려로 옮기는 계획과 연동됐을 것으로 추정했다.[34]

사굴산문은 지공과 충선왕을 통해 카이산계와 연합했고 카이산계 황제

---

32 지공의 육신은 그의 사후 고려인들에 의해 미라로 만들어져 보관되고 있었다.

33 어린 시절을 고려 대청도에서 보냈고 고려계를 중용하여 마침내 기씨 부인을 황후로 책봉한 황제다. 그는 막북파의 후원으로 한지파를 몰아내고 황제가 된 카이산계였지만 훗날 자신을 후원했던 막북파마저 숙청했다.

34 실제 제주도로 수도를 옮기려고 시도했다고 한다.

였던 순제는 아내의 나라로 수도를 옮김으로써 미구에 닥칠 대도 함락을 대비했다는 것이다. 이는 충선왕 이질부카가 티베트에 유배됐을 당시, 권력 투쟁에서 밀려나 도주생활을 하던 코실라[35] 역시 알타이 인근을 떠돌고 있었다는 사실로부터 유추했다.

코실라는 자신의 부친을 황위에 올려놓았던 충선왕 이질부카를 찾았을 것이며, 때마침 이질부카는 이제현의 도움에 의해 감숙성으로 이배된 상황이었다. 그렇다면 코실라의 아들 순제가 고려계를 총애한 이유도 잘 설명된다.

결국 원의 마지막 황제는 제국의 마지막 거점으로 고려를 점찍고 있었고[36] 이를 위해 막대한 재산을 황금의 형태로 은밀히 옮기고 있었을 것이란 가정이 성립된다. 그리고 그 황금은 지공이 동방정토(아비라티)로 언명한 고려, 그 가운데서도 불교계의 중심인 사굴산문의 종찰 송광사로 이동하고 있었을 것이란 추정도 가능해진다. 이에 따라 송광사에 벌어진 대화재와 연이은 중창의 의미도 허구로 재구성될 수 있게 되었다.

필자는 이상의 줄거리를 정교하게 다듬기 위해 황금의 존재를 알고 이를 탈취하려는 사굴산문 과격파와 황금보다 법통의 교정을 추구하는 온건파 사이의 오랜 알력의 역사를 구성해야 했다. 때문에 황금을 발견할 열쇠를 쥐고 있는 온건파 비밀조직의 회주로 조계종 승려 한 명을 창조했다. 그의 상대역은 과격파를 지도하는 숨은 리더인 금살[37]이다.

---

35 무종 카이산의 장자이자 순제의 아버지.
36 물론 이 계획은 실패하여 순제는 막북으로 도주했으며 그 아들 소종은 북원의 황제가 됐다.
37 금강살타의 줄인 말. 바즈라사티바로서 금강승의 보살이다.

이 두 세력은 실재했던 한국 근대불교사의 전개 속에서 각자 허구적 위치를 할당받고 고려불교의 비밀들을 드러내게 된다. 그리고 온건파가 숨겨온 황금의 비밀을 파헤치는 등장인물로 외국 남성 한 명과 한국 여성한 명을 추가로 창조했다.[38] 외국인 남성 인물을 도입한 것은 사굴산문 과격파의 기원이 고려로 들어온 외국인들이었다는 가설에 대응시키기 위해서였다.

이상으로 전체 줄거리를 간략히 제시했다. 그런데 문제는 이 소설이 지나치게 상업적 코드에 맞춰져 있고 일부 표절의 위험을 안고 있다는 사실이었다. 표절 관련 시비는 이런 유형의 플롯이 가질 수밖에 없는 당연한 위험으로 감수하면 됐지만, 상업적 성격은 다른 방법으로 개선해야만 했다. 이에 따라 현대 부분과 변주되며 진행될 또 다른 14세기 서사가 필요해졌다.

이 서사를 통해 흥미 위주로만 흐를 수 있는 소설 내용은 불교가 제시했던 근원적 질문, 즉 현실과 환상, 죽음과 삶, 존재와 비존재의 딜레마에 대해 보다 깊이 있게 다룰 수 있게 되었다. 필자는 인도에서 중앙아시아를 거쳐 마침내 고려 개경에 도착하기까지 지공이 겪었던 종교적 여정을 재구하기로 했다.

결국 소설은 현대와 14세기가 번갈아 출현하는 나선 구조로 결정됐다. 현대 부분은 미스터리 수법을 가미한 교양소설 형식을 취하고, 14세기 부

---

38 이 남녀는 온건파 회주보다 젊은이들로서 양 세력이 벌이는 종교적 싸움의 말 역할을 하게 된다. 외국 남성은 온건파 회주의 제자이며 여성은 젊은 방송 프로듀서다. 황금의 진짜 위치, 등장인물들의 숨은 비밀 등은 소설의 후반부에 밝혀질 미스터리로 복선화된다.

분은 역사적 사실 고증에 입각한 순례기 형식을 취했다. 결국 현대 부분은 젊은 남녀가 사굴산문의 존재와 과격파와 온건파의 대립의 역사를 깨달으며 아비라티의 황금을 쫓아가는 모험담이 됐다.

이 과정에서 주인공들은 동아시아 역사와 문화를 새롭게 발견해 나가는데, 송광사에서 시작된 여정은 티베트와 베이징을 거쳐 회암사에서 끝난다. 한편, 14세기 부분에서 주인공 쑤냐디야(지공의 산스크리트 명칭)는 인도 남부에서 스리랑카를 거쳐 중앙아시아와 캄발룩으로 이어지는 고단하고 비범한 영혼의 편력을 겪게 된다.

5. 결론

필자는 이상의 소설 계획을 수행하며 이를 아비라티 계획으로 명명했었다. 서방정토에 대응되는 동방정토 아비라티는 밀교경전 『비밀집회경』의 주불인 악쇼비아여래가 정좌해있는 동방의 묘희세계(妙喜世界)다.

이 세계는 고려의 은유이며, 우리가 잊고 있던 방대한 동아시아의 과거 역사이자, 깨달음의 멀고 큼을 상징하는 존재 발견의 자리이기도 하다. 이 의미가 주는 새로움에 비하면 이를 소설로 만들어내는 글재주란 어쩌면 하찮고 미미한 것에 불과하다.

그럼에도 하나의 소설이 만들어져 가는 과정을 학술적으로 기술한 것은 향후 고전을 현대화할 때 모두가 참조할 선례를 남겨야겠다는 생각 때문이었다. 앞으로 등장할 콘텐츠 제작자들은 아무쪼록 인문학 발전과 대중화라는 두 마리 토끼를 모두 잡을 수 있기를 기대한다.

지공 루트 또는 민족을 횡단하기

1. 국가, 민족 그리고 문화

21세기 동아시아는 국지적 분쟁의 화약고로 대두되고 있는데, 불행하게도 끝이 없을 것처럼 보이는 이 불화의 근저에는 17세기 유럽이 겪었던 근대국가로의 분열 과정이 고스란히 복제되어 있다. 이 분열의 모순적 운동을 고찰해야 하는 이유는 이 운동의 최종 결과가 파괴적이고도 소모적인 것이었기 때문이다.

근대 전후 모호한 지리적 경계를 기준으로 성립된 영토국가는 18세기 '민족' 관념과 결합해 근대 민족국가(nation)로 거듭났다. 문제는 애초 선명한 개념이 아니었던 '민족' 개념이 특정 지역과 공고히 결합해 근대적 신민을 생산했다는 점이다. 이로 인해 지리적 내부와 외부를 이념으로 분리하려는 인종주의가 발생했고, 이는 마침내 제국주의적 침략과 전체주의적 인종청소로 귀결되었다.[1]

---

1 근대 민족국가 자신의 보편성을 구축하기 위해 어떻게 자신 안의 특수한 것, 예컨대 유대인을 생산해야만 했는지는 국가의 분열과 증식 운동이 갖는 모순을 이해하는데 매우 중요하다. 에티엔 발리바르, '보편적인 것들', 『대중들의 공포』, 도서출판b, 2007, 509~549쪽.

상식이지만 민족의 경계는 본디 모호하며 지리적 범주로 이를 다 포괄해본 적도 없었다. 따라서 현대 애국주의는 민족 개념을 성립시키고 인종처럼 타자를 배제시키는 관점을 도입하고서야 가능했다. 이런 근대국가 장치가 존재하는 한 인류의 보편적 통합이나 칸트가 열망했던 평등한 사해동포주의는 성립되기 어렵다.

결국 근대국가의 모순, 즉 보편을 지향하지만 이를 위해 끝없이 특수로 분열할 수밖에 없는 모순은 국가 형식의 지양을 통해서만 극복된다. 그렇다면 이른바 세계화야말로 국가 형식의 지양은 아닐까?[2] 물론 세계화는 국가 형식을 초월한 자본의 운동을 강조하며 국가의 간섭을 최소화하려고 한다.

하지만 세계화 현상은 그 목적이 국가를 경제기구화 하는 데에 있다는 점에서 국가를 당이라는 초법적 정치기구에 종속시킨 공산주의와 가족유사성을 갖는다. 따라서 신자유주의와 공산주의는 둘 다 국가를 지양하지 못한다. 아니, 양자는 국가를 다른 형식으로 '지향'해야만 유지되는 기괴한 관념주의다.

인종주의를 먹고사는 민족국가, 유럽이 창조한 네이션이라는 괴물은 그 개념에 무언가를 덧보탠다고 해서 변화하거나 사라지지 않는다. 우리는 오히려 알랭 바디우가 강조한 뺄셈 혹은 감산(減算)의 원칙을 받아들여야 한다.[3]

---

2 세계화가 국가 형식을 지양하려는 자본의 한 운동 양식임을 필자는 다른 곳에서 증명했다. 윤채근, 『콘텐츠시대의 불안』, 동아시아, 2013.
3 어떤 현상(존재-사건)의 발생엔 무(공백)가 개입되어 있다. 따라서 현상의 정체를 확인하기 위해 우리는 현상의 구성요소들을 공백에 이르기까지 끝없이 '공제'해 나가야

우리는 근대 유럽이 덧보탠 것들에서 무언가를 빼내야만 하는데, 그건 아마도 '민족'일 것이다. 민족이 존재하는 이상 인종주의와 애국주의로 무장한 국가 사이의 분쟁은 종식될 수 없다. 국제기구 UN의 설립 취지도 실은 민족 단위를 극복한 지구 단위의 공동체를 만들기 위한 것이었다. 따라서 가라타니 고진이 주장한 트랜스-네이션(trans-nation)은 신자유주의의 얼룩이라 할 포스트모더니즘의 '탈주'라든가 가타리와 들뢰즈의 분열분석과 전혀 다르다.

국가가 지양되기 위해 민족이 빠져야 한다면 그 방법은 무엇일까? 민족국가의 철폐 방법으로는 공산주의적 폭력 혁명(지젝), 사도 바울적인 기적 사건의 발생(바디우), 메시아의 정치신학적 현현(벤야민) 등이 제시된 바 있다. 이 주장들의 공통점은 모두 국가의 붕괴를 목적으로 한다는 것이다. 그러나 트랜스네이션이 아니라면 국가를 해방시키려는 이 시도들은 결국엔 모두 정치화됨으로써 도로 국가 개념에 흡수된다.

여기서 유럽의 예를 살펴보자. 유럽연합의 성공은 언뜻 경제 블록의 실효성에 달려 있는 것처럼 보인다. 이를테면 단일통화인 유로를 지키지 못하면 연합체가 조각나거나 해체될 수도 있다. 하지만 결코 그렇게 되지는 않을 것이다. 경제공동체 유럽연합은 민족주의가 인종주의로 점화됐던 독일의 역사적 반성과 프랑스의 범유럽 보편주의 의식으로부터 가능했기 때문이다.

한다. 바디우는 이러한 존재론을 정치에 적용해 이념을 지속적으로 감산함으로써 그 기원이 됐던 공백으로 되돌리려 하게 된다. 알랭 바디우, '성찰5 공백', 『존재와 사건』, 새물결, 2012, 101~112쪽.

결국 트랜스네이션은 혁명이 아니라 민족 관념에 대한 문화적 환멸, 그 근원적 허구성에 대한 감산적 접근, 허구인 민족 이전 공동체 상태로의 복귀 그리고 새로운 공동체 이념을 생성하는 작업으로부터만 가능하다.

민족국가에서 '민족'을 감산해내면 국가가 소멸하지는 않지만 지양된다. 당연하지만 지구가 단일국가가 될 필요는 없다. 우리는 발리바르가 한 피히테에 대한 독창적인 독해에서 이 문제에 대한 새로운 실마리를 찾을 수 있다.[4]

발리바르가 독해한 피히테의 애국주의적 텍스트 『독일 국민에게 고함』은 널리 알려진 바처럼 독일인들의 단결과 민족적 응집을 호소한 명문이다. 그런데 발리바르는 여기서 두 가지 중요한 점을 추론한다. 첫째, 피히테는 민족의 단결과 그 초월 사이에서 갈등하고 있으며 그 망설임이 본의 아니게 이 명문장의 의도를 다른 차원으로 몰고 갔다. 이 다른 차원이 후기 피히테의 미완의 철학을 암시하고 있다. 둘째, 새로운 차원은 민족을 구성하는 핵심 요인을 국토나 혈통에서 찾지 않고 언어에서 찾는 데에서 열리고 있다. 다시 말해 피히테는 언어공동체로서 독일인을 상정했고, 독일인의 정신은 지역이나 생물학적 유사성이 아닌 문화, 즉 언어로 표현된다고 여겼다.

물론 피히테가 독일어를 강조한 데에는 강한 민족주의적 자긍심이 깔려 있다. 그러나 그가 불변하는 민족성 대신 유동적이며 가변적인 문화공동체로서 민족을 강조하면 할수록 민족 개념에 담겨있던 배타적 응집력

---

4   에티엔 발리바르(2007), 「피히테와 내적 경계: 『독일 민족에게 고함』에 관하여」, 위의 책, 165~195쪽.

은 약화된다. 결국 그의 학자적 양심은 '독일인 됨'이라는 것이 애초 허구적 발명이었다는 사실을 외면하지 못하도록 했다.

마침내 피히테는 민족을 더 고차원적으로 강조하려다 민족을 감산해버렸고 민족국가의 근거를 허물어버림으로써 국가를 지양할 근거를 놓았던 셈이다. 따라서 우리의 결론은 이렇다. 민족국가는 민족을 감산해야 지양되는 바, 감산의 원칙은 민족의 기원을 문화로 접근할 때 완성된다.

2. 지공 루트 : 민족을 초월한 문화 횡단

필자는 동아시아 문화권에서 공동문화 교육의 중요성을 주장해 왔으며 다양한 정치적 분쟁의 최종 해결점 역시 문화 영역에서 찾아야 한다고 강조한 바 있다. 이에 따라 문화 교육으로서 인문학이 재정립되어야 하며 한문 교과도 도구 교과가 아닌 문화 교과로서 그 위상을 변경해야 한다고 주장했다. 문화 교과야말로 갈등에 직면한 동아시아 문화권의 화해와 창조적 결합을 위한 초석으로 요청되고 있기 때문이다.[5]

필자가 제시하려고 하는 지공(指空)이라는 인물은 근대 민족국가 개념 아래에서는 역사에 포함시키기 난감한 인물로서, 14세기 동아시아 전역을 횡단한 북인도 출신의 모험가이자 승려였다.[6] 지공의 순례 여정을 감

5 윤채근(2013), '제 5장 동아시아 문화의 탈식민화와 혼종', 앞의 책, 272~343쪽.
6 지공에 관한 인물정보는 다음의 자료를 인용하는 것으로 대신한다. 許興植, '제 1장', 『高麗로 옮긴 印度의 등불-指空禪賢-』, 一潮閣, 1997, 13~136쪽.

안할 때 그의 동아시아 체험은 당시 활성화된 인도 경제와 결부된 경제적 목적[7]이나 포교를 위한 목적[8]을 지닌 것이 아니었다.

지공은 실존적 방랑자였다. 그런 점에서 그의 여정은 생활 터전의 개척을 위한 동방 진출[9]이나 미지의 세계를 발견하려는 호기심[10]에서 발로하지 않았다고 단언할 수 있다. 그는 동아시아 전체를 자기 실존의 영역으로 이해했고, 따라서 그의 삶은 14세기 인도인이 바라본 세계의 규모, 즉 문화적 세계 의식의 넓이를 짐작케 해주는 바가 있다.[11]

앞에서 지공의 순례가 미지의 세계에 대한 호기심과 무관하다고 했는데 여기엔 전제가 따른다. 지공의 동아시아 횡단은 14세기 동아시아 문화권을 하나로 묶어 미그랩(서방) 세계와 대치시킨 몽골 제국이 있었기에 가능했다. 그리고 몽골 제국의 정복 작업은 문화적 호기심과도 무관하지 않았기에 부하라 대학살을 예외로 한다면, 칸은 피정복 문화를 파괴하지 않

---

7   14세기 인도는 급격히 상업적으로 활성화되었는데 비록 대상(隊商)의 이동이 아니라 하더라도 국경을 넘는 월경 이동엔 필연적으로 경제적 목적이 따르게 마련이었다. 페르낭 브로델, '유럽 이외의 세계', 『물질문명과 자본주의 II-1』, 까치, 1996, 153~184쪽.
8   대부분 정치적 스파이 임무나 포교 의도를 띠는 게 통례였던 예수회 수사들의 동방 여행과는 이런 점에서 다르다. 오도릭, '역주자 해설', 『오도릭의 동방기행』, 문학동네, 2012, 27~90쪽.
9   투르크족이나 거란족의 서정(西征)과 이슬람 세력의 동정(東征)이 모두 이러한 동방 진출의 사례다.
10 이 특이한 사례는 몽골의 세계 정복 사례에서 보인다. 몽골 제국은 단지 경제적 목적만으로 움직이지는 않았는데, 이는 유목문화 특유의 이동 본능과 연결된다. 이 점이 특히 강조되는 것이 칭기즈 칸의 창업 과정이다. 박원길, '2장 몽골비사의 전사 및 번역', 『몽골비사의 종합적 연구』, 민속원, 2006, 49~378쪽.
11 그런 점에서 종교적 목적을 가졌던 현장이나 혜초의 여정과도 다르다. 지공은 돌아오지 않을 길을 떠난 자였고 그에게 동아시아 전역은 어디서 죽어도 좋을 '하나의 대지'였던 것으로 보인다,

고 보존시켜 다른 문화들과 이종교배시켜 나갔다.[12]

말하자면 문화의 세계화가 발생함으로써 세계가 동방과 서방이라는 큰 덩어리로 각각 통합됨과 동시에 서로 밀착된 이후에 지공이란 인물이 출현했다. 결국 지공에게 동방 세계는 더 이상 미지의 영역이 아니라 서방과 다양한 네트워크를 형성하고 있던 하나의 단일 세계로 이해됐던 것이다. 그리고 이 동서의 밀착면, 두 문화권이 각기 큰 덩어리로 융기해 단층운동을 하던 경계면이 바로 인도와 소아시아였다.

지공의 동아시아 횡단의 세부로 들어가 보도록 하자.[13] 지공은 1326년 (충숙왕 13년) 봄 고려에 도착하여 활불로 추앙받으며 한반도 전역에 수많은 발자취를 남겼다. 고려의 양대 산문 가운데 하나였던 사굴산문(闍崛山門)의 중흥조 나옹혜근(懶翁惠勤)에게 수계한 인물도 바로 지공이었다.[14]

---

12 킵차크 지역을 병합한 수부데이와 제베의 무하마드 추격전이 대표적이다. 패배한 호라즘의 왕 무하마드는 수년에 걸친 도주 끝에 카스피 해에서 병사하지만 그를 던 두 장수는 본의 아니게 아제르바이젠 지역과 남러시아 지역을 정복하는 성과를 거둔다. 일반적으로 알려진 피의 살육은 없었고 그들의 동선은 동서남북의 문화를 어지럽게 뒤섞어버렸다. 야오따리, '1) 텡그리의 채찍', 『천추홍망』, 따뜻한손, 2010, 117~132쪽.

13 지공의 여정을 서사적으로 기록한 유일한 문서는 이색이 지은 비명(碑銘)이다. 그 이외에 민적(閔漬)의 『禪要錄序』(서울대 규장각 소재)가 단편적으로 생애를 기술하고 있다. 『고려사』의 「세가」에는 단 두 차례 지공에 대한 언급이 나온다. 하나는 충숙왕 조에 지공이 연복사 법회를 열고 대도로 떠났다는 기사이고, 다른 하나는 공민왕 조에 석가의 이빨(스리랑카 불치사에서처럼 성스러운 보물로 여겨져 통도사에 모셨다)과 지공의 머리뼈를 친견하고 봉안했다는 기사다. 이처럼 사후의 지공은 고려에서 석가와 대등한 성인으로 추앙됐다. 李穡, 「西天提納薄陀尊者浮屠銘并序」, 『牧隱藁 III』 卷十四(『韓國文集叢刊』5), 116쪽.

14 현재의 대한민국 조계종단을 구성한 가지산문과 조선 후기에 사라진 사굴산문 사이의 법통 경쟁은 유명하다. 이 법통 갈등과 지공의 한국 내 지위의 부침과정은 밀접한

이렇게 고려불교사에 큰 획을 그은 지공은 어쩌다 아시아 대륙 동쪽 끝까지 이르게 되었을까?

지공이 대도(현재의 북경) 법원사(法源寺)에서 사망한 1361년 11월 29일을 중심으로 역산해보면, 그는 13세기 말에 출생했음에 틀림없다. 그가 300세 혹은 108세까지 살았다는 속설들은 미신이다. 13세기 말 북인도 나란타 지역에서 태어난 지공은 자신이 마가다 왕국의 왕자였다고 주장하기도 했다. 하지만 이것도 믿기 어렵다.

지공의 원나라에서의 생활은 황실을 장악한 라마교 승려들 그리고 이슬람교와 기독교도들과의 종파 경쟁의 연속이었다. 따라서 그 스스로도 자신의 이력을 과대 포장할 필요성이 있었을 것이고, 그를 종교적 구심점으로 삼고자했던 대도의 고려계 귀족들 역시 지공을 신성한 인물로 만들고 싶었을 것이다. 결국 지공이 마가다국 왕자였다거나 석가의 후손이었다는 설들은 달마(達磨)가 중국에 들어와 자신을 석가 후손이라 주장한 것처럼 허구적 설정이었을 것이다.

지공은 갠지즈강 연안 크샤트리아 계급 가문에서 태어났을 듯하다. 브라만 가문이었다면 북인도 왕조를 휩쓸고 있던 이슬람교의 영향력[15]으로부터 자유로울 수 없었을 것이고, 반대로 수드라 이하 계급이었다면 평민층을 지배한 힌두교에 편입되었을 것이기 때문이다.[16]

연관성을 갖는다.

15　델리 술탄의 영도 아래 노예 왕조를 이어 가야스 웃딘 투클르크의 할지 왕조가 지배하고 있었다.

16　수드라 이하 계급의 상인들 거의 대부분은 동부 연안을 따라 차츰 비슈누 교도들로 탈바꿈해가고 있었다. 말하자면 승가 자체가 소멸해 버린 상태였다. 유성욱, '4부 분

성년이 된 지공은 나란타 대학에 입학해 인도 역사상 마지막 나란타 학승으로 졸업했다고 한다. 이 역시 매우 의심스럽다. 나란타 대학은 12세기 전후 이슬람 세력에 의해 이미 파괴된 상태였고 그나마 보존된 불교는 벵골 지역으로 동진해 밀교화되어 있었다. 따라서 그를 불교에 입문시켰다고 알려진 율현(律賢, Vinnaya-bhadra)은 나란타 출신 교수로서 지공을 사적으로 교육했을 것이다. 법통으로 보자면 나란타 학통을 이었지만 엄연히 구족계를 받은 정식 비구일 순 없었다. 이렇게 보아야 지공이 곧바로 랑카(스리랑카)로 떠나게 된 이유가 해명된다.

스승 율현은 직접 계를 내리지 않고 제자를 랑카의 사만타-프란다사(Samanta-Prandhāsa) 존자(尊者)[17]에게 보내 비구계를 받도록 했다. 이 부분은 매우 모호한데, 필자는 계를 내릴 상가 자체가 존재하지 않았을 것으로 보고 있다.[18] 즉, 당시 나란타가 수계가 가능한 상가(승가)를 성립시킬 형편조차 못 됐다는 뜻이다.

결국 지공은 랑카 남쪽 심할라 왕조로 이동해 비로소 수계하고 정식 비구가 되었다. 여기서 주목할 점은 지공의 여정이 랑카에 이르러 특정 종파에 얽매이지 않는 영혼의 여정으로 바뀐다는 사실이다.

지공은 랑카에서 북쪽 타밀족과 남쪽 심할라족 사이의 내전을 경험했

권과 합병', 『인도의 역사 II』, 종교와 이성, 2008, 317~401쪽.

17 우연히 얻은 정보에 의하면 '사만타'는 랑카어로 '촌장'을 뜻한다. 귀족으로서 상좌부 승려였음을 알 수 있다.

18 이 부분은 상가(승가)의 조직 규율과 수계 절차에 대한 율장 관련 자료를 참고해야 한다. 히라카와 아키라, '제 2장 상가 결합의 정신적 유대', 『원시불교의 연구』, 민족사, 2003, 113~312쪽.

고 이 내전에 대승불교(타밀의 방등부)와 소승불교(심할라의 상좌부)가 깊숙이 개입해 있음을 깨닫게 되었다. 때문에 그는 비록 상좌부 승려에게 수계했지만 이에 안주하지 않고 재차 남인도 타밀문화권으로 이동해 다양한 밀교를 접하게 된다. 남방 밀교의 진원지가 랑카였음을 고려할 때, 그가 남인도 밀교를 섭렵했음은 분명해 보인다.

최소 두 차례 이상 랑카와 남인도를 왕복하던 지공은 무슨 이유에선지 서부 해안을 따라 북상하여 인더스강 유역에 진입했다. 이 여정과 관련된 설화들은 전혀 믿기 어렵다. 필자가 보기에 그는 당시 인도에 불던 미그랩 열풍을 따라 막연히 서방을 향해 출발했던 것 같다. 인도 북부를 장악한 이슬람 문화는 몽골 제국과의 교류로 세계 최첨단 문물을 동서로 이동시키는 중이었고[19] 대승과 소승의 구분마저 벗어버린 지공에게 서방으로의 유랑은 자연스러운 선택이었을 것이다.

그런데 당시 이슬람 문화는 원 지배자들을 통해 흡수되며 중앙아시아 루트를 통해 세계의 중심 캄발룩[20]으로 흘러들고 있었다. 지공은 이슬람 서방문화의 이질성[21]에 놀라고 북방에서 남하하고 있던 유목민 세력에 밀려가며 자연스럽게 방향을 동쪽으로 틀었다.

---

19 몽골 제국에서 이슬람의 영향력과 지위는 라시드 앗 딘의 기록인 『집사』로 분명히 확인할 수 있다. 당시 이슬람인들은 동아시아와 중앙아시아 그리고 이집트까지 중근동을 크게 하나의 문화로 보고 있었다. 라시드 앗 딘, 『칭기스 칸 기』, 사계절, 2003.
20 '캄발룩'은 '칸'과 '발리크'의 결합어로서 '칸의 부락'이라는 뜻으로 현재의 북경과 통주에 해당한다.
21 설화화된 여정 기록들로 유추하자면 특히 이슬람과 불교가 힌두교와 혼합되며 발생한 기이한 종교관습에 강한 저항감을 느꼈던 것이 아닐까 추측한다. 허흥식(1997), 'II 遊歷과 定着', 위의 책, 21~65쪽.

지공이 택한 이동 루트는 이른바 와칸 회랑으로 불리는 곳으로 히말라야 산맥 남면을 따라 니칼라(네팔)까지 이어지는 협곡이었다. 마침내 그는 네팔을 거쳐 히말라야를 넘어 티베트에 도달하게 된다. 당시 티베트 지역은 네팔과 더불어 인도 불교가 보존된 거의 유일한 지역으로서, 나란타 사원 출신 나가르주나(용수)의 중관(中觀) 사상을 기초로 하여 벵골 우디야나 왕국[22]의 비클라마실라 사원 계통 밀교가 결합된 특이한 불교가 뿌리를 내리고 있었다.

결국 지공의 여정은 불교와 연관된 지역을 따라 정처 없이 떠도는 방랑에 가까웠다. 만약 그가 포교를 원했다면 네팔 반대 방향[23]으로 향해야 했고 정치적 야심을 품었다면 델리나 일 한국 쪽으로 넘어가야 했다. 또한 순수하게 불교 사상에 만족했다면 랑카 상좌부 승려로 머물거나 네팔에 정착하는 게 마땅했다. 지공은 그 모두를 마다한 채 불교와 인연이 닿는 곳을 따라 정처 없이 유행한 것 같다.

지공은 티베트에서 마하판디타라 불린 옛 동료와 조우해 그의 권유로 원 제국의 북쪽 루트, 즉 천산남로와 안서로(安西路)가 만나는 중앙아시아를 거쳐 캄발룩에 입성하게 된다. 이 와중에 지공은 홍모파(紅帽派)라고 불리던 티베트 출신의 사카파 라마들과 불화를 겪는다.

티베트 불교는 원 제국의 국교로 자리 잡아 대대로 사카파 출신 제사(帝

22　티베트 『사자의 서』의 저자 파드마삼바바를 배출한 지역으로 벵골 오릿사 밀교의 본산이었다. 티베트인들은 석존이 열반에 들자 금강수보살이 우디야나에서 최초로 밀경을 결집했다고 믿었다. 다나카 가미야키, '6. 『귀데치남』', 『티베트밀교 개론』, 불광출판사, 2010, 161쪽.
23　그가 태어난 지역이 네팔과 가까운 북인도 지역이었음을 상기해야 한다.

師)를 배출하고 있었는데, 이들은 황궁 환관들과 결탁해 권력을 휘두르며 타락해 있었다. 결국 대도에서 환대받지 못한 지공은 안서로를 통해 티베트 접경으로 되돌아와 더 북서쪽 호탄[24]에 이른 뒤 남하해 눕눌 오아시스 지역을 방황했다.

많은 시련을 겪던 그는 무슨 이유에선지 금사강(金沙江)을 따라 운남성에 들어섰는데, 이 지역은 오마르라는 이슬람인이 지배한 뒤로 불교가 사라진 상태였다. 지공은 특별한 전법 행위 없이 중경로(中慶路) 인근과 귀주(貴州) 지역을 탐방하며 세월을 보내다 상덕로(尙德路)를 따라 강남 지역을 유랑했다. 이 사이 남방 선불교를 접한 지공은 동정호와 양주(揚州)를 거쳐 1324년에서 1326년 사이 재차 대도에 입성했다. 여기까지가 고려와 인연을 맺기 전의 지공의 이동 경로다.

지공이 택한 루트를 고찰하면 그의 여정이 갖는 의미가 드러난다. 그는 목적의식 없이 종교적 순례를 하고 있었음이 분명하며, 따라서 그의 여행 기준은 아주 단순했던 것 같다. 즉 자신이 속한 불교를 용인해주는 곳이라면 어디든 찾아갈 용의가 있었고, 실제 그의 여정의 끝 지점들은 불교 문화권의 경계면들과 거의 일치한다. 북서쪽으로는 티베트와 호탄, 남서쪽으로는 운남성,[25] 동남쪽으로는 호남성과 여산(廬山)의 동림사(東林寺),

___

24 한과 당의 역사서에서 '우탄국(于闐國)'으로 표기한 지역이다. 현재 신장위구르 자치구에 속하며 실크로드의 두 갈래 중 타클라마칸 사막 인근 서역남로에 위치하였다. 지공이 방문할 당시 이슬람화가 격렬히 진행되고 있었지만 본래 중요한 불교 전법로였다. 지토 편집부, '여인국 숨파 왕국'의 주석 27), 『1만년의 이야기 티베트』, 새물결, 2011, 290쪽.
25 이상하게도 그는 불교국가 캄보쟈(캄보디아) 왕국의 실체를 알고 있었을 것임에도 걸음을 운남성에서 멈췄다. 당시 캄보쟈 왕국은 랑카 내전에 심할러 왕조 편으로 참

동북쪽으로는 난경(灤京)[26] 그리고 최후엔 극동의 불교국가 고려가 그 순서였다. 결국 지공의 이동 범위란 불교를 매개로 엮여진 넓은 종교문화권에 해당했고, 이를 현재 관점으로 재해석하면 범동아시아 문화권에 대한 횡단이었다고 할 수 있다.

3. 동아시아 문화의 보편성과 고려

근대 이후 성립한 민족국가들의 적대를 해소하기 위해 '민족'을 감산하고 이를 통해 국가를 지양해야 한다면, 결국 문화를 통해 민족 개념을 공제하는 것만이 유일한 방안이다. 우리는 근대 민족 개념을 반성하기 위해 이를 초월해 떠돌던 14세기 인도인을 소환해 냈다. 지공의 편력은 극동의 고려 문화를 중앙아시아 너머로 접속시킴으로써 우리에겐 사라진 보편적 시공 감각을 회복시키는 힘이 있다.

신라시대에도 처용 같은 이슬람 상인의 방문이 있었고 조선 왕조의 하멜처럼 유럽인이 표류해왔던 적도 있었다. 이런 우발적 방문이나 경제적 교류가 존재한 것만으로 문화의 보편성을 말하기는 힘들다. 예컨대 석굴

전 중이었다. 아마 이것이 마음에 걸렸을 법하다. 또한 지금의 베트남인 안남국(安南國)도 원 제국과의 관계를 두고 내전이 치러지는 와중이었다.

26 상도(上都). 당시 개봉부(開封府)에 속해 있어 '카이펑'으로도 알려져 있었으며 황제의 여름 궁궐이 있던 제2의 수도였다. 유럽인들에겐 황금의 도시 '상듀'로 불려졌고 이윽고 '제너두'로 불리게 됐다. 여기부터 북쪽 초원은 네스토리우스교나 회교를 믿는 막북(漠北) 문화권이었다.

암이 알렉산더에 의해 발아한 헬레니즘 조각과 유관하다는 건 상식인데, 이를 토대로 신라 문화를 헬레니즘 문화와 존재론적으로 접속시킬 수 있을까?

지공 사례는 14세기 동아시아를 인도 북부에서 스리랑카 그리고 원 제국까지 연결하는 경험의 공동체로 묶어내고 있는데, 중요한 건 그 최후의 지점이 고려였다는 사실이다. 그렇다면 지공이 고려를 방문한 이유는 무엇일까? 표면적으로는 금강산 유점사(楡岾寺)에서 황실의 안녕을 축수하는 법기도량[27]을 열기 위해서였다고 알려져 있다.[28] 하지만 그가 대도의 고려계 귀족들 및 환관들의 후원을 입고 있었다는 점을 고려하면, 그의 방문 목적이 그리 단순하지는 않았을 것이다. 필자는 경기도 양주 회암사(檜巖寺)[29]에서 그 단서를 찾고 싶다.

지공은 회암사에 들렀을 때 그곳이 동방 불교의 새로운 중심지가 될 것으로 확신하고 훗날 자신의 제자가 된 혜근에게 '삼산양수지기(三山兩水之

---

27 『화엄경』에 등장하는 담무갈 보살의 중국식 명칭이 법기(法起)다. 『화엄경』에 따르면 동북방 바다 가운데 금강산이 있고 그곳에서 담무갈 보살이 일만 이천 명의 권속을 거느리고 주처(主處)한다고 한다. 고려 금강산이 일만 이천 봉이라는 인식도 여기서 유래했다.

28 『고려사』를 비롯한 유관 텍스트들 역시 이 이상의 정보를 알려주지 않는다. 지공의 고려 방문 목적과 그 영향은 미스터리로 남아있다.

29 이곳에 세 사제(師弟)들의 부도탑이 나란히 남아 있다. 지공과 그의 제자 혜근 그리고 혜근의 제자 무학(無學)이 그들이다. 회암사 최후의 책임자가 바로 태조 이성계를 도와 한양을 건설했던 사굴산문의 무학대사다.

記)'[30]로 알려진 밀지를 내렸다고 한다.[31] 이 밀지에 따라 혜근은 회암사 중창을 위해 자신의 여생을 바쳤고 결국 그로 인해 암살된 것으로 보인다. 혜근이 사망한 뒤 이를 계승한 무학도 회암사를 보존하기 위해 이성계의 후원을 끌어내는 등 비상한 노력을 바쳤다. 일개 사찰 하나에 산문 전체가 그토록 집착한 이유는 무엇이었을까? 바로 회암사를 동방의 나란타 사원으로 만들라는 지공의 유지 때문이었다.

지공은 순수한 선종 승려는 아니었지만, 그렇다고 캄발룩을 장악한 라마교 출신 제사(帝師) 세력과 타협하지도 않았다. 그런데 그가 고려를 방문한 시기에 원 제국을 다스린 인물은 막북 출신의 태정제(泰定帝)였다. 태정제는 늦은 나이에 얼떨결에 황제가 되어[32] 무언가 개혁하려는 의지가 없는 매우 타협적인 인물이었다. 때문에 군벌인 옌 테무르나 선정원(宣政院)을 중심으로 뭉친 라마의 권위에 손댈 생각이 없었다.[33]

이러한 정치 상황에서 지공은 자신을 후원하던 고려인들을 통해 불교의 새로운 가능성을 실현하고자 했던 것 같다. 그렇다면 동방의 나란타

---

30 '삼각산 아래 두 개의 물길이 만나는 곳'이라는 뜻이다. 현재의 경기도 양주 회암사의 지세를 묘사한 표현이다.

31 허흥식(1997), '2 指空을 위한 記念事業', 앞의 책, 154~158쪽.

32 '남파(南坡)의 난'으로 알려진 역모에 의해 영종 시데발라가 시해된 뒤 급히 열린 쿠릴타이에서 추대된 인물이 태정제였다. 태정제는 영종을 시해한 영종의 처남 테시나 반 영종 세력(막북파)과 반목하지 않았고 당연히 한지파 황제 영종이 추진하던 다양한 개혁 정책들도 흐지부지되고 말았다.

33 실은 이러한 유연한 성격 탓에 티베트를 거쳐 감숙성에 유배돼 있던 매제 충선왕 이 질부카를 해배했던 것이다. 충선왕의 캄발룩 복귀는 카이산(무종)계 황실의 복권을 의미했는데, 이는 고려계 황실 세력의 재결집을 가져왔다. 원의 마지막 황제 토곤 테무르가 바로 카이산계 혈통의 적자였다.

사원인 회암사는 어떤 목적으로 설립된 것인가? 바로 원 제국 전체를 아우를 새로운 종교적 중심지의 건설이었다. 한때 북인도 나란타 사원이 세계불교의 중심지 역할을 했듯 회암사가 세계종교인 불교의 중심축 역할을 하기를 바랐던 것이다.

제국의 종교 중심을 고려로 옮기려는 지공의 원대한 계획은 토곤 테무르와 그의 부인 기황후에 의해 실현될 수도 있었다. 당시 토곤 테무르는 자신의 권력을 안정시키기 위해 한지파(漢地派)[34]는 물론이고 초원 문화를 유지하려던 보수파인 막북파(漠北派)까지 차례로 제거한 상태였다. 따라서 황실 권력은 차츰 고려계로 옮겨가고 있는 중이었다.

결국 지공은 자신의 종교적 방랑의 마지막을 나란타의 재건으로 마무리할 생각이었던 것이다. 이는 언뜻 정치적 야심의 산물로도 보이지만, 그의 마음속에서 북인도와 고려가 하나의 문화 세계로 작동하고 있었다는 사실만큼은 분명하다.

원 제국의 등장은 동아시아 정치 문화의 판도를 크게 뒤흔들어버림으로써 중앙아시아를 중심으로 동서양 두 문화의 축을 접히게 만드는 효과를 만들어냈다. 이 와중에 지공과 같은 코스모폴리탄적 지식인도 등장할 수 있었던 것이다.

지공은 중앙아시아를 포함한 서쪽 이슬람권 지역을 따라 이동하며 불교문화의 쇠락을 경험했을 것이다. 따라서 자신이 속했던 나란타 문화를 대륙의 반대편 고려에서 재현한다는 구상은 어쩌면 자연스러운 생각이었

---

34 몽골 제국의 중심을 초원으로부터 중국 내지로 옮겨 유목 문화를 한족 문화에 맞게 변화시켜야 한다는 개혁파다.

을 수도 있다. 게다가 고려 왕국은 몽골 황실과 혈연으로 맺어진 연맹국이었으므로[35] 고려를 출발점으로 삼아 나란타의 꿈을 제국 서쪽으로 펼쳐 간다는 생각 역시 무모한 발상은 아니었다.

물론 근대 민족국가를 감산하기 위한 모티프로 원 제국을 건너온 지공을 선택한 것은 여러 비판에 직면할 수 있다. 기황후의 다면적인 측면을 무시하고 매국녀로만 취급하려는 일부 국수주의적 관점을 고려할 때 그런 우려를 더욱 배제할 수 없다.

지공이 고려에 막 입국할 당시, 원 태정제는 충숙왕의 고려에 대한 자치권을 인정해 제국에서 파견했던 총독인 다루가치를 철수시켰다. 다루가치가 고려에서 실제 통치했는지, 아니면 형식적으로만 존재하다 충선왕이 캄발룩에 복귀하자 철수시켰는지에 대해서는 의문이 많다. 핵심은 고려에 대한 원의 통치 기조가 항상 간접적이었다는 점이다. 몽골 황실은 고려를 자신의 식민지로 수탈했지만 고려 왕실을 자신들의 혈연 구조 내부에 편입시킴으로써 일방적 식민관계를 회피하려고도 했다.[36]

인도를 떠나 타림 분지 서면을 따라 북상하던 지공이 처음 마주쳤던 장

---

35 몽골을 고려를 침입한 잔인한 외세로만 간주하려는 경향이 있는데 이는 현대 민족주의적 발상을 소급 적용한 것으로서 보다 넓은 대륙적 시각으로 균형을 잡아야 할 필요가 있다. 민족적 주체성은 견지하되 우리와 같은 유목 혈통으로서 몽골이 보인 우호적 태도와 문화적 유사성에 대해선 따로 고려해야 한다. 한정섭 외, '제III편 여·몽 간의 불교 관계', 『몽골제국과 한몽관계사』, 불교정신문화원, 2005, 79~126쪽.

36 몽골은 고려에 대해서는 매우 독특한 유화 정책을 펼쳤다. 물론 이를 몽골병, 특히 몽골 수군의 군사적 무능에 원인을 돌리기도 한다. 하지만 역대 몽골 군대의 다양하고 집요한 전략을 검토하면 고려 정벌이 부하라의 경우처럼 대몰살이나 직접 영유(領有)보다는 동맹으로 흡수하려는 것에 가까운 것이었음을 알 수 있다. 티모시 메이, 'chapter7 몽골의 적대국', 『몽골 병법』, 대성KOREA.COM, 2009, 189~213쪽.

애물은 지금의 카자흐스탄과 아프가니스탄 방향으로 밀려 내려오던 투르크 종족[37]이었다. 지공이 이후 캄발룩에서 만난 고려인은 투르크족에 비해 원 지배자들과 훨씬 더 닮아 있었거나 아예 차이가 없었을 것이다. 고려인은 인종적으로 몽골인과 같았고 언어 문화적으로도 서로 흡사했다.[38] 결국 부패한 캄발룩 불교문화를 쇄신해 동아시아 보편종교로서 불교를 재설계하자면 그 모태로서 고려만한 곳이 없었다. 지공은 그 기지를 회암사에 두고 싶었던 것이다.

개경에 도착한 지공은 고려 전역을 돌며 수많은 유물과 일화를 남기게 된다. 금강산 유점사는 물론이고 신륵사, 기림사, 통도사, 화장사 등에서 수많은 제자들에게 수계했고, 자신이 인도에서 가져온 밀교 계열의『무생계경(無生戒經)』[39]을 설했다.

이렇게 다소 밀교화됐던 그의 사상은 정통 선종, 특히 임제종(臨濟宗)을

---

37 이들 가운데 일부가 북인도에 무굴 제국을 세우게 된다. 지공의 북상을 가로막은 이슬람 세력이 바로 '절름발이 티무르'로 상징되는 황인종들, 바로 이슬람화된 무굴인들이었다.

38 유일한 예외가 위구르인들이었다. 위구르인들은 언어 구조가 거의 동일한 몽골어를 곧바로 구사할 수 있었다. 이는 몽골어를 매우 쉽게 숙달했던 고려인들을 능가할 정도였다.

39 최근 일본 츠다 박사에 의해 네팔에서 티베트어 경전이 발견됨으로써 위경(僞經) 논란에 종지부가 찍혔다. 밀교화의 초기 형태였던 바이로차나 사상을 담고 있다. 바이로차나 부처를 대일여래(大日如來)라 부르는데, 실존 인격체였던 석가불을 부정하고 초월적으로 이념화된 법신(法身)을 따른다. 때문에 바이로차나를 법신불(法身佛)로도 지칭한다. 북인도에서 생산된 초기 밀경『대일경(大日經)』이 유명하며 금강수보살이 등장하는 까닭에(『금강경』과의 연관성은 물론이려니와) 후기 밀종(密宗)을 대승(大乘)과 구별해 금강승(金剛乘)으로 부르게 되었다. 결국 지공은 초기 밀교부 경전을 고려에 전파했던 것이다.

따랐던 주류 고려 불교와 큰 마찰을 빚진 않았다.[40] 제국의 스파이로 방문했던 라마승들이 부린 횡포에 비하면 지공의 등장은 인도의 근본 불교와의 기적적 조우로 느껴졌기 때문이다.

마침내 활불이 된 지공은 대도로 돌아가 고려인들의 영원한 정신적 구심점이 되었다가 원 제국의 멸망과 거의 동시에 입적한다.[41] 원 제국의 등장으로부터 시작된 기존 동아시아의 인문 지리적 경계의 확장과 또 이를 통해 가능했던 지공 루트가 다시 멈추고 닫히는 순간이었다.

4. 동아시아 보편 문화

원의 보편주의 문화를 철저한 한족(漢族) 중심 문화로 개편한 명 제국의 영향 아래 고려 왕조도 조선 왕조에게 자리를 넘겨주게 된다. 이후 수

---

40 오대산 문수(文殊) 신앙(일종의 토속 밀교)에 결합한 화엄종과 종교적으로 타협이 가능했던 사굴산문과는 혜근을 매개로 종파적 결합을 이뤘다. 반면 화엄종과 결별했던 가지산문은 보수화되어 임제선(臨濟禪)만을 인정하였는데, 결국 지공을 법맥 계보 안에 들이지 않았다. 가지산문이 밀교를 적극 용인한 것은 강화도 선원사에서 대장경을 판각하기 위해 화엄종승을 끌어들여야 했던 일연(一然)에 의해 일시적으로만 가능했을 뿐이다.

41 입적 후의 지공의 시신을 다룬 고려의 태도는 매우 흥미롭다. 지공의 시신은 그의 강력한 후원자였던 기황후에 의해 미라로 만들어져 고려계 귀족들의 중심사찰 법원사에 봉안된 듯하다. 이후 명군이 대도로 침입하자 지공의 미라는 급히 화장됐다. 수습된 사리와 뼈들은 세 팀의 고려인들이 나누어 지니고 고려로 도피하게 되는데 그 중한 팀만이 성공한 듯하다. 이때 고려로 들여온 성골이 지공의 머리뼈였다. 이렇게 지공의 사리를 옮기는 과정에서 기황후와 공민왕은 긴밀한 협력 관계를 유지했다.

립된 엄격한 중화주의적 사대주의는 한반도와 접속됐던 북인도와 서역의 기억을 송두리째 말소해버렸다. 동아시아 보편 문화의 가능성은 그렇게 중앙아시아와 몽골 초원을 어둠에 봉인하며 작고 견고하게 지역화됐다.[42]

그리고 14세기 지공이 개경에 이끌고 들어왔던 더 큰 아시아의 모래바람은 문화적 식민 경영이라는 역설적인 형태로 근대에 반복된다. 이른바 서구 열강의 중앙아시아 탐험 붐이 그것이다.

유럽 원정대의 서역 탐험과 문화재 약탈은 이미 널리 알려져 있는데, 이 지역은 유럽이 아시아를 해체하고 문화적으로 전유한 상징적 장소다. 러시아와 중국 그리고 중근동과 유럽을 잇는 이 지역 문화의 독특한 혼합적 성격은 세계 제국을 경영하려는 세력에겐 대단히 흥미로운 연구 대상이었다. 그리고 유럽이 이 지역 문화를 이해하고 지식화함으로써 자신들이 속한 세계의 일부로 편입시키면, 해당 지역은 자연스레 그곳을 해석한 자들의 소유가 된다.

그런데 프랑스나 독일 못지않게 서역 탐험에 열을 올린 또 하나의 제국이 있었으니, 바로 일본이다. 일본은 오타니 탐험대를 앞세워 수많은 서

---

42 이에 따라 지공 교단을 배출했던 사굴산문은 혜근 사후 무학을 거치며 차츰 불교계에서 자취를 감추게 된다. 반면 지공의 경쟁자였던 태고보우(太古普愚)를 내세운 가지산문이 법통을 쥐고 조계종단의 종통까지 장악하게 된다. 그 최종 마무리가 지눌(知訥)이 주석했던 사굴산문의 중심사찰 송광사(松廣寺) 또는 수선사(修禪社)가 17세기에 이르러 가지산문으로 변모한 사건이었다(「松廣寺寺蹟碑」). 가지산문은 원나라 문화의 잔재를 일소하고 철저히 임제선을 중심으로 종통을 재확립했는데, 이 와중에 나옹혜근의 계승자 환암혼수(幻庵混修)를 태고보우 제자로 삽입한다. 후대 조계종단의 법손들을 배출한 이 환암이 누구를 계승했느냐를 두고 법통 논쟁이 일어나게 된 것이다. 환암은 이색의 어릴 적 절친이기도 했는데, 『목은집(牧隱藁)』에 나오는 「환암기(幻庵記)」가 환암혼수에 관한 글이다.

역 유적들을 발굴하고 심지어 도굴했다. 이렇게 중앙아시아의 불교 유물 대부분은 일본을 비롯한 근대 제국 열강에 의해 약탈당해 뿔뿔이 흩어지거나 심하게 훼손당했다.

일본이 문화재 약탈 경쟁에 뛰어든 이유는 무엇일까? 바로 중앙아시아 문화가 지닌 보편성과 통합성을 토대로 아시아 전체를 지배하기 위해서였다. 이를테면 중앙아시아와 일본 문화를 선분으로 연결해버리면 동남아시아는 물론이고 인도 그리고 카스피해 연안까지, 나아가 터키에까지 이르는 대제국을 건설할 수 있다. 이렇듯 근대 제국들의 중앙아시아 탐험과 약탈은 이 지역 문화가 갖는 아시아적 보편성과 그 인문 지리적 위상을 역설적으로 증명한다.

필자는 동아시아 보편 문화권이 가능하다면, 그 가능성의 중심에 불교 문화와 한문 문화가 있다고 생각한다. 그리고 그 두 문화가 혼류하며 응집된 중앙아시아야말로 연구의 출발점이 되어야 한다고 믿는다. 다만 그 방식과 태도는 근대 제국주의와 정반대 방향에서 모색되어야 할 것이다. 통합하고 수렴하기 위해서가 아니라 분산하고 공유하기 위해서, 동일화를 위해서가 아니라 자기 문화 내부에 자리한 차이의 가치를 인정하기 위해서 같은 작업을 반복해야 할 필요가 있다.

중앙아시아를 중심으로 12~14세기 전후 한차례 접혔던 북방 유목 문화들, 카라코룸의 몽골족과 서역으로 진출한 카라 키타이(黑水靺鞨), 여우신(여진)족과 저우신(조선)족 그리고 만쥬리아(만주)족과 서하(西夏)를 건설한 탕구트족, 더 나아가 티베트와 네팔 그리고 터키에 도달한 돌궐(투르크)과 러시아의 카자흐족에 이르기까지 통합 아시아 문화를 구상해야 하고, 여기에 인도 힌두 문화와 소아시아 이슬람 문화까지 연결해 마침내

'민족'개념을 감산해야 한다. 이 작업은 서구 열강이 했던 제국으로의 통합이 아니라 유연한 문화적 공생을 지향해야 한다.

　티베트 정책에서 보듯 문화적으로 제국화하고 있는 중국이나 국가패권주의에 다시 경도되고 있는 일본을 고려할 때, 동아시아 보편 문화란 그저 이상적 몽상처럼 보이기도 한다. 하지만 당장 실현하기 어렵다고 올바른 방향을 수정할 수는 없다. 세계에는 민족국가를 지양하려는 다양한 문화적 운동과 지적 공동체가 이미 있으며, 국가 간 정치적 긴장을 완화하고 공생을 추구하려는 수많은 노력들이 존재한다. 동아시아 인문 교과가 이러한 세계사적 소명에 부응하고 이를 교과 존재 의의로 녹여내는 것은 너무나 당연한 의무가 아닐까?

　필자는 동아시아 보편 문화를 교육하기 위한 두 가지 큰 흐름을 제안하고자 한다. 첫째는 중국, 일본, 동남아시아를 중심으로 한 한문문화권 문화 벨트에 대한 보편 교육이다. 둘째는 북방 유목 문화와 중앙아시아 그리고 인도를 포함시킨 불교문화권 벨트에 대한 보편 교육이다. 이 두 벨트는 다양하게 겹치며 이슬람과 힌두 문화 심지어 기독교 문화와도 섞여 흐른다. 이상의 보편 교육을 위해서는 근대 이전의 다양한 문학과 역사 자료를 동원해 교차 문화적 콘텐츠를 개발해야 할 필요성이 있다.

　'민족'이 감산되기는커녕 중산되고 국가이기주의가 극에 달할수록 동아시아 인문 교과는 미래를 지향하는 보편 교과로 환골탈태되어야 한다. 필자가 지공 루트를 소개하며 소망하는 것은 좋았던 과거로의 낭만적 회귀가 아니라 미래와의 연동, 새로운 가능성과의 연대다.

　한국 국립중앙박물관 수장고에는 세계적인 유산 일부가 잠들어있다. 바로 오타니 코즈이가 서역에서 수집하거나 탈취해 온 중앙아시아 유물들이다.[43] 갑작스런 해방으로 한국에 남아있게 된 이 유물들은 수많은 우여곡절을 겪고 1986년 이후부터 상설 전시되어 왔다. 이 유물들이 경복궁 수정전(修政殿)과 국립경주박물관 등을 거치며 공개 전시된 연수를 합치면 근 100년에 이른다. 우리 땅에 버려진 이 유물들을 해방과 전란의 소용돌이에서 보호하고 전시했던, 그리고 이를 열람했던 수많은 조상들의 마음을 헤아려본다.

---

43 오타니 코즈이가 은퇴하며 매도한 상당량의 중앙아시아 유물들이 상인 구하라 후사노스케를 거쳐 1916년 테라우치 조선 총독에게 양도되었다. 민병훈, '1. 중앙아시아 유물의 소장경위와 전시', 『초원과 오아시스 문화 중앙아시아』, 국립중앙박물관, 2005, 28~30쪽.

한문소설과 타자의 윤리

등록 1994.7.1 제1-1071
1쇄 발행 2024년 12월 31일

지은이 윤채근
펴낸이 박길수
편집인 소경희
편집·디자인 조영준
관 리 위현정
펴낸곳 도서출판 모시는사람들
        03147 서울시 종로구 삼일대로 457(경운동 수운회관) 1306호
전 화 02-735-7173 / 팩스 02-730-7173
홈페이지 http://www.mosinsaram.com/

인 쇄 피오디북(031-955-8100)
배 본 문화유통북스(031-937-6100)

값은 뒤표지에 있습니다.
ISBN 979-11-6629-217-0   93810